加害者よ、死者のために真実を語れ

名古屋・漫画喫茶女性従業員はなぜ死んだのか

藤井誠二

潮文庫

目次

序　章　塗りつぶされた「犯行」　10

第一章　漫画喫茶女性従業員はなぜ死んだのか　21
「麻子がいなくなった」／明かりのついた部屋にいない／腑に落ちない出来事の数々／ガングロのメイク／加害者夫妻の「上申書」／法廷で加害者と被害者遺族が初めて向かい合う

第二章　「黙秘」と「死因不明」　53
容疑者逮捕——「死体遺棄」を自供へ／公判で「すべて黙秘します」／「傷害致死」での起訴は見送り／「死因不明」の遺体解剖鑑定書／生きてさえいてくれれば／「死なせてしまってすみません」／法的に葬られた事件の「真相」／黙秘権とは何だろうか／「黙秘が武器になる」／立場によって異なる「事実」

第三章　「なかったこと」にされた「傷害致死」　105
「死体の隠し方」をネットで検索／ある元県警幹部の意見／検察審査会へ不服申し立て／加害者夫妻に対して損害賠償訴訟を提起／最高裁判例（昭和五十年）／再逮捕される可能性はゼロではない／慰謝料は一〇〇

万円が相当と主張／最高裁で覆された一〇〇万円という慰謝料／被害者遺族の精神科カルテを開示せよと主張／森の中の民間刑務所へ／受刑者からの仮釈放申請／「仮釈放をぜったいに認めないでください」／遺族と一緒に刑務所へ向かう

第四章　「墨塗り」の供述書に隠された「真相」　154
夏みかんの木の下に／夫婦とも「同じ」遺棄場所を「自供」／漫画喫茶「B」関係者の証言／「何が彼女を変えてしまったのか」／完全黙秘ではなかった加害者夫妻

第五章　加害者を「防衛」する法と制度　172
不可解な出来事の数々／民事裁判は事実上の「再審」／不起訴記録は開示できるのか／民事でも「黙秘」――「文書送付嘱託」を二度申し立て

第六章　被害者遺族の「事実を知る権利」VS加害者の「人権」　191
証拠隠滅のため車を捨てようとした／被告側弁護人の強い反対意見／文書提出命令申立てへ／ふたたび開示を拒否した検察

第七章　被害者遺族に「説明」された「事実」　208
「中立てを却下する」／検察がマスキングを「説明」／加藤麻子さんを「殺してしまい」／新たに発覚した捜査メモの存在／日常的な暴力と虐待、そして監視／「腹部をどーんときつくやった」／腹腔部内の出血の可能性／医師を秘密漏示で告訴する／命日の前日に「満期出所」／出所後の加害者夫妻と人生の「断片」／「親族として恥ずかしく思います」／漫画喫茶「B」の常連客の証言

第八章　法律は誰を「守る」ためにあるのか　256
加害者代理人らの激しい反発／杉本恭教と加藤麻子の「関係」／謎の引き落としと二軒のアパート／「死体遺棄事件」の〝真相〟／「未必の故意」／ある弁護士からの手紙／被害者の知る権利と犯罪者の喋らない自由／被害者遺族の無念は現行制度ではなかなか晴らせない／「悪いことしたと思ってるよ」と加害者は言った／名古屋地裁一一〇一号法廷／被害者の父親の証人尋問／遺体鑑定人の法医学者の証言／民事裁判の判決

終　章　裁判の「公開」と「知る権利」の狭間で　302
「犯罪被害者保護法」の意義／裁判記録を「パブリック」なものに

松原拓郎弁護士との対話　315
「黙秘権」の意味が読者に伝わったか／犯罪被害者の「知る権利」について／謝罪をするなら口をつぐむなと被害者や遺族は言う／裁判員裁判になったら印象が違ってくる／「被害者の知りたいという思いは当然だと思います」／民事は「再審」になりえるのか

髙橋正人弁護士との対話　334
「黙秘」が目的化していないか／刑事裁判への被害者参加も反対した／頭が真っ白になって弁護士にまかせてしまった／国家（裁判官・検察官）は敵であるという思想信条／「真実の発見義務」とはなんだろうか／刑事弁護人と犯罪被害者は「敵」なのか／被害者参加人弁護士の発問まで封じ込められた／「被害者の知る権利」は副次的なものか／検察官は高打率だけを狙うな／弁護士全体が社会から信用されるかどうか／支払う予定なし。何のための民事裁判なのか／国家＝敵だと考える弁護士の思想

杉本陸の手記　360
父は日常的に殴っていた／殺された加藤麻子さんと電話で話した／叔父

と叔母が人を殺して埋めたと聞かされた／俺のせいで彼女は殺されてしまったんだ／服役を終えた叔父と叔母がいた

文庫版あとがき　372

装幀　岡田ひと實（フィールドワーク）

加藤麻子さんが住んでいたアパート
加藤麻子さんが勤務していた
漫画喫茶「B」
名古屋市
豊田市
元経営者夫婦が
加藤麻子さんの車を
海へ捨てようとした埠頭
加藤麻子さんの
実家
東海市
元経営者夫婦が
住んでいた家
知多市
元経営者夫婦が
加藤麻子さんの車の
ナンバープレートを捨てた池
伊勢湾
知多半島
知多湾
加藤麻子さん死体遺棄現場
南知多町
0
5
10
km

亡くなった加藤麻子さん

加害者よ、死者のために真実を語れ

名古屋・漫画喫茶女性従業員はなぜ死んだのか

序章　塗りつぶされた「犯行」

〔(前略) このようなことが原因でどんどん加藤さんのことがきらいになりました。近くにいたらたたきたい気持ちでした。そして平成二十四年四月十四日に

加藤さんは目をあけたまま、息もせず、心ぞうも、脈もとまってしまったため、私たちは心ぞうマッサージをしましたが、心ぞうも脈も動くことなく息もしませんでした。死んだと思った私たちは警察や救急車を呼ぼうと思いましたが、結局呼びませんでした。

なやんだ結果、私は夫に対して

■■絶対にみつからないようにしようといいました。これは加藤さんの死体をかくして警察にバレなければ■■夫もわかってくれ、夫と一緒に加藤さんの死体をかくすことに決めました。（後略）」

私がこのように部分的にマスキングが施された十数通の「上申書（じょうしんしょ）」や警察官が作成した供述調書（きょうじゅつちょうしょ）一通を見たのは、平成二十六年（二〇一四年）の初夏だった。

「上申書」とは、一般的には官公庁や警察などに対して、法的な所定の手続きなどによらず、申し立てや意見を書き述べる書類や報告書のことを指すが、刑事事件の被疑者など本人自らが自身の犯行の様子や反省の弁等を記した供述書のことも指す。

一方、警察官や検察官が被疑者らから聴き取りをおこない、被疑者らが署名または押印する供述調書（供述録取書）は、員面（いんめん）調書（司法警察員面前調書）や検面（けんめん）調書（検察官面前調書）と呼ばれる。私が見たのは大半がマスキングされた一通の員面調書だ。

なんだ、これは……。

私は手書きで綴られたこの「上申書」などの事件資料十数通を

一読して、思わずそう口にしてしまった。冒頭に紹介したのはそれらの資料の一部だ。もう一度全体を通読すると、その黒々としたマスキングの帯には「平成二十四年四月十四日」に何らかの理由で「加藤」という人物が死に至ったこと、その場にいた夫妻が救急車も呼ばず麻子の「遺体」を遺棄した経緯が書かれていることがわかった。一通だけ存在した員面調書にもやはり同様の内容が、妻ではなく夫のほうが供述していた。

十数通の「上申書」の中にはマスキングが一カ所もされていないものもあり、遺体を山中に埋める際の様子が詳細に告白されている。判読できる部分がすべて「事実」かどうかを疑いながら読まなければならないが、自筆で書かれているせいだろう、生々しく、リアリティがある。

判読できる箇所をつなぎ合わせながら予測すると、マスキング箇所には、どのような方法で麻子が「遺棄」されるに至ったのかということが書かれているようだ。

私はそれらを読み直しながら無意識にその黒々とした部分を指先でこすったり、天井に向けてかざしてみた。もしかしたら色が薄まったり、透けたりして、隠されている文字を見ることができるかもしれないと思わず錯覚したのだ。

原本をコピーしたものにマスキングを施し、それをさらにコピーしたのだから見えることはありえない。そんなことはすぐにわかろうことなのだが、ぜったいに明かされまいとする強い意思——それは犯罪行為をおこなった夫妻なのか、法律や制度なのかはわからなかったが——のようなものを黒々としたマスキングから感じて、私は無意味なことをしてしまったのかもしれない。

「加藤」のフルネームは加藤麻子（あさこ）という。名古屋市中川区内の漫画喫茶で長らくアルバイト従業員として働いていた、当時四十一歳の女性である。麻子の遺体を遺棄したと供述しているのは、その漫画喫茶を経営していた杉本恭教（とものり）（当時四十七歳）と妻の智香子（ちかこ）（当時四十五歳）である。「上申書」などはその二人のいずれかが書いたものである。

私が上申書を何度も読んでいる間、麻子の両親である加藤義太郎（よしたろう）と加藤江美子（えみこ）は、肩を落として座卓をはさんで無言で座っていた。

無言というより、二人もその「上申書」をじっと見つめて、身を硬くしていた。義太郎はあぐらをかき、江美子は正座をしていた。ときどき、二人の視線の先は宙を泳ぎ、深く嘆息をもらした。小柄で痩せた義太郎はたまに煙草を吸いに台所に立った。江美子は麻子に似ていて面長で、きちんと化粧をして身なりを整えていた。義太郎はまもなく七十歳にさしかかる年齢で、江美子は夫よりも数歳年下だった。

応接間を兼ねた部屋は仏間と言ってよかった。麻子の仏壇の周囲には麻子が生きていた頃の写真が飾られていた。仏壇まわりだけではなく、部屋の壁がすべて麻子の写真で埋めつくされていた。すべては麻子との楽しかった記憶を蘇らせるのだろう。壁という壁。ガラスケースの扉。元気だったころの麻子の笑顔で埋めつくされていた。部屋中のどこに目をやっても幸せそうな表情の麻子と目が合った。

床には蘭の花などの高級な花が所狭しと置かれていて、これは江美子がことあるごとに買ってきて仏花として供えているのだった。江美子がこの部屋の温度を一定に保ち、花の鮮度を保つために冷暖房をなるべく入れないようにしていることはあとで知った。仏壇からは私が焼香した細い煙がゆらゆらと立ち上っている。娘の無事を祈り続けて江美子が折り続けた千羽鶴の束が、まるで仏壇に覆い被さるように天井近くにつり下げてあるのが目にはいった。

麻子の遺骨の納められた箱が仏壇の中心に安置されていた。彼女が使っていた白い携帯電話もその横に置いてある。麻子が傍らにいる気がした。

平成二十四年に愛知県名古屋市中川区で発生した、当時四十一歳の漫画喫茶従業員だった加藤麻子が命を奪われ、行方不明からおよそ一年後に山中から白骨化した遺体となって発見された「死体遺棄」事件のことを、私はよく知らなかった。しかし、事件の経緯を知る麻子の遺族に近しい人から情報を得て、麻子の位牌と遺骨の前で初めて遺族と面会したとき、真っ先に見せられたのが、加害者夫妻が書いた十数通の「上申書」などの「死体遺棄事件」に関する事件記録の束だった。黒いマスキングが何やら得体のしれない闇の広がりを示唆しているようにも思えた。

私が事件に「触れた」時点で、杉本恭教と智香子は、加藤麻子の死体を遺棄したとして逮捕・起訴、死体遺棄罪で有罪判決が確定、両者とも服役に入っていた。

すべての「上申書」は夫妻が任意捜査の段階で、警察官の取り調べに応じて書き記したものである。上申書はそれぞれが別々に書き、指紋が押捺してあった。強制的あるいは威圧的な環境下で書かされたものではなく、死体遺棄の刑事裁判でもその点は争われていない。

智香子は丁寧で読みやすい字体だが、恭教はクセのある字体で、稚拙な表現や誤字も目立った。十数通の「上申書」と、たった一通の員面調書は夫妻の死体遺棄事件の刑事裁判で証拠として採用されたものである。

この上申書に書かれているような証言（自供）等がもとになり、麻子の遺体は発見され——証言した遺棄場所は実際の場所とはかけ離れていたが——夫婦は自供から半年後に死体遺棄容疑で逮捕される。警察は捜査のセオリーどおり、傷害致死容疑で再逮捕し、送検した。杉本夫妻は死体遺棄と傷害致死の罪を裁判員裁判で問われると被害者の関係者は思っていた。

ところが、検察官は「傷害致死」では、杉本夫妻を嫌疑不十分という理由で不起訴処分にしたのである。

「嫌疑不十分」とは犯罪の疑いは完全には晴れないが証拠が揃わない等、裁判で有罪の立証ができず公判が維持できないと判断されたいわゆる「グレー」の判断だ。ちなみに「嫌疑なし」は、犯罪の証拠がない、犯罪がないことが明白だと検察が判断した、いわば「真っ白」の判断のことをいう。

この不起訴処分と、マスキングだらけの上申書は大きな関連性がある。

一つは「傷害致死」罪については嫌疑不十分で不起訴処分にしたため、「上申書」の中の「傷害致死」に該当すると思われる記述は、加害者のプライバシー侵害を鑑みたり、あるいは「死体遺棄罪」には関係がないと検察官が判断し、あらかじめ、裁判所に証拠採用を請求する際か、被害者遺族に開示をする際にマスキングを施したと考えられること。

もう一つは、杉本夫妻の刑事弁護人が、「死体遺棄」の刑事裁判で検察官が証拠採用を請求してきた上申書や員面調書――どこからどこまでは認めるが、ここからここまでは認めないというふうに――を（検察官と）細かく争ったためであること。つまり、「上申書」や警察官の調書などの何ページの何行から何行目までは認める・認めないと検察官と弁護側が細かく争った結果である。その争った形跡がわかる記録を見ると、「一文字」を激しく争うことが――「傷害致死罪」では起訴されていない被告人に不利になりかねない――「傷害致死」をにおわせる記述は少しでも法廷に証拠として出したくない刑事弁護人の強い意思がわかる。それが被告人の「人権」を防御することにつながるという弁護行為だ。

マスキングの理由はこの両方が合わさった結果だろうが、ようは、マスキングをされた部分が不起訴になった傷害致死に該当し、マスキングをされていない部分は死体遺棄に当たる供述だと考えれば理解しやすいと思う。

私が取材をスタートさせたとき、杉本夫妻は別々の刑務所で服役に入ってすでに数カ月が経っていた。かたや麻子の遺族は、杉本夫妻の出自から事件を起こした動機、麻子との関係など、つまり事件についての情報がほとんどといっていいほど知らされないまま（知ることができないまま）、杉本夫妻に対して損害賠償請求訴訟を起こした後だった。遺族が知り得ていたのは、マスキングされていない部分から読み取ることができる、死体遺棄の模様程度だった。

なぜ、どこからも加害者や事件についての情報をほとんど何も知ることができないままだったのか。

最大の理由は、杉本夫妻が黙秘権を行使したからである。

「死体遺棄」で逮捕された直後から取り調べが始まると――夫婦それぞれに弁護人が付いたあたりから――取り調べに応じていた態度を一転させ、捜査機関の取り調べ段階の当初から「死体遺棄」の刑事裁判に至るまで、黙秘を徹底した。

　犯罪が確定するまでは「容疑者」のままであることは当然のルールであり、犯罪容疑をかけられた者が自らの利益のために黙秘をするということはいわずもがな重要な被疑者の権利だが、裏を返せば被害を与えた遺族に対して口をつぐむということになる。

　そうなると、被害者遺族にとっては、ただ家族の「死」が転がっている現実を突きつけられるだけで、そこに近づこうとしても、できない。手が届かない。むごい。そう私は思う。

　事件について少しでも情報を得るために、民事訴訟提起後に加藤麻子の遺族代理人の平野好道弁護士は、不起訴となった「傷害致死」の資料一切合切を閲覧謄写してほしいと事件記録を管理する保管検察官（第一審の裁判をした裁判所に対応する検察庁の検察官）に対して申請したが、開示されたのは、積み上げると数十センチになる「監禁」――当初、監禁容疑で警察は捜査をしていたことがうかがえる――と「死体遺棄」の実況見分調書等の記録だけだった。肝心のマスキングされる前の上申書や調書の類は何も出てこなかった。

杉本夫妻は「死体遺棄罪」でしか起訴されなかったため、それに関する事件記録しか入手できず、「傷害致死」に関する不起訴記録は何も出てきていなかった。不起訴事件の事件記録は原則的に開示されないのが実態である。

したがって、「死体遺棄」の刑事裁判係属中に、被害者保護法にもとづいて入手したマスキングだらけの「上申書」十数通と員面調書一通などの情報しか被害者遺族にはもたらされなかったのだ。

杉本夫妻がどうして加藤麻子を死に追いやったのか、どうして遺体を遺棄したのか、夫婦と麻子の関係はどんなものだったのか。そもそも杉本夫妻はどこの何者なのか――こんなことがいっさいわからないまま、麻子の遺族は民事訴訟を起こし、弁護士らと共に懸命に打開策を探し始めていた。

民事裁判を通じて、せめて少しでも事件の「断片」を知りたい。そして、それは、民事裁判で、娘の命を奪い死体を遺棄したという――つまり刑事では「傷害致死」と「死体遺棄」両方の責任――を損害賠償額というかたちで認めさせる有力な証拠となる。遺族の闘いは結果、不起訴事件ゆえにマスキングされたり、隠されることになった「不起訴記録」全体を手に入れる方向に焦点化されていく。

はたして隠された不起訴記録は開示されるのか、否か。この国の司法制度と、被害者遺族はどう向き合っていったのか。

一人娘の命を奪われた理由すらもわからない絶望的な状況の中で、麻子の遺族は心の傷口を剥き出しにさせたまま、先の見えない闘いに挑み続けた。こう書くと加害者や法制度と敢然と立ち向かう被害者遺族を連想するかもしれないが、違う。遺族は精神の疲弊の極みにあり、時間だけがただ残酷に過ぎ去っているのが現実だった。

一方で、加害者夫妻は二年二カ月という短期の懲役刑に服していて、社会復帰するまでの時間を刻んでいた。刑期をつとめあげれば何事もなかったかのように「市民権」を得て、社会生活に戻ることができる。

加藤麻子はなぜ、死んだのか。

私は月刊誌『潮』誌上で十一回にわたり、彼女の生きた人生の断片を少しでも拾い集め、随時報告をしていった。取材は何度も思わぬ方向に展開を見せたが、私は麻子に導かれたのかもしれないと、その都度思ったものである。

第一章　漫画喫茶女性従業員はなぜ死んだのか

「麻子がいなくなった」

愛知県名古屋市中川区にある「B」（仮名）という二十四時間営業の漫画喫茶店で一〇年ちかくにわたって働いてきた加藤麻子（当時四十一歳）の両親・加藤義太郎と江美子が、娘の捜索願を愛知県警中川警察署に出したのは、平成二十四年（二〇一二年）五月一日のことだった。

「B」は尾張地方一帯で展開するフランチャイズチェーンのうちの一店舗で、その年の二月いっぱいでオーナーが替わっていた。それまで経営していた杉本恭教（当時四十七歳）は経営権を手放し、妻の杉本智香子（当時四十五歳）と長男といっしょに同区内でラーメン店の経営にシフトしていた。のちに麻子が命を奪われる現場となるのはこのラーメン店の厨房である。

麻子の母・江美子が最後に「B」をたずねて、娘に会ったのは、同年二月二十五日のことだ。

江美子が麻子に会いに行った理由は、個人年金等の手続きについて相談をするためだった。愛知県豊田市の郊外にある加藤家から、名古屋市の西端に位置する中川区の「B」まではクルマで二時間ちかくかかる。

江美子は当時のことをメモに残しており、それを頼りに記憶をたぐり寄せる。

「麻子は私たち夫婦の一人娘です。一度は結婚をしましたが離婚をしましたし、子どももいません。ですから、将来、おカネの心配をしないですむように、毎月お金が入ってくる民間の保険と年金基金の手続きを今のうちにしておこうと、本人の署名と印鑑をもらいに行ったんです。娘が店に来てくれというものですから、私ひとりでクルマを運転して出かけて行ったんですが、あと数分で店に着く頃、麻子から電話があり、『おかあさん、今どこ?』と聞かれたんです。近所の小学校の近くだよと答えると、『じゃあ、(店で)待っとるでね』と言って電話は切れました。私は店に着いて、娘が店の横に停めていたワゴンRの隣に駐車しました」

店は幹線道路に面していて、近隣店舗と共同使用の二〇〜三〇台は停めることができる駐車スペースがある。麻子は仕事中に休憩を取ったようで、店内のテーブルに母親を座らせ、年金の書類にサインをした。

「私も食べていい?」

そう麻子が江美子に聞いた。

「いいよ、食べなさい」

そう、ふたりで向かい合ってスパゲティを食べた記憶が江美子にはある。江美子はなるべく早く国民年金手帳を自分のところに持ってくるように伝え、実家から持ってきたティッシュペーパーやトイレットペーパー、洗剤等の日用品を娘のクルマに積み替えた。麻子が実家に帰ってくるたびに日用品を持たせていたから、その日もあたり前のように江美子はそうした。

たまに麻子が実家に戻ってきたときも、江美子は麻子といっしょに地元のスーパーで買い物をした。麻子はメモを見ながら次々と日用品や食料をカート数台分も買い込んだ。日持ちのしない大量の食料を保存する大型の冷蔵庫はアパートにはないし、江美子は「どうしてこんなに必要なのだろう」と訝しんだ。「こんなにどうするの？」とたずねても、「冷凍にする」としか麻子は説明しなかった。金額にすると三〜四万円になる買い物代を、いつも江美子は支払ってやったが、一人では使い切れない山のような品物を前に、江美子は娘がいったいどんな生活をしているのか心配になった。江美子はその時点では、二月いっぱいで漫画喫茶のオーナーが替わることを麻子から告げられてはいない。

麻子が実家を出ていって一人暮らしを始めてから、一〇年以上にわたって、江美子は、生活費等を無心してくる麻子に対し援助を続けてきた。数万単位から数百万まで、手渡しをしたり振り込みを続けてきた。家賃やクルマのローン以外は何に使ったのかは皆目見当もつかなかった。

二十四時間営業の店で、昼夜逆転かつ長時間勤務。一日の大半を職場にはりつくような生活を過ごしていたと思われる麻子が何のためにそれほど入り用だったのかわからないままである。

江美子からすれば、「B」から出ているはずの給料も合わせれば、頻繁に金銭的援助を求めたり、大量の日用品を親にねだるような困窮生活になっている事情が飲み込めなかった。もちろん不審には思っていた。しかし、心をいれかえて、いつか実家に帰ってくることを願って、あまり理由を問い質（ただ）さずにいた。

それでも江美子は堪忍袋の緒が切れて、「自立をしてほしい。もう援助をする余裕はない」という主旨の手紙を送ったことが幾度かある。そんなとき麻子はいじけたのか、半年ほど連絡を寄越さないこともあった。

平成二十四年三月十九日、麻子のほうから江美子にかかってきた。そのときも電話で話した直後に江美子は十数万円を振り込んだのだが、江美子は店のオーナーが交替すること、そして、麻子自身もあとを追うようにして店を辞めたことを初めて告げられた。

江美子は驚いて聞き返した。

「あんた、（生活は）どうしとるの？　なんでこの間、（オーナーが替わることを）しゃべらんかったの？　いつ、（オーナーが替わることが）わかったの？」

「二カ月近く前からわかっとった」

そう麻子は答えた。店名もそのままで、権利を違う人に譲るということだった。

江美子は当時の麻子とのやりとりもメモにつけるようにしていた。それを見返すと麻子との会話がありありと蘇る。

「そのときの電話で、じつは麻子も『B』を辞めていたことを私は知ったんです。常日頃から麻子には言っていたことですが、縁もゆかりもない、知っている人もいない土地に娘ひとりでいるなんて、心配で心配で仕方がなかったんです。そのときは、『B』を辞めて、近くにある大きなスーパーマーケットと、これも近所の『I』（仮名）という別の漫画喫茶で働いているとも言っていました。スーパーマーケットではそのうちに正社員にしてくれて、社会保険に入れてもらうけれど、それはもっとあとになってから、とも言っていました」

江美子や父親の義太郎にとって、漫画喫茶という仕事は得体のしれないものだった。二十四時間の漫画喫茶は文字通り、二十四時間営業で、漫画や雑誌を自由に好きなだけ読むことができ、簡単な食事もとることができる。個室で備え付けのパソコンを使ってインターネットに接続でき、仮眠をとることもできる。現代の都市生活者にとってみれば使い勝手のいいところだが、麻子の両親にとっては、得体のしれない場所でしかなかった。漫画喫茶のある地域のこともまったく知らないことや、麻子がどんな人たちと働いているのかもわからないことも両親の不安をさらにかきたてることになっていた。

そんなところで四十歳をすぎた一人娘が一〇年以上アルバイトを続けていることは、ずっと頭痛の種だった。実家に帰ってくるのは数カ月に一度。一刻も早く故郷に帰ってきて、生活を立て直してほしい。そう願い続けてきたが、麻子はその話題を持ち出すと嫌がった。両親もできるだけ麻子の意思を尊重したいと思い、力ずくで連れ戻すこともしなかった。口を酸っぱくして言えば言うほど、麻子の気持ちが離れていく気がしたからだ。きっと、そのうちに何事もなかったかのように、けろっとした顔で親元に帰ってくるのではないか。そんな淡い期待を抱いていた。

「漫画喫茶の『I』では従業員を募集する貼り紙でも貼ってあったの？　と聞いたんですが、麻子は、そこは学生アルバイトは使わないからというようなことを曖昧に答えるだけで、はっきりと『I』で働きだした理由を言わなかったんです。

娘にはそういう不安定な生活にピリオドを打って、（故郷に）帰ってきて、（実家の）

隣の家に住めばいいと、ずっと言い続けてきました。でも、そのたびに、ちゃんとしたところで働くからと言って、私たちの願いを聞かないんです。『B』で働いているときも、私が『社会保険に入れてもらうように（オーナーに）言ったら？　お母さんが直接言うから』と言っても、（「B」のオーナーに）会わせないように、連絡を取らせないように理由を適当に言うんです。そういうところも、おかしいと思っていたんです」

とにかく「B」のオーナーである杉本恭教――江美子はその名前すら一度も聞かされていなかった――にはぜったいに接触させたくないようだった。

「B」を辞めたあとに麻子が働いていた漫画喫茶「I」のオーナーによれば、近所の同業者である「B」で働いていた麻子の顔は知っていたが、面接をして採用をしたという。時期ははっきりしないが、麻子が「I」で食べきれないほどの料理を一度にオーダーするなど、傍目からは意味不明の行為をしていたこともあったという。何の目的だったのか。単に空腹だったとは思えない。

「B」を辞めたあとも、江美子は何度も実家に帰るように諭したが麻子は聞き入れなかった。事件が発覚した後、遺族が警察から教えられたところによると、麻子は大手スーパーで働いた形跡はなく、自宅アパート付近の牛丼店で働いていたようだ。しかし、「B」を辞めたあと消息を断つまで、同じ漫画喫茶の「I」で短期間働いていたことは事実だった。

私は「I」のオーナーと電話で話すことができたが、取材を申し込むと激しい口調で拒絶された——いまさら調べたところで警察以上に何がわかる？　事件当時はうちにもマスコミが殺到して迷惑したんだ——そうオーナーは怒鳴り散らして私との通話を一方的に打ち切った。幹線道路から道を折れたところにある店舗は目立つ色の外壁だった。私は改装中で店内には誰もいない「I」の前にしばらく立って空を見上げていた。「B」からも、麻子のアパートからも徒歩圏内。麻子は何かを夢見ながら、この街の限られた一角で懸命に生きていたのだろうか。


話を戻そう。

麻子から電話があった三月十九日の一週間ほどあと、今度は江美子から麻子へ電話をかけた。大手スーパーの正社員にしてもらえるという言い分に疑問を抱いていたこともあり、心配でたまらなかった。

「おカネ、だいじょうぶ？」。そう江美子は麻子にたずねると、心配しなくていいという返事が返ってきた。

江美子が当時のメモを見ながらふりかえる。

「そうしたら、また、『I』と大手スーパーをかけもちでやっているから心配せんでいいと言うんです。何かあったら（親に）言わなあかんよ、と何度も念を押しました」

そのときから麻子は電話に出なくなる。四月に入ってからも、江美子がかけても携帯電話の呼び出し音だけが鳴る日々が続いた。普段から麻子が電話に出ないことはめずらしいことではなかったから、またいつものことだろうとは江美子は思ったが、やはり心配は募る。

麻子がようやく電話に出たのは四月十日のことだった。やっと通じた電話口で娘をひたすら案じる母親に麻子は、「だいじょうぶだから」としか言わなかった。

明かりのついた部屋にいない

次に江美子が麻子に電話をかけたのが一週間後の平成二十四年四月十七日だ。またしても出ない。それから数日間にわたって何度も電話をかけても呼び出し音は鳴るが、出ない。

今度ばかりはいてもたってもいられなくなり、麻子のアパートを直接たずねることにした。当時住んでいたアパートは「B」からクルマで数分のところの、庄内川（しょうないがわ）にほど近い住宅街にある。最初に借りていたアパートから数年前に引っ越してきた二階建てのワンルームアパートだ。隣の民家とぴったりと付くように建っていて、麻子が住んでいた二階に上がってみると、廊下は七〇～八〇センチの幅しかなく、玄関ドアを開けると廊下がふさがれるほどだ。

四月二十八日の夕刻六時すぎ、江美子が一人でアパートをたずねると、留守のようだった。ドアの新聞投函口から、連絡がほしい、電話がつながらない、ということを走り書きしたメモ用紙を投げ入れた。

しかし、連絡は返ってこない。麻子の両親の不安は募る一方だ。これまでも連絡が途絶えた期間は断続的にはあったものの、今回ばかりは何か様子がおかしい。江美子と義太郎は嫌な予感が当たらないことを祈った。

次にたずねたのは翌々日の四月三十日。江美子と、江美子のいとこがいっしょに麻子のアパートをたずねた。時間帯は夜八時半ごろだった。玄関ドアの新聞投函口から室内をのぞくと部屋には明かりがついていることがわかった。前々日に入れたメモはそのまま玄関の内側に落ちていることも確認できた。今度は目立つようにと大きめのA4ぐらいの紙に同じようなメッセージを書き、同じように投げ入れた。近隣の住民に部屋の様子を江美子が聞いてみると、このところずっと部屋の明かりはついたままになっているらしいことがわかった。

やっぱり、おかしい。何かがおかしい。

麻子の身に何かが起きているのではないか。

五月一日には夫婦で午後三時すぎにアパートをたずねた。新聞投函口から部屋の中をうかがうと、やはり様子は変わっていない。もしや麻子は室内で倒れているのではないか。今度ばかりは様子をうかがうだけでは進展は得られない。麻子の両親はアパートの管理会社に連絡をして事情を説明、鍵を借り、中に入った。

部屋に入りワンルームの室内をまず見渡すと、とりあえず部屋に荒らされた様子はないことはわかった。麻子の姿はない。倒れてもいない。安堵の気持ちを江美子はわずかだが得て、溜め息をついた。

しかし、かすかな異臭がする。

その原因は放置され、腐った食事だった。調理途中の料理がフライパンに残り、テーブルの上にも一人分の食事が用意されていた。フライパンに残っていたのは、ウインナーと玉葱を炒めたものだ。おかずを調理していたのだろうか。

テーブルの上にあった炊飯器の中に残されていた茶碗一膳ほどの白米には、青色のカビが発生していた。ラッピングされた三食分ほどの炊いた白米もあった。冷凍するつもりだったのだろうか。

やはり、近隣の人の証言どおり、部屋の電灯は灯ったままだった。相当の時間、ここには麻子はいなかったことがわかった。夫婦はきつねにつままれたような気持ちになりながらも、とりもなおさず腐敗した食べ物や、置いてあったペットボトルなどをかき集めゴミ袋につめこみ、自分たちが乗ってきたクルマに積んだ。

そして、その足で近くの派出所にむかい事情を話すと、警察官から愛知県警中川署へ行くように促された。中川署はアパートからクルマで数分ほどだ。

中川署へクルマを走らせる途中、麻子が短期間だけ働いていた漫画喫茶店「I」が視界に入った。麻子が「B」を辞めたあとに働いていると言っていた漫画喫茶だ。麻子の両親はすこしでも手がかりを得ようと立ち寄ると「I」の店長が対応してくれた。私の電話取材に怒鳴り散らしたあの店長だ。

店長が麻子の両親に語ったところによれば、四月十三日に出勤したのを最後に連絡がとれなくなっているという。麻子の消息について初めて具体的な情報だった。

そして重要な情報も得られた。「三日前の四月十日の出勤日には顔に二カ所ほど目立つ痣があり、客がいるホールには出ることをとりやめさせたのです」。そう「I」の店長は言った。麻子の次のシフトは四月十四日だったが顔を出さないため、店長が何度も携帯にかけてもつながらなかったこともわかった。

その日の江美子と義太郎の記憶は鮮明だ。江美子が言う。

「アパートの部屋では何も争ったあとはなくて、誰かに呼び出されて、急に出て行ったままになっているのだなと思いました。フライパンに残っていたウインナーと玉葱を炒めたものは、食べる寸前という感じでした。流しの三角コーナーのゴミはありませんでした。ただ、シーツや毛布、タオルがなかったんです」

あきらかに不自然な生活用品のなくなり方だった。あるはずのものがない。娘の部屋で覚えた不吉な違和感は義太郎も同じだった。

「これは何らかの事件に巻き込まれたに違いないと思い、中川署に届けたのです。そのとき、もう一度、麻子のアパートの鍵を管理会社さんから借りて部屋を見ようとしたんですが、夜になっていたせいか、管理会社さんに連絡がつかなかったんです。なので、中川署の警察官が麻子の部屋のバルコニーに外から入り、サッシのガラスを割って施錠を外し、入ったのです。部屋の中を警察官が調べたところ、やはり、とくに荒らされたような痕跡はないということでした」

警察はすぐに行方不明者や交通事故記録等も調べたが、該当者はなかった。その当日、警察は麻子の両親のクルマに積み込んだままになっていた「ゴミ」を地面にシートを敷き、その上に広げて撮影した。同時に、鑑識チームを室内に入れ、血痕の有無など事件性がうかがえるようなものがないかも調べた。

血痕やルミノール反応はでませんでした、と両親は警察から報告を受けた。歯ブラシや箸はDNA検査のために使う可能性があると、警察が持ち帰った。翌日、警察から夫婦にアパートの部屋を調べるので立ち会ってほしいという要請があり、義太郎と江美子は麻子のアパートへと再び向かった。江美子と義太郎は不安で胸が押しつぶされそうだった。麻子、どうか生きていてほしい。ただそれだけを祈った。しかし、その時すでに麻子は地中に埋められていることなど、知るよしもない。序章の冒頭の上申書にある「四月十四日」という日付から、すでに二週間が経過していた。

腑に落ちない出来事の数々

加藤麻子は昭和四十五年（一九七〇年）に名古屋市千種区の猪子石（当時）で生まれ、四歳のときに今の実家がある郊外に引っ越してきた。父・義太郎と母・江美子の一人娘である。地元の高校を卒業した後、父親の紹介で地元の塗料関係の商社に勤めた。

麻子の父親の義太郎は愛知県出身で高校卒業後、いくつかの仕事を転々としたあと、塗料関連の会社で定年まで三十数年つとめあげ、実直なサラリーマン人生を貫いた。江美子も高校卒業後、地元の会社で経理関係の仕事をしていたが、義太郎が塗料関連の会社に入社する前にいた会社時代に二人は知り合った。結婚し、授かったのが麻子である。

ひとり娘だった麻子は溺愛され、素直で明るい性格に育った。両親に反抗することもなく育ち、就職してからは両親を旅行に連れて行くなど親思いで、気遣いの細かい女性に成長した。地元で育ち、地元で家庭を持つ。そんな平凡でありふれた幸せを手に入れようとしていたのだろう、麻子は会社で知り合った男性と二十歳の若さで結婚、二年で寿退社をすることになる。

新居は最初は賃貸住宅だったが、麻子の実家の隣の売りに出ていた中古住宅を両親が買い取り、そこで結婚生活を送るようになった。そのまま何不自由ない幸せな家庭を築いていくはずだった。一方で麻子はなかなか妊娠できなかったため、不妊治療に通ったり、夫も生殖検査を受けるなどしていた。

ところが、すぐに生活に暗雲がたれこめる。結婚してほどなくして夫が同じ職場の女性と浮気していることを麻子は知ることになり、当然ながら夫婦関係は冷えきったものになった。それが原因で、麻子は夫と半年間にわたって家庭内別居を続け、正式に離婚したのが平成十一年（一九九九年）の夏のことである。麻子のささやかな幸せを求めるシナリオが狂い始めた。

実家とは庭を通じて行き来できる構造になっているが、よもや隣家では娘夫婦が家庭内別居生活を送っているとは、麻子の両親は知るよしもなかった。麻子にとってものちに事実を知ることになる麻子の両親にとっても青天の霹靂だった。

麻子は会社を辞めてからも地元のレンタルビデオ屋でパートをやりながら主婦業を続けていたが、正式に離婚してからは家から出かけることも多くなり、地元の眼鏡店やホテルのバー、漫画喫茶等でアルバイトをするようになる。が、すべてのアルバイト先を正確には両親には伝えていなかったようだ。一方で再就職も考えていたのか、パソコンを使えないと仕事ができないからと、パソコン教室に通っていたこともあった。

自分にはまったく非がないのに、結婚まもない時期に家庭内別居状態に追い詰められ、挙げ句は離婚という結末は麻子の精神を蝕んだだろう。しかし、彼女はショックから立ち直り、再び社会に出ようとしてもがいていたように思う。それまではいわば「箱入り娘」だった自分を変え、新しい自分を探していたのかもしれない。私は当時の様子を少しでも知りたいと思い、元夫に手紙を出したが返事はなかった。

漫画喫茶「B」で働くことになったきっかけは、離婚後、自分でさがしてきたということしか両親は聞かされていなかった。これものちに真相があきらかになる。働きだした頃は名古屋市内まで一時間半以上かけてクルマで通っていたが、店は二十四時間営業だったこともあり、シフトについていくために平成十四年末に麻子は中川区に最初のアパートを借り、のちに行方不明になったワンルームアパートへと引っ越した。実家に住んでいたのは三十一歳までだったから、親元を離れてから、何らかの「事件」に遭遇して行方不明になるまで一〇年ちかくが経過していたことになる。

さきも触れたが、その一〇年間、麻子の両親は娘の経済状況をひたすら案じ、できる限り経済的な援助を続けてきた。江美子の計算によると、約一〇年間で物品合わせてざっと二〇〇〇万円以上の額の援助をしてきたという。どういう理由かはわからないが、生活費が慢性的に足りず、困窮していることを麻子は訴えてくるのだった。一方で、ことあるごとに江美子は、「(生活は)やっていけるの?」とたずねても、「やっていける」という素っ気ない返事がいつも返ってくるばかりで、それ以上は麻子は何も語ろうとはしなかったという。

親が麻子のためにかけていた保険を担保に数十万を借りていたことが判明したときは、さすがに江美子があわてて厳しく問いただした。すると、「友達のお母さんが入院しているから、その子のためにおカネが必要だった」と麻子は言い訳をした。サラ金から借金を重ねた形跡もあった。あきらかに嘘をついて自分のため以外に現金を用立てていることがうかがえた。

もし「B」からアルバイト代がきちんと支払われており、さらに両親が折に触れて援助をしてきた額があれば十二分に生活はできたはずなのに、どうして数十万から数百万という多額の金銭をしょっちゅう親に無心したり、消費者金融などから調達する必要があったのだろうか。

事件後、警察から遺族が得た情報によると、事件が起きる二年ほど前から「B」から給料は出ておらず、そうだとすると、ただ働きに近い状態だった可能性が高い。両親は一度も給料の明細書を見たこともなかったし、勤務シフトも見たことがなかったから、どんな経済状況になったのかも掴めずにいた。

のちに両親が麻子の銀行口座一〇年分の記録を確認したところ、月末の決まった日に麻子はほぼ定額（十数万円）を口座に入金しており、これが給料だと推測できた。給料は手渡しで、それを口座に入れていたのだろうか。しかし、平成二十一年ごろからそれが減り始め、やがて半分以下になり、入金がない月も出てくる。麻子が事件に遭遇する二年ほど前からはほとんど給料が出ていなかった、という警察官から江美子が得た情報は、この記録を見る限りは信憑性があると私は思う。

麻子が「B」に通いで勤め始めてしばらく経った平成十四年の春頃、「漫画喫茶の営業の権利を買いたい」と麻子が唐突に言い出したことがあった。「B」のオーナーである杉本恭教――もちろん、麻子はオーナーの名前を出していない――が売りたいと言っているらしい。麻子は頭金の数百万だけでも出してほしいと頼み込んで、猛反対する親の意見はまったく聞く耳を持たないほどの入れ込みようだったという。そもそも両親は漫画喫茶なるところがどういう仕事なのかを知らなかったため、麻子は実家の近場にある漫画喫茶に連れて行ったりもした。漫画喫茶は、漫画を読みながら飲食することができるその名の通り喫茶店で、二十四時間営業のところも多く、簡易宿泊場所として利用する客も少なくない。「B」も二十四時間営業だった。

私は尾張地方に点在する同じ店名のグループ店に何軒か足を運んでみたが、漫画の単行本だけでなく、漫画週刊誌や月刊のファッション誌も置いてあり、パソコンが設置してある小部屋もあり、一日を過ごすにもうってつけの環境だった。常連客らしき人も多く、声をかけると週末は必ずここで過ごすという客が少なくなかった。漫画喫茶は私たちの日常にとけ込んでいる存在であるといってもいい。

営業権として提示されていた値段は二〇〇〇万円ほどで、そんなにするはずがないと両親は訝った。麻子は結婚生活をしていた住宅を担保にしてほしいとまで言い出した。数十万円から数百万円という多額の用立てを麻子はそれまでに何度か頼んできたこともあったが、今回ばかりはさすがに両親はまともに取り合わなかった。じつは事件に遭う前年にも「B」の経営権を買い取りたいと言い出し二五〇〇万円を借りたいから保証人になってほしいと両親に再び頼んでいる。つまり二度目の無心だった。むろん両親は応じなかった。

麻子が姿を消してから、当時のメモには書いていない麻子にまつわる腑に落ちない出来事を両親はいくつも思い出すようになり――とりわけ母親の江美子は――私に会うたびにいろいろな出来事を話してくれた。

「事件から六年ほど前のことですが、一二五〇万円を消費者金融から借りたことがあり、私があわてて返済したことがありました。理由を問い質しても、友達のために借りたとしか言わない。その友達に会わせてほしいと頼んでも、忙しいからと適当に言い繕って取り合おうとしないのです。それから、事件の三年ほど前のことですが、麻子がたまたま実家に帰ってきたとき、ゴミ袋を持ってきていたんです。麻子から処分してほしいと頼まれ、分別する必要があったためゴミ袋を開けたところ、請求書やサラ金の借用書、光熱費の催促状などが出てきてびっくりしたんです。七年も前から借りていて、三社で数十万ありました。やっぱり借りていたんです。

ガソリン代や本人以外の携帯電話の請求書もゴミ袋から多く出てきたんです。麻子に携帯を複数台契約していることを問い質すと、沖縄から出てきた『B』のアルバイトの子が未成年のため契約できないから自分が代わりにしていると答えました。どうやら、『B』のオーナーに頼まれてやっているらしいと私はにらんだのですが、直接私が『B』のオーナーに断りを入れてあげるから解約しなさいと言うと、またしても麻子は頑なに拒みました。その後も私が何度も口を酸っぱくして解約をするよう諭したため、いったんは解約したのですが、また契約をし直していました。麻子はどうして、四台もの携帯電話を契約していたのでしょうか。

そうそう、それから、私が保証人になって借りたアパートのスペアキーを何かのときのために、一つ預からせてほしいと頼んでも渡してくれませんでした。麻子の生活やおカネの使い道がまったく見えなくなっていっていて、腹立たしいやら、悲しいやら、そういう日々が続いていたのです。ですが、誰かにマインドコントロールをされて、誰かの言いなりになってやらされているかんじがして仕方がありませんでした」

ガングロのメイク

実家を出てからの約一〇年の間、二〜三カ月に一度、長いときは半年に一度ほどしか実家には帰ってこなかった。麻子は帰るときは必ず母親の携帯に電話をかけ、「帰るわ」とだけ言って、母親の仕事が終わる時間を見計らってクルマで帰ってきた。晩御飯を食べがてら、両親を安心させるために顔を見せに帰ってきていたのだと江美子は思っている。

実家を出てから最初の数年は見た目はあまり変わった様子はなかったが、しかし、だんだんと表情もやつれ、顔つきも変わり、髪が乱れていても気にしないようになっていった。我が子ながら別人になってしまったように思えてしまい、江美子は涙が出そうになるのをこらえることもあった。かつては清潔だった麻子のクルマの中も生活用品のゴミなどが散乱するようになっていったことも、江美子にとっては心配でならなかった。

麻子は自分のアパートへ親がたずねてくることを極端に嫌がった。そのことを、江美子はずっと不審に思っていた。麻子が最初に借りたアパートを、江美子と（麻子の）祖母といっしょにたずねたとき、近くから電話を入れると、ものすごい剣幕で「来んといて！」と拒まれ、わざわざ近くの飲食店の駐車場で待ち合わせ、食事をしたこともあったほどである。部屋を見せることすら拒むのには何かよほどの理由があったのだろうか。

ただ、一度だけ事前の連絡なしにアパートをたずねたこともある。そのとき、部屋の電気はついているし、クルマもある。呼び鈴を何度押しても反応がない。これは居留守を使われているんだわ――。江美子はすぐに勘づいたため、部屋の外で「何で出てこんの⁉」と大声で呼びかけた。すると、ようやくドアが開いたこともある。しかし、麻子は頑としてやはり部屋には入れなかった。

なにより麻子は「B」のオーナー夫妻と両親を会わせることを極端に嫌がり、麻子が実家を出てからの一〇年間、両親は一度も娘の雇い主に会ったことはない。だから先にも触れたように「杉本」という名字すらも、事件が起きるまで知らなかった。

「一度、私が『B』に電話をかけたんです。加藤麻子の母親です、と名乗りました。アルバイトらしい若い女の子が出たのですが、（オーナーは）留守だと言われました。だったら、オーナーの携帯電話の番号を教えてほしいと言ったら、それはできません！　とすごい剣幕で断られました。おそらく杉本も私たちに接触したくなかったのでしょう」

そう江美子は嗚咽をもらしながら、当時の出来事の記憶をさらにたぐりよせる。

「平成二十二年の夏に奇妙な出来事があったんです。たまたま安く手に入った果物を麻子が、私の勤務先へ取りにきたとき、私は麻子の顔を見て腰を抜かしました。メイクがいわゆるガングロだったんです。色白の麻子があきらかに不自然なまっ茶色のファンデーションを塗りたくっていたんです」

江美子は腰を抜かしそうになり、思わず聞いた。

「あんた、なに？　その顔は⁉」

「日焼けしとる」

そう麻子はごまかそうとした。麻子がへそを曲げてしまうため、江美子はそれ以上は追及することはしなかったが、あきらかに不自然だった。あれは誰かに殴られてできた痣を隠すためだったのではなかったか。そう江美子は今になってから思う。「B」を辞めたあと行方不明になるまで働いていた「I」の店長から聞いた話とも符合するからだ。

加害者夫妻の「上申書」

加藤麻子の実家の庭にはおおきな柿の木があって、鈴なりに実がなり、枝もたわわになっている。ちいさな野鳥が何羽かせわしなく枝から枝へ飛び回っていた。私が縁側からその柿の木を眺めていると、背後から「麻子が三歳のときにこの家に引っ越してきたときに植えたものなんですよ」と江美子の声がして、お茶を乗せたお盆をテーブルに置く音がした。

柿の木を植えたとき、よもや娘が四十一歳で生涯を閉じることになろうとは思いもしなかった。それも最期は他人の手によって山奥の暗く、冷たい地中に埋められるとは……。旅行にも連れて行ってくれたし、親思いの心根のやさしい子だった。離婚後、漫画喫茶「B」に勤めだす前までは――。麻子の両親は柿の木を毎日見るたびに、一人娘との楽しかった思い出を反芻し、後悔の念や加害者夫婦への憎しみを抑えることができない。

マスキングが施された「上申書」の日付は平成二十四年十一月十二日から十五日の間に集中している。この三日間で杉本夫妻は任意で自供をしたのだ。

以下は序章の冒頭にその一部を紹介した、妻の杉本智香子のサインと指紋押捺があるマスキングされた「上申書」の全体である。

「私と加藤さんの関係は平成二十四年二月末まで私と夫で経営していたマンガ喫茶「B」野田店の責任者とアルバイト店員の関係でした。加藤さんとプライベートでの関係は一切ありません。加藤さんは私の前では真面目に働くのですが目をはなしたり、私が店からいなくなるとレジからお金をぬすんだり、店の食べ物を勝手に食べた

り、オーナーの夫にタメロで話すなど、人が見ていない所では平気で悪い事をする人でした。発見するたびに注意をしましたが、なおることがなかったので時には加藤さんをたたいたり、けったりすることもありました。本心では加藤さんをすぐにでもやめさせたかった。しかし加藤さんが店にいるとお店の回転がスムーズに行くこともあり、しかたなく働いてもらっていました。平成二十四年一月前後にマンガ喫茶で働いてくれていた店員に対してマンガ喫茶をやめることをつたえた時期だと思いますが、加藤さんから昼、夜関係なく私のケイタイ電話に電話がかかってくるようになりました。電話の内容はマンガ喫茶とは別に、夫、私、長男、三人で経営していたラーメン屋で働かせてほしいと言った内容でした。私は加藤さんのことがきらいでした。マンガ喫茶では仕方なく働いてもらっていましたが、ラーメン屋では働いてもらいたくありませんでした。なので加藤さんには何度もことわっていましたが、それでも何度もやとってほしいと電話をかけて来ました。その後、昼、夜、関係なく電話をかけてくるようになり、やめてほしいと伝えたのですが、いやがらせのように電話をかけてきました。このようなことが原因でどんどん加藤さんのことがきらいになりました。近くにいたらたたきたい気持ちでした。そして平成二十四年四月十四日に

■■■加藤さんは目をあけたまま、息もせず、心ぞうも、脈もとまってしまったため、私たちは心ぞうマッサージをしましたが、心ぞうも脈も動くことなく息もしませんでした。死んだと思った私たちは警察や救急車を呼ぼうと思いましたが、結局呼びませんでした。■■■

■■■なやんだ結果、私は夫に対して■■■絶対に見つからないようにしようといいました。これは加藤さんの死体をかくして警察にバレなければ■■■

■■■夫もわかってくれ、夫と一緒に加藤さんの死体をかくすことに決めました。加藤さんの死体は加藤さんが乗ってきたワゴンRの後部座席の床の上に置き、しばらくはワゴンRを駐車場に止めたりして死体をかくす場所を探しました。それからしばらくして夫と一緒に死体を南知多町付近の山の中にうめることを決め、山の中の土を夫と一緒にスコップで掘り、ワゴンRの中に入れておいた加藤さんの死体を穴の中に入れて土をかぶせてうめました。うめた時、加藤さんは服などを脱がせていたためパンツ一枚でした。死体をうめてからは加藤さんが乗っていたワゴンRをすてないと警察にバレると思い、ワゴンRの前後のナンバーをはずしたりして持ち主がわからないようにして名古屋市港区の港から海にすてようとしましたが、ボディが段差にひっかかり、すてれず、私と夫はその場所から乗って来たフィットに乗って逃げました。」（原文ママ・ただし店名は仮名「B」に変更）

そして、平成二十四年十一月十四日の日付と指紋押捺がある夫・杉本恭教のそれも読んでみよう。タイトルも「■私がした事件」とマスキングされている。タイトルにまでマスキングをされているのはなぜだろう。

「私がオーナーをしていたマンガ喫茶「B」野田店に加藤麻子さんは一〇年以上勤めていました。仕事ぶりはよかったので信用して売上げ金の管理をまかしてました。今年（筆者注・平成二十四年）二月までずっとまかしていました。私も売上げ金については加藤さんが不正なことをせずにしっかりやっていると信じてきっていました。■■四月十四日の数日前に加藤さん本人からマンガ喫茶の時の売上金についてごまかしていたと言うことを聞かされたのです。私としては信じきっていた加藤さん本人の口から、長年にわたって売上げ金をごまかして、自分のものにしていたと聞かされて本当にショックでいかりに変わっていきました。私としては、そのいかりがすべて加藤さんにたいしてむけるしか、おさまることがなかったのです。そのいかりを加藤麻子さんにたいして、はげしいくちょうで、もんくをいったり、時には、なぐったりしました。しかし、なかなかそのいかりはおさまることなく、加藤さん本人を見たりすると、そのしゅんかんにいかりがこみ上げてくるのです。

十四日の日も

加藤さんは

たおれてしまい、かたをゆすっても反応がなく

気もどうてんしまいました。その後に妻とみゃくをとったり、人口こきゅうをしたりしましたが、私は死んでいると思いました。その時にきゅうきゅう車やけいさつに連絡することはありませんでした。それで妻と話して

し体をかくすことにきめたのです。それで加藤さんのし体を加藤さんののって来た車の中に入れしばらく保かんして、すてる場所をさがして、さいしゅうてきには、南知多の山のようなところに妻と二人で穴をほり加藤さんの服をぬがせるなどして、穴の中にうめました。

その後に名古屋港に、加藤さんの車をすてようとしましたがうまくいかず、がんぺ

きにひっかかってしまい、見つかりそうになったので妻と二人でにげました。したいをうめたことや車や加藤さん物、今日の事件につかった物はすべて捨てました。自分たちがつかまらないために、やったこういです。事件のことは妻と二人で言わないようにやくそくしました。」（原文ママ）

頭隠して尻隠さず。そんな言葉がふいに思い浮かぶ文面。夫妻の上申書を合わせて読むと、平成二十四年四月十四日に麻子に暴力をふるったのだろうと推知できる。そして、勝手に「死んだ」と思い込み、犯行を隠蔽するために相談の上、山中へ埋めたということ、クルマなどの証拠隠滅もはかったことも赤裸々に綴られている。事件を起こした以前から暴力をふるっていたという告白もある。それにしても、夫婦揃って麻子の人格に対する誹謗を書きつらねているが、はたしてほんとうなのだろうか。犯行から警察の事情聴取まで十分すぎる時間があったことも考えても、念入りに口裏を合わせて、あたかも麻子に非があったかのようにして供述することも可能だろう。

この「上申書」も不起訴処分となった「傷害致死」に該当すると思われる部分にはマスキングが施されていることがはっきりとわかる。それは加害者の「権利」として「知られない」ためでもある、と言い換えることができる。不起訴になった容疑については「知られない」ことが容疑をかけられる側の防衛になるからだ。

それにしても、ここまで自筆で犯行を告白しておきながら、どうして捜査機関は全容を解明できず、傷害致死罪で起訴することを見送ったのだろうか。死体を遺棄したのに、では誰が被害者の命を奪ったのだろうと誰しも疑問に思うはずだ。

ちなみに裁判員裁判の対象となるのは、「一定の重大な犯罪」で、法務省のウェブサイトには次のように代表的な例がまとめられている——（1）人を殺した場合（殺人）、（2）強盗が人にけがをさせ、あるいは、死亡させた場合（強盗致死傷）、（3）人にけがをさせ、その結果、死亡させた場合（傷害致死）、（4）ひどく酒に酔った状態で自動車を運転して人をひき、死亡させた場合（危険運転致死）、（5）人が住んでいる家に放火した場合（現住建造物等放火）、（6）身の代金を取る目的で、人を誘拐した場合（身の代金目的誘拐）、（7）子どもに食事を与えず、放置して、死亡させた場合（保護責任者遺棄致死）、（8）財産上の利益を得る目的で覚せい剤を密輸入した場合（覚せい剤取締法違反）——。

つまり、杉本夫妻が不起訴となった「傷害致死」は裁判員裁判の対象になるが、起訴された「死体遺棄」だけでは裁判員裁判の対象事件にならないのである。

法廷で加害者と被害者遺族が初めて向かい合う

皮肉なことに、加藤麻子の両親と杉本夫妻との初対面の場となったのは、麻子が被害者となった死体遺棄事件を裁く刑事裁判の法廷だった。杉本夫妻は刑事被告人、両親は被害者遺族という立場である。杉本夫妻は初公判のときから判決に至るまで、麻子の両親を目の前にしても目を合わせようとはしなかったという。

杉本夫妻は警察の取り調べ段階初期から黙秘を続け、刑事公判でも黙秘を続け、事件について語ることがなかった。麻子の遺族は事件の全容どころか、どうして麻子が命を絶たれることになったかすら皆目わからないまま、「死体遺棄」罪のみしか問われない杉本夫妻の刑事公判に参加せざるをえなくなった。

麻子の両親が娘の身を案じてアパートに入り、腐敗した食べ物を発見したとき、すでに麻子は愛知県知多半島の山間の土中に杉本夫妻の手によって埋められて二週間近くが経っていたこと。麻子の両親が祈るような気持ちで毎日を過ごしていたとき、すでに麻子は死亡していた——検察官の冒頭陳述や求刑でそのことだけははっきりしたのである。

いったい、事件に巻き込まれ、被害に遇うまでに何が麻子の身に起きていたのか。死体遺棄罪でしか起訴されなかった杉本恭教と智香子は、麻子の「死」にどのように関与をしているのか。杉本夫妻が犯した犯罪に、法や制度はどのように機能したのか、しなかったのか。

突然、一人娘の命が消え去ってしまったことに両親はうろたえ、悲憤を抱えて生活を送ってきた。――いったい、どうすれば娘に何が起きていたのかを知ることができるのでしょうか。いったい杉本夫妻とは何者なんでしょうか。悔しい。加害者を同じ目に遭わせてやりたい。娘がかわいそうで、かわいそうでならない。悪いことをした人間が逃げ得になる法律ってなんなのですか――。私はそんな問いかけを何度、麻子の両親から受けたことだろう。血が滲んだ素手で土を掘るような遺族の闘いは、事件直後こそ各メディアが追いかけたが、ほどなくして報道量は減り、その後は地元のメディアにもまったく取り上げられずにいた。

この事件を記録をし、社会に伝えなければ――。法廷であきらかにならなかったことを、取材で少しでも振り起こすことができないだろうか。そう私は自分に誓った。社会に事件のことを伝えながら、問題点を整理・提起していくことが麻子の遺族に対する、私なりの答えになるかもしれない。それは社会の公益にもかなうはずで、ジャーナリズムの使命でもある。

加害者夫妻が沈黙を守ったまま、闇に葬られようとしている「事実」をできうる限りつまびらかにしていきたい。そして、麻子が生きた時間を少しでも辿りたいと私は思った。

第二章　「黙秘」と「死因不明」

容疑者逮捕――「死体遺棄」を自供へ

加藤麻子の両親から出された捜索願を受けて、麻子が長年つとめていた漫画喫茶「B」のオーナーだった杉本恭教・智香子夫妻について警察は直ちに捜査を始めたことはすでに述べた。当初、警察は「被疑者不詳」としたまま「監禁容疑」で捜査を続け、杉本夫妻の行動について監視カメラの映像を解析したり、関係各所を捜索している。警察は杉本夫妻が麻子をなんらかのかたちで何処かに閉じ込めていたのではないか、と見立てたのだろうか。

捜査に一気に弾みがつくのは、のちに詳述するが、平成二十四年（二〇一二年）四月二十四日深夜に杉本夫妻が麻子のクルマを名古屋港の埠頭から海中に遺棄しようとしたが失敗し、釣り人に見つかり逃走、その車両の持ち主が加藤麻子であると判明してからのことである。杉本夫妻が麻子を「死なせた」と供述した四月十四日から十日後のことである。クルマが埠頭から海中に落ちる寸前の状態の現場を警察は直ちに捜索、クルマはナンバーは外され、保管場所標章は削り取られていたが、車体番号等から、すぐに麻子の所有だったことが判明する。車内からはルミノール反応（血液への反応）が検出され、捜査対象者（容疑者）を「B」を経営していた杉本夫妻に絞り込み、麻子が失踪した事件への夫妻の関与が濃厚である疑いが高まったのはまちがいないだろう。クルマの投棄の失敗で杉本夫妻は自分たちのところへ捜査の手が伸びることは時間の問題だとわかっていたはずである。

愛知県警中川署が、杉本夫妻に対して任意の事情聴取をおこなったのは、同年十一月十二日のことで、名古屋港の埠頭で麻子のクルマが発見されてから以降も半年間、警察は捜査を続け、証拠固めをおこなっていたことになる。

任意で杉本夫婦を呼んだところ、揃って自筆で犯行を記した「上申書」等の「自供」をしたため、ただちに翌十一月十三日には南知多町（みなみちたちょう）で遺体の捜索をスタートさせ、同時に夫妻の愛知県東海市（当時）の自宅やラーメン店などの家宅捜索や所持品の押収、関係者からの事情聴取等も一斉に開始している。

じつは麻子の母親の江美子は、警察に捜索願を出した時点で、「漫画喫茶のオーナーが怪しいから調べてください」と、杉本恭教の存在を伝えていた。

漫画喫茶オーナーだった杉本恭教と面会をしたくても一度もできなかったこと。麻子が離婚後、しばらく実家にいたとき、固定電話の履歴に同じ局番が多く並んでいたこと。オーナーが不審だと思ってきたこと等も話した。電話の履歴を警察に出して、電話の相手を調べてほしいとも依頼した。履歴は真夜中に集中していた。ただし、すでに触れたようにその時点では麻子の両親は「杉本」という名前すら知らず、漫画喫茶「B」のオーナーという肩書しか知らない。後にわかったことだが、その番号は当時、杉本が住んでいた愛知県東海市のものだった。

遺体の発見には半年近くを要し、死蝋（蝋のように遺体の一部が原形を保った状態）・白骨化した麻子の遺体が見つかったのは翌平成二十五年四月十九日のことである。杉本夫妻が書いた「上申書」にあった、麻子を死に至らしめたと記した「日付」からちょうど一年後のことだ。一年間もの間、麻子は地中に埋められていたことになる。

杉本夫妻が揃って「自供」した死体遺棄現場はまったく同じ地点で、警察はすぐに一帯の捜索を開始したが、そこら一帯をいくら探しても遺体は出なかった。それもそのはずだ。実際の遺棄現場は道路をはさんで真反対側の山中だったからだ。ゆえに発見まで約半年という途方もない時間を要する結果となったのである。

警察は麻子のワゴンRに残されていた植物の種子なども科学的に分析して、周辺一帯でその植物の自生場所などを探しあて、ようやく遺棄現場を発見することができた。

私は杉本夫妻が「自供」した遺棄場所と、じっさいに発見された遺棄場所に何度も足を運んでみたが、二つの場所は一本の道路を隔てて真反対の位置にあり、科学捜査がなければはたして見つかっただろうかと思わせるほど離れていた。両地点を直線距離で見ても一キロ以上はあるだろう。杉本夫妻はなぜ、よりによってまったく同じ位置を示したのだろうか。犯行から警察に事情を聴かれるまで半年間という長い時間があり、いつか犯行が発覚することは予期していたはずで、これも口裏を合わせておいたのではないかと勘繰りたくなる。

平成二十五年四月二十一日には遺体をＤＮＡ鑑定等で加藤麻子と断定し、愛知県警は杉本夫妻を死体遺棄容疑で逮捕、送検した。

続いて同年八月六日に、愛知県警は夫妻を傷害致死容疑で再逮捕、事件を送検した。そのまま杉本夫妻は死体遺棄と傷害致死の罪に問われるはずであった。

公判で「すべて黙秘します」

平成二十五年五月十二日には名古屋地検は杉本夫妻を死体遺棄罪で起訴、初公判は同年七月二日に開かれた。つまり、傷害致死容疑で逮捕（同年八月六日）される一カ月前から始まったことになる。

死体遺棄罪の起訴状（同年五月十二日付）の公訴事実には次のように書かれている。

〔被告人両名は、共謀の上、平成二十四年四月十四日頃から同月二十四日頃までの間に、愛知県知多郡南知多町大字内海字清水四六番地所在の畑において、加藤麻子の死体を土中に埋め、もって死体を遺棄したものである。死体遺棄罪（刑法一九〇条、第六〇条）〕

死体遺棄の罪しか問われていないのだから、当然このような文章になるのはわかる。しかし、どうして「遺棄」に至ったのかという前段がすっぽりと抜け落ちた起訴状に、激しい違和感を抱くのは私だけではあるまい。

初公判の法廷では「人定質問」という被告人が杉本恭教か智香子本人で間違いないか——名前の他にも職業や生年月日を聞かれる——を裁判官が確認する手続きから始まる。

罪状認否（検察官が公訴を請求した罪で間違いがないかどうかを本人に確認すること）や検察官の冒頭陳述（証拠調べの前におこなわれる犯罪内容についての陳述）などがおこなわれるが、杉本夫妻は「人定」には答えたものの、罪状の認否を留保し、それ以降は事件についてはいっさい口を閉ざすことになる。

弁護人は傷害致死での追起訴の可能性を上げ、公判で証拠調べ（裁判所が証拠を取り調べて内容を把握することで心証を確定していくことで、証人や鑑定人等の尋問や聴取も含まれる）を始めないようにも主張した。被告人に不利な要素を公判から徹底的に排除を求めていくのが、刑事弁護のセオリーである。

検察官の冒頭陳述では、〔**被害者は、**「B」（筆者注・漫画喫茶の名称。冒頭陳述中では実名）**を辞めた後も、被告人両名と連絡を取っていたが、平成二十四年四月十四日頃、不詳の原因で死亡した。被告人両名は、同日頃、被害者が死亡したことを認識し、被害者の遺体を隠すこと**〕にしたと記し、死に至った理由は「不詳」と表現している。

また、〔**被告人両名は、被害者の売上金の管理に不審な点があるとか、勤務態度が悪いとして、平成二十二年十一月以降、給料を被害者に払わなくなったほか、被害者に暴力を加えることもあった。**〕と指摘している。

第二回公判（平成二十五年十二月五日）では、杉本夫妻は公訴事実は認めたものの、翌年の第三回公判（平成二十六年一月九日）では、夫妻の弁護人から全面的に黙秘権を行使することを被告人と相談して決めたため、いかなる質問も遠慮をしてほしいと裁判官に伝えた。

裁判官が「質問されて答える意思はありますか」と聞いた。

「全て黙秘します」

そう杉本恭教は言い、智香子も「黙秘します」と答えた。裁判官はこれを認め、被告人質問をおこなわないことを決めた。

ただし、第四回公判（同年一月二十七日）では一転、杉本夫妻は口を開いた。

「今回私たち夫婦が起こした件で加藤さんのお父さんお母さんには本当につらい思いや悲しい思いをさせて心から申し訳ありませんでした。本当に心からすいませんでした。この先も必ず毎日私たちは手を合わせていきます。本当に今回の件で加藤さんのご両親につらい思いをさせたことはもちろん多くの人にも迷惑をかけて申し訳ありませんでした。」（恭教）

「今回のことで加藤さんのご両親をはじめ多くの方々につらい思いをさせて心配をさせてしまいました。お母様のお話を聞き本当に悲しい思いをさせてしまったと思いました。加藤さんのご両親、多くの方々には本当に申し訳ありませんでした。」（智香子）

これだけを語ったのである。

ここで智香子が触れた「お母様のお話」とは、杉本夫妻が黙秘を宣言した同年一月九日に麻子の母・江美子に対しておこなわれた証人尋問のことだろうか。あるいは、当公判の冒頭に江美子が読み上げた意見陳述書のことを指すのだろうか。

平成二十六年一月九日、検察官からの「証人尋問」では、江美子は次のように悲痛な思いを語っている。

検察官 証人が麻子さんと最後に会ったのは、何年の何月のことですか。
江美子 (平成)二十四年の三月二十五日に(実家に・筆者注)来ました。
検察官 それが最後だったということですか。
江美子 はい。
検察官 その後、証人が麻子さんが行方不明になっているということに気が付いたのは、いつ頃のことでしたか。
江美子 四月十二日に電話で話はしたんですけど、四月十七日に携帯に電話かけても呼出し音がずっと鳴っているだけで通じませんでした。それからしょっちゅう電話かけてたんですけど、余りにおかしいと思い、四月二十八日だったと思いますけれど、それから三日間、続けてアパートに見に行きました。それで三日目にアパートの中に入りました。

検察官　そこで結局、麻子さんがいないことが分かって、行方が分からなくなっているということが判明したということですね。

江美子　はい。

（中略）

検察官　その後、警察がいろいろ活動したと思うんですが、証人が麻子さんの御遺体が見付かったと聞いたのはいつ頃のことですか。

江美子　翌年二十五年の四月半ば過ぎです。担当の刑事さんから電話をいただいて、一生懸命捜していただき、見付けていただきました。

検察官　麻子さんの御遺体が見付かるまで、行方不明だということが分かってから約一年くらいあると思いますが、証人はどのような気持ちでお過ごしだったんですか。

江美子　毎日朝晩、仏壇に手を合わせるんですけど、そのとき、いろいろなことを、どうしても想像しちゃうんですね。それと今までの思い出ですね。麻子が小さいときから今までの、一緒に行ったり、本当に細やかなことやらいろいろなことをずっと思い出すたびに、いまだに泣けて泣けて仕方がないです。

検察官　御遺体が見付かるまでの間も、そのような気持ちでずっと過ごされていたということですか。

江美子　はい。薬無しではいられなくなりました。

検察官　薬というのはどういう薬ですか。

江美子　精神安定剤みたいな、精神科に通ってまして、寝るのも寝れないものですから、朝昼晩飲んで、夜寝る前に寝やすい薬をもらって、いまだに飲んでいます。

検察官　それは麻子さんの行方が分からなくなって以降の話ですね。

江美子　なってからです。

検察官　証人は、麻子さんの御遺体が見付かったということを警察官から聞いて、そのときどう思いましたか。

江美子　もう本当に、まだかまだかという感じで、刑事さんには申し訳なかったんですけど、早く見付けてほしいという感じで、何回も何回もつついたりなんかして、刑事さんには本当に申し訳なかったんですけど、出てきたときは本当にうれしかったというか、何か変ですけど、うれしかったです。見付からなかったらどうしようかしらというような感じで、この先、私たちも短い老い先ですので、主人と二人だけで、やはりほっとしたと同時にうれしかったという感じで、何しろ麻子が出てくるのが証拠だということで言われてたもんですから。

検察官　発見された麻子さんの御遺体を御覧にはなられましたか。

江美子　見ていません。

検察官　それはどうして御覧になってないんですか。

江美子　死体検案書を書いてくれた先生と葬儀社が、もう白骨化しているから見ないほうがいい、今までの元気だった頃の写真いうか、思い出で思ってたほうがいいから、絶対見ないほうがいいというふうで、二人から言われて、主人も私も、友達とか密葬でやるつもりだったんですけど、友達も全然見ませんでした。（後略・原文ママ）

「傷害致死」での起訴は見送り

死体遺棄事件の刑事公判が続く中、麻子の遺族にとって絶望的ともいえる展開を見せた。序章で触れたとおり、名古屋地検は本事件の中核をなすと思われる「傷害致死」罪での起訴を嫌疑不十分で見送ったのである。

じつは「傷害致死」容疑で逮捕直後の平成二十五年八月十日には担当検察官が愛知県警の担当刑事に案内されて加藤家を訪れ、「何かと（杉本夫妻の）弁護士から抗議がくるのでにっちもさっちもいかない」などと経過説明をしたという。この頃から、検察官は起訴に持ち込むことを諦めかけているふしがうかがえる。同月二十四日にも検察官は加藤家を訪問し、容疑者の黙秘や死因不明等の理由で、傷害致死容疑のウラが取れない等と説明した上で、起訴できそうにないことを前もって報告している。上司とも相談の上の判断だとも告げた。

そして、同年九月六日には名古屋地検は傷害致死容疑では不起訴にすることを判断するに至ったのだ。

死体遺棄容疑での起訴に続いて傷害致死でも起訴をするつもりで意気込んでいたはずの検察官は、早い段階から「傷害致死」で起訴することをあきらめていたのだろうか。もし仮に同罪で起訴に持ち込まれていれば、裁判員裁判になっていたことはすでに触れたとおりである。

被害者遺族の思いとは別に淡々と司法手続きは進められていった。罪が存在するのに、法的には罪に問えない。麻子の遺族はただただ途方にくれるしかなかった。

当時の検察官の説明や報道などを総合すると、不起訴の理由としてまず考えられたのは、すでに触れたとおり、杉本夫妻が死体遺棄容疑で逮捕されてから黙秘に転じたことだ。黙秘をすることによって「自白」が取れない状況は、傷害致死を立証しなければならない立場の警察や検察にとっては圧倒的に不利にはたらく。警察官が取った供述書は一通しかなく、任意で書いた「上申書」だけでは事件を立証する証拠としては弱いとされるのが、司法では一般的な考え方だ。

杉本夫妻にはそれぞれ二名の弁護士が刑事弁護人として付いた。恭教の弁護士の一人は地元の刑事弁護業界では名が知られた金岡繁裕（かなおかしげひろ）弁護士で、加藤麻子の遺族との書類のやりとり等を見ていると、ほとんどの準備書面等は金岡が書いていると見られ、本件の主任弁護人にもなった。主任弁護人とは被告に複数の弁護人がついたとき、主

任として被告人から指定され、弁護活動の統制をおこなう立場だ。（刑事訴訟法三三条）

恭教にはその金岡と二宮広治弁護士。智香子には鬼頭治雄弁護士と佐竹靖紀弁護士がついた。鬼頭は名張毒ブドウ酒事件の弁護団に関わる活動等をおこなっているが、いずれの弁護士も地元では刑事弁護を得意とするエキスパートである。

なぜ国選弁護人ではなく、刑事弁護に強い弁護士らを私選で付けることができたのか。これは私の取材でわかったことだが、恭教の長兄であるKが、知人を介して夫妻に四人の私選弁護士を付けるために骨を折ったとされる。弟から事件のことを知らされ、どうしたら少しでも罪を軽くできるかを考え、奔走した兄の心中はどんなものだったのだろうか。のちに私はこの兄のことをよく知る杉本恭教の複数の親族と邂逅をすることになる。

警察から任意で事情を聴かれ、さきの「上申書」を自ら書いた後、死体遺棄容疑で逮捕されるまでの間に、恭教・智香子は長兄ら一部の親族だけに自分たちのやってしまったことを話し、今後の対処や防衛策について相談をし、長兄らを通じて金岡弁護士らに正式に弁護を委任したと推測できる。

金岡弁護士ら四名の刑事弁護のプロが正式に受任したのは、杉本夫妻が「上申書」を任意で書いたあとか先かはわからないが、強力な刑事弁護団に弁護を委ねることは夫妻にとって相当な安心材料になっただろう。当時の新聞報道によれば、「(黙秘するかどうかは)弁護士と相談して決める」と話しているというくだりがある。

八月六日に傷害致死容疑で再逮捕されたあとも、やはり杉本夫妻は黙秘をして、何も語ることはなく、「自白」を記した員面調書が一通しかないという状況に捜査陣は追い込まれ、事件の全体像や事実経過をすべてあきらかにすることができなくなった。

しかしそれは、死体遺棄容疑で逮捕された直後、一定程度は捜査員の事情聴取に応じていたことがうかがえ、一〇〇パーセントの黙秘ではなかったということになる。一通でも員面調書が存在するということは、任意の事情聴取や初期の取り調べには応じていたということになる。完全黙秘はしていない。

のちに詳述するが、警察は当時の供述の裏付けをとるために、ラーメン店の長さ一二〇センチ重さ一キロの器具を押収して、どの程度の力が加わるものなのかを測定する検分をおこなっている。また、調理場や店内の血痕の有無などを鑑識し、状況証拠を集めた。冤罪を生み出す最大の要因である自白偏重的な捜査が批判される時代の中で、物的な証拠をかき集める「精緻主義」的な捜査を警察がおこなおうとしていたことは膨大な実況検分調書からもうかがい知ることができた。

死体遺棄罪で逮捕された際、杉本夫妻は麻子の乗っていたクルマのナンバープレートを外して捨てたと供述していることも地元新聞などで大きく報道されている。

警察は大規模な捜索をおこない、愛知県知多市内の池をさらった。ダイバーは池の底から、切りきざまれたナンバープレートを発見するに至る。また、杉本夫妻が麻子の「遺体」を乗せっぱなしにしたまま、遺棄場所を探したりするために立ち寄ったホームセンターなどの監視カメラも解析して、その足どりも正確に掴んでいる。

マスキングが施されていない「上申書」の一通には次のように書かれている。

〔ナンバープレートを捨てた場所

私は加藤麻子さんのナンバープレートを5㎝角位におりまげながら切り、細かくして知多市にある佐布里池にクラウンで行き池の中に捨てました。行ったのはワゴンRを捨てた後の今年24日のしんやです。平成二四．11．14　杉本恭教〕（原文ママ）

さきのマスキングされた上申書にある、夫妻が麻子に何らかの暴行をはたらいたと書かれている日付から十日後の出来事であることがわかる。海に麻子のクルマを沈めようとして失敗した日と同じ日付である。

「死因不明」の遺体解剖鑑定書

そして、検察官が不起訴処分にしたもう一つの主な要因は、加藤麻子の死蝋・白骨化した遺体を司法解剖した結果、「死因不明」と鑑定されたことだろう。これは、加藤家に検察官が起訴できそうにないことを事前に説明に赴いたときにも触れている。

死蝋・白骨化した加藤麻子の遺体を解剖し、死因は不明であると鑑定した、名古屋大学大学院医学系研究科法医であり、生命倫理学を専門とする石井晃教授による死体解剖の鑑定書を私は読んだ。

日付は、平成二十五年八月二十九日。遺体の発見から約四カ月後に出されたものだ。いまだに麻子の遺族はこの鑑定書には目を通すことができないままなのは、そこには正視できない娘の変わり果てた姿が掲載されているからである。

長期にわたり地中に埋められた人間の体は無残にも半白骨化しており、叫ぶかのように口蓋を大きくあけている様になることが多い。

麻子も何かを訴えかけている。何かを叫ぶように。埋められていた地を裂かんばかりの咆哮を発しているように。そう私には見えて仕方がなかった。

遺体が掘り出されたときの見分写真は「死蝋」状態。死蝋とは「屍蝋」とも書き、死体が外気と長時間触れない状態、つまり土中に埋められたことにより、内臓や脂肪が蝋状もしくはチーズ状になったものだ。

鑑定書によれば、半白骨化している状態は、たとえば、〈胸腔を開検するに、左右胸腔にはごく少量の泥状内容を認める。前縦隔は一部残存しているものの、諸性状の記述は困難。〕、心臓についても〔二〇四グラム、一部残存している。死ろう化した心筋の一部が認められるものの、諸性状の詳細な記述は困難。〕、さらに肺は左右とも、その他の臓器もほとんどが残存しておらず、性状を記すことは困難で、薬物検査もおこなったが検出限界以下だったと記されている。つまり臓器のほとんどが消失していることがわかる。

肝心の「死因」については、〔本屍はほぼ一体の死ろう化死体であり（中略）左第四、五肋骨に骨折を認めるものの、生前死後の判別は困難であり、その他、明らかに死因となりうるような生前の病変も確認できなかった。従って、本屍の死因は、解剖所見のみからでは明らかでない。〕と結論づけている。

つまり石井教授の解剖所見からは死因を特定することはできず、それはすなわち杉本夫婦が麻子の死体を遺棄するまでにおこなったかもしれない、何らかの「行為」と「死亡」との因果関係が立証できないということを意味する。

捜査において遺体の有無と死因の特定は重要な証拠となる。とくに白骨化していた場合、暴行により骨が折れていたり、陥没しているなどの骨の損傷が重視されるが、麻子の遺体については肋骨の骨折も死因になりえるものなのか、かつ生前か死後に生じたものなのかわからなかった。つまり、逮捕前に杉本夫妻が「自供」していたラーメンのずんどうを攪拌する器具で麻子の体を突いたとされる暴行によって、肋骨の骨折が生じたものなのか、そして、その骨折が死因と結びついたのかが因果関係が不明、ということになる。それが「死因不明」だ。

殺人事件などを手がけてきた、ある元検事の弁護士に本件についての意見を求めてみると、匿名を条件に次のように語った。

「当初の自供で遺体だけは自供通りに発見されても、逮捕後は黙秘をして自白がなく、暴行の詳細を検察官が聞き取れていないことが不起訴の重要な理由だと思います。死因が暴行によるものなのか、そうではないのかが不明とされたならば、詳細な自白がなければ裏付けがとれない。被疑者は警察署で逮捕前に暴行したことを自供していて、その直後に黙秘に転じたようですが、本人の当初の供述通りの暴行について公判で弁護側からつっこまれるなどして、『(その暴行では)死なないのではないか?』という疑問が少しでも出されると証拠としての信用性が弱くなるのです。矛盾しているようですが、容疑者は遺体ということを認識して移動させて遺棄しています。しかし、そのことと、『殺した』ことは理論的には別々に立証しなくてはならない問題になる。私が検察官でも起訴は見送ったかもしれない」

そう元検事の弁護士は溜め息をつき、こう付け加えた。

「遺体は重要な物的証拠ですが、遺体の死因が不明だったり、死体そのものが出ない事件も経験しました。容疑者が暴行を詳細に供述したため、この暴行であれば被害者は確実に死ぬだろうということがわかり、起訴して有罪になったこともあります。逆に白骨化していない死体が発見されても、解剖をしてみたら供述に合うような〝死に方〟はしていないと鑑定されると、証拠としての信用性が弱くなってしまうこともあります」

　私は正確な不起訴理由について知りたいと思い、のちに名古屋地検に取材を申し込んだが、文書で「取材は受けられない」との返事が戻ってきた。

生きてさえいてくれれば

　娘の遺体が発見されること。それが加害者を傷害致死罪に問うことができる重要な証拠になる――そう一縷の望みを抱いていたことを、江美子は私によく語った。そして、行方不明だった麻子が白骨化したかたちであれ見つけられたことに微かな安堵を感じながら、同時にこれで娘ははっきりと殺されたのだという確信を持つことができたという心情も吐露していた。被害者遺族が必死の思いで壮絶な胸中を法廷でも言葉にしたことを、杉本夫妻はどう受けとめたのだろうか。

　麻子の葬儀には遺族と親戚、麻子の高校からの友人ら一五人ほどが参列した。枕に麻子の思い出の品などを入れるときも葬儀社のスタッフがやってくれた。遺体を見ない方がいい、と警察官や葬儀者のスタッフから言われていたためだ。元気だった頃の娘さんの顔を記憶に残したまま、送ってあげたほうがいいという彼らの気遣いだった。だから、遺族が麻子と対面するのは荼毘に付された後の遺灰になったときである。遺骨は骨壺に入れた。

遺体が発見されるまでの半年間、江美子はテレビ番組の天気予報などで知多半島の地図が映し出されると、「どこらへんにおるのかしらん。あっちゃん、早く出てきて」とテレビ画面を見つめながら祈っていたという。

遺体発見後しばらくしてから、江美子は麻子が埋められていた場所には捜査を担当した警察官に連れていってもらい、花束や飲み物などを供えた。杉本夫妻が自供を始めたとき、知多半島のどこのあたりなのか、だいたいの位置は事件を担当した警察官から聞かされていたし、大勢の警察官が半年以上もの間、懸命にさがしてくれたことも知っていた。

だから、遺体が出た場所が、杉本夫妻が自供した場所とは離れていたことを知ったとき、麻子の遺族はさらに大きなショックを受けた。警察官に同行してもらったとき、遺棄現場へ行くために道路を折れる地点は、とても覚えやすく、埋めた加害者当人が間違えるはずがないと思っていたからだ。

犯人はわざと真反対の場所を自供したのかもしれない——そう被害者遺族は考えてしまうのは当然だろう。ほんとうのところは加害者本人たちしかわからないが、発見が遅れたことが遺体の腐敗を進め、死因をさらにわかりにくくしたのはたしかである。

江美子は自分のさきの証人尋問でも、「犯人いうか、被告人いうか、本当に腹立たしい気持ちで、本当に許せないなって思いました。一年もの間黙っとって、そのときあれだったら（筆者注・正確な遺棄場所を自供していたら）、あんなふうにはなってなくて、はっきりとしたことが分かったと思うと、悔しくて悔しくて」と怒りをぶつけた。

杉本夫妻がなぜ、この場所を選んだのか。その理由は最後まで当人たちの口から語られることはなかったが、私の取材によれば二人の息子たちを何度も遊びに連れて行った南知多の海水浴場と近く、一定の土地勘があったせいではないかと思われる。

平成二十六年一月二十七日付（最終弁論の日）の意見陳述書でも江美子は、黙秘を貫く杉本夫妻に対して激しい怒りをぶつけている。江美子は嗚咽をもらしながらも一心不乱に法廷で、準備してきた文章を読み上げた。当日は江美子の意見陳述、検察官の論告、被告の最終陳述と続いたが、江美子はこう声をふりしぼった。

「私は死体遺棄された加藤麻子の母親です。たった一人の娘をこんなひどい目に遭わされ、また、一年と五日も被告達の隠蔽工作によって見つからず、警察に見つけていただいた場所は、被告たちが言っている場所とはほど遠いところでした。担当の刑事さんに同行して行きましたが、内海インターを出てＪＡの少し下った信号を左に曲がり、約三〇〇メートル行って右側の脇道に入り、約五〇〇メートルぐらい行った突き当たりの左の畑の入り口右の木の下に埋められていたのです。このような場所は、一回行けば絶対に忘れるような場所ではないのです。警察の取り調べで、死体遺棄の場所を言わなかったことは、発見されないように嘘の供述をしてきた被告、杉本夫妻に憤りを持ちます。

麻子のアパートには敷き布団、上掛け、枕にカバーがついておらず、上布団、毛布、タオルケット、バスタオルがありませんでした。これは、麻子自身の布団等で遺体をくるまれて車に乗せられて埋められたのだと思うと、杉本夫婦にはすごく憤りを感じます。

また、死体遺棄の状態で丸裸に近い状態であったと担当の刑事さんに聞いて、いかに証拠隠滅をしようとした事を思うと腹立たしく、また、悔しくてなりません。今でもあんなところに埋められていたのだと思うと、泣けてなりません。もう死んで一年と九カ月になるというのに、いまだにどこかで生きているような気がし、現実が受け入れられません。麻子が家に帰ってくるときは、電話があり、私も急いで麻子の好きな物をいつも作っていました。主人と私、麻子の三人で夕食、その後いつも私とスーパーへ買い物に行っていました。一緒に行ったスーパーは、車を停めた場所とか、麻子が品物を物色している様子とかを思い出し、泣けてせつなく、なるべく行かないようにしています。

麻子がスーパーで買ったものは、買い物の量が考えられない程日持ちのする物ならわかりますが、パン類、弁当、パック寿司、お菓子、ジュース等でした。私は本当に変だと思い、こんなに買って食べられるの？　と言い、でも麻子は冷凍にすると言っていましたが、私は変だな、絶対違うと思っていました。なぜ、この頃、もっと追求していればと後悔ばかりです。この頃、探偵社で調べていれば、何か違う結果になっていたような気がし、残念で仕方ありません。

先日の公判（筆者注・初公判の冒頭陳述）でわかったことですが、この頃もう既に被告の杉本に殴ったり、蹴ったりされ、アザをつくっていたとは、想像もできませんでした。私たちの一人娘を杉本にあんなにひどい事をされていたとは知らず、かわいそうで仕方ありません。なぜ助けてあげられなかったとか、嫌がっても無理矢理家に連れてこれば、こんな結果にならなかったのではないかと、悔やんでも悔やみきれない思いでいっぱいです。最初、麻子が中川区で働くことは、私たちは反対でした。何もそんなに遠いところで働かなくてもと言いましたが、麻子は聞かず、その後アパートまで借りました。

今でも、ただいま、と言って帰って来るような、数回、麻子の夢を見ました。私は夢でもいいから麻子と会いたいです。また、いつか、麻子は私にこんなにしてくれるのは、お母さんだけだと言い、ありがとうと言いました。以前は、父の日、母の日にはプレゼントをしてくれていましたが、中川区へ行ってからは余裕がないようで、でも数回はくれました。私はその言葉だけで充分うれしかったです。

麻子がもういないと思うと気が狂いそうで、この苦しみはいつまで続くのだろう、一生といっても私たちはもう年で、後少しだと思います。

被告たちにも子供がいると聞いています。親なら誰でも子供が先に死ぬなんてどれだけ悲しくてやりきれないか。一月十三日の成人式には麻子の二十歳の成人の日を思い出し、もう一度その頃に戻り、人生をやり直せるものならやらせてあげたいと思いました。被告杉本夫婦は、なぜ麻子をこんなひどい目に遭わせたのか、真実を伝えないままいくら黙秘権があると言っても、遺族としては到底納得できず、こんな悔しく、切なく、腹立たしい思いはありません。

先日、テレビを見ていて、寝たきりになった子供の世話をしなければならない母親のドキュメンタリーを見ました。普通なら、子供を一生面倒見なければいけないのはたいへんだと思うのですが、私は、麻子がどんな体になってもただ生きてさえいてくれれば、よかったのにといつも思い、また、涙するばかりです。

最後になりますが、被告杉本夫婦には正直言うと殺してやりたい。この世にいて欲しくないという思いで一杯です。被告杉本夫婦には実刑の厳罰に処していただくよう切にお願いいたします。」

麻子の捜索願いを出した日、江美子は主のいない麻子の部屋を見て直感したこと――あるはずの毛布などが、そこにない――は以上の意見陳述でも触れているが、智香子の次の「上申書」で告白されていた。毛布を麻子の遺体にかけて車に積み、外から見えないように覆い隠すのに使っていたのだった。

次に紹介する、**〔ワゴンRの中にかくしておいた加藤麻子さんの死体の状態〕**と題された、杉本智香子の自筆による「上申書」（平成二十四年十一月十四日付）である。この「上申書」は、ごく一部しかマスキングが施されていないが、毛布を麻子のアパートから持ち出したとの記述がある。繰り返すが、文中の「ワゴンR」は加藤麻子が所有していた軽自動車である。

〔私と夫は■■■■加藤麻子さんの死体をかくすために、いったん加藤さんが乗って来たワゴンRの後部座席の床の部分に加藤さんの死体を乗せました。死体は床の上に横向きにし足をくの字に曲げるようにして乗せました。頭は

運転席側なのか助手席側なのかおぼえていません。この時加藤さんは服を着たままの状態でした。その後、私と夫は加藤さんの死体をかくすため、しばらくは死体の入ったワゴンRを東海市名和町にある名和交差点の近くの駐車場に止めたりして死体をかくす場所を探しました。

私のおぼえでは夫と相談して蟹江や三重県の山にすてようと思い、すてる場所をさがしましたが、土がかたかったり、いい場所がなく、すてることができませんでした。

加藤さんの死体の上には、加藤さんのアパートから取って来た毛布を数回折り曲げて長方形のような形にして上からかぶせておいたため、車外から死体を見ることが出来ない状態になっていました。

すてる場所を探すまでの間、いろいろな駐車場に死体の入ったワゴンRを止めておいたのですが、車外から死体を見つけることが出来ないものの、いつバレるかと思いドキドキしていました。

ワゴンRに死体を入れてどれぐらいたったかはっきりと覚えていませんが、死体からアンモニアを濃くした、すっぱいようなきつい臭いがするようになったのです。このままではワゴンRの近くを通った人に気ずかれるのではないかと思うぐらいに臭いにおいでした。私と夫はバレないようにするため、消臭スプレーを死体にかければ臭いが消えるのではないかと思い、たしか、コンビニか、スーパーで買った消臭スプレーを加藤さんの死体にふりかけました。消臭スプレーをふりかける前、加藤さんの服をハサミで切ってパンツ一枚の状態にしました。消臭スプレーをふりかけたところ、多少、においはおさまりました。しかし、しばらくするともとの臭い状態に戻りました。におい以外に気づいたことですが、顔がむくんでいたと思います。

　肌の色は死体を見るさい、まっ暗な状態で見るためはっきりとしたことは言えませんが、とくに変化がなかったと思います。そのほかに南知多町の付近の山の中に死体をうめるさい、ワゴンRから死体を出そうとしたところ、額の近くの髪の毛が小豆ぐらいの大きさでぬけおちているのに気づきました。

　髪の毛がぬけおちていると思った理由は最初死体を見た時そんな大きさのハゲはありませんでした。以前、人は死ぬと血がかよわなくなり、自然に髪の毛がぬけおちると聞いたことがあるため、ぬけおちたと思ったのです。ぬけおちたと思われる髪の毛の束は、その時、見ていないため、車の中にあるか死体をすてた後車内をまっ暗な中、そうじをしたため、そうじ機ですいとったかもしれません。その以外に髪の毛がぬけおちたところはなかったと思います。平成二十四年十一月十四日　杉本智香子」

（原文ママ）

杉本夫妻は麻子を「死なせた」あとに、麻子の部屋の鍵を服か鞄から取り出して部屋に侵入、毛布を持ち出したのだろう。別の恭教の「上申書」には、毛布は青と白の花柄のような模様で麻子のクルマに最初から積んであったような覚えがあるとの自筆のメモ書きがあるが、智香子の「加藤さんのアパートから取って来た毛布」という記述は具体性がある。

麻子のクルマのドアのキーも同様に麻子の服や鞄の中をまさぐり、取り出した。エンジンはスターターボタンを押してかけるタイプである。後部座席の床に遺体を毛布でくるんだ状態で置いた。頭部を助手席側のほうに向け、体は横向きにし、足をくの字に折り曲げた。

さきの「上申書」には額の髪が抜け落ちた様子を描いたイラストが添えられている。麻子の遺族は一度、目を通したきりで二度と読んでいない。自分の娘がクルマの中に隠されたまま腐敗していく様をどうして正視できるだろうか。

杉本夫妻は遺棄場所をどこにするかでさんざん話し合ったに違いなく、その間に誰かに見つかるのではないかとも脅え続けたはずだ。遺体も腐敗していくさまを見て、自ら警察に出頭する考えは脳裏をかすめることはなかったのだろうか。どうやって逃げおおせることができるかだけを考えたのだろうか。それとも、遺体が発見されたあとにすこしでも罪を免れる方法を授けてくれる刑事弁護人を付けてもらうかを期待していたのだろうか。

漫画喫茶「B」のある中川区から力ずくでもいいから連れ帰るべきだった。そう麻子の両親は悔やみ続け、娘を取り戻すために思い切った行動に出なかったことが激しい後悔の念となり、心を押しつぶそうとする。

「死なせてしまってすみません」

死体遺棄罪での公判が始まりしばらくした頃、杉本恭教の弁護人・金岡繁裕弁護士から加藤家に電話がかかってきた。平成二十五年十二月四日のことである。

江美子はほんとうに電話の主が杉本恭教の弁護人だったのかどうかを疑い、後で弁護士会のウェブサイトで調べると杉本恭教の弁護人と同一人物であることがわかった。杉本夫妻の謝罪の意を伝える連絡だったが、そのときに江美子は金岡から、犯行様態について「(調理器具で)胸を突いた」と聞いている。

やがて、その金岡から、杉本夫妻から遺族にあてた手紙(平成二十五年五月十三日付の消印)が送られてきた。金岡によれば、「先月に御遺体が見つかり、初めての月命日を機に手紙を託された」という。この手紙の消印日付と付き合わせると、麻子の遺族に手紙を発送する半年以上も前に杉本夫妻は弁護士に「謝罪」の手紙を渡していたことになる。なぜ半年以上も「寝かせて」から発送したのかはわからないが、それも刑事弁護の戦略で、杉本夫妻に「有利」にはたらくと考えたのだろうか。

夫・杉本恭教の手紙には次のように書かれていた。（原文ママ）

「今回、弁護士さんの方から、ご遺体が出るまでは、話を聞く気持ちになれないと聞いていたので、本当におそくながら手紙を出さずに失礼していました。おゆるし下さい。今回、月命日を向かえましたので手紙を出させてもらいます。私達夫婦が今回起こしてしまった事件で麻子さんを死なせてしまい、本当に心から、すみませんでした。謝っても、謝っても、ゆるされる事ではありません。お父さんと、お母さんの大切な子供さんを、私達夫婦が死なせてしまったため、約一年間位、麻子さんと連絡がとれず、毎日毎日、心配で心配で、眠れなかったと、心から思います。私達にも子供がいます。親が子供を思う気持ちは、本当に心から思います。今回、私達が起こしてしまった事は、絶対にゆるされるものではありません。本当に心からすみませんでした。私達は、お父さまと、お母さまに心から出来る限りの事をしたいと思い、家、土地を処分し賠償し、私達の変わりに、息子達に月命日に必ず献花させる気持ちです。本当は私達夫婦が行って手を合わせるのが一番ですが、今は、行けないので、本当におゆるしください。本当に、勝手な言葉で手紙を書き申し分けありませんでした。」

（日付は平成二十五年五月九日）

一方、妻の智香子のほうはこんな文面だ。（原文ママ）

〔突然のお手紙で失礼いたします。今回の事で大切な麻子さんを失って、お父さま、お母さまの悲しみはいかほどばかりかと推察いたします。本当に申し分けありません。去年の四月から麻子さんと連絡が取れなくなり、とても心配されたことと思います。そして、その月日がこんなにも長くなったことも申し分けありません。私たち夫婦の記憶がはっきりとしていなかったことで、麻子さんの発見がこんなに遅くなってしまいました。そして、大切な麻子さんをきれいな形のままで、お父さま、お母さまにお返しすることができないことも申し分けありません。これからも毎日手を合わせていきたいと思って、毎日、手を合わせています。これから一四日が麻子さんの命日と思います。そして、これから私たち夫婦が麻子さんとお父さま、お母さまに償いをしていきたいと思っています。本当に勝手なお手紙をお許しください。〕（日付は平成二十五年五月九日）

私はこの手紙を遺族から見せられたとき、まるで人ごとのように書いている文面に驚いた。何についてこの加害者夫妻は謝罪をしてさらに、償っていきたいと思っているのだろう。

自分たちが「殺してしまった」とは決して書かず、「死なせてしまった」と書くなどの言葉選びの周到さは弁護人からのアドバイスがあってのことだろうと思うが、遺族にしてみれば、そもそも娘が命を奪われたプロセスが当事者から何も語られていないのだから、謝罪をされたところで何も伝わるものがないのは当然である。こうした手紙がそもそも遺族の心情を逆撫ですることを、杉本夫妻はともかく代理人弁護士は想像できたはずである。

この手紙の送付状に金岡弁護士は、〔杉本として、出来ることに限りはありますが、所有財産を処分して賠償させていただくこと、親族を通じてではありますが御遺体の見つかった場に月命日の献花を欠かさず行いたいと考えて〕いるとも書き添えている。それが実行されたかどうかは、のちに判明することになる。

法的に葬られた事件の「真相」

平成二十六年一月二十七日の、杉本夫妻の「死体遺棄」罪を問う刑事法廷（第四回公判）＝最終弁論に戻ろう。

このとき杉本夫妻双方の弁護人とも、公訴事実は認めたが、死体遺棄行為が発覚しないように車を海に捨てようとしたことなどは、「罪体（ざいたい）」（犯罪事実）とは関係ないと主張、執行猶予のついた判決を求め、次のように意見を述べた。まずは杉本恭教の弁護人の金岡弁護士の弁論から抜粋する。

〔被告人らが、何らかの事情で加藤麻子の遺体を隠そうとし、また遺体を埋めた後は発覚しないよう幾つかの行動に出たことは認められる。しかし、本件では、どうして被告人らに加藤麻子の遺体を隠そうとする必要があったのかは一切、明らかではない。このような背景、動機が一切不明である理由は、一つは傷害致死被疑事件が不起訴となり本件の審理対象から外れたこと、もう一つには被告人らが黙秘権を行使していることにある。そして、黙秘権行使に対する不利益推認が禁じられている以上、背景や動機が一切不明であることについて、被告人に犯罪を隠す意図や金銭的利得を目論んだ等の不当な意図などと推認することは出来ず、背景や動機を不利益に評価する余地はない。〕

たしかに裁判の判例上は、黙秘権の行使によって事実を不利益に推認することは許されないとされている。ゆえに「被告人に犯罪を隠す意図」は推測できないというロジックは過去の判例通りなのだが、死体遺棄は認めながらも黙秘したのは、まさに「犯罪を隠す意図」とも言えるのではないだろうか。

杉本恭教の弁護人の主張をさらに引用、検証してみたい。

犯行の計画性については、「**被告人らが加藤麻子の遺体を土中に埋めるまでには、穴を掘る道具を用意するなどの準備行為があるが、死体遺棄事件については、遺体を人目に触れないように隠匿するという性質上、隠匿のための道具を用意することは当然に想定され**」ているとして、計画性などという悪質な評価は不当だと主張している。

つまりは遺体を埋めるために準備したことは、遺棄するために当たり前にする行為なので計画性があり悪質とは言えないという主張なのだろうが、きわめて論理的に理解に苦しむ。

また、検察官が冒頭陳述において杉本が生前の麻子に暴力をふるうなどしたと指摘したことについて、「**生前において良好な人間関係であった者の死体を遺棄することと、生前において良好でなかった人間関係の者の死体を遺棄することとで、どちらが悪質であるかは、結論の出し得ない問題**」であるとも主張、もし暴力があったとしても、「**検察官はどのような場面でどのような理由により暴力があったか、一切、主張立証していない。**」と杉本恭教の人格に犯罪性があるかのように言うのは誤っていると真っ向から批判した。

この点については、たしかに検察官は麻子が生前に受けた暴力について積極的に情報を集めようとしたふしはない。

妻の杉本智香子の弁護人もトーンこそ違えど、ほぼ同じ論旨で、〔**杉本さん達がなぜ加藤さんのご遺体を埋めたのか、事件の動機は証拠上明らかになりませんでした。これは、確かに、杉本さん達の黙秘が要因ではありますが**（中略）**これを悪い情状として被告人に不利益に扱うべきではない**〕と主張した。

また、被告人が死体遺棄の事実を認めたにもかかわらず事件の具体的内容を語らなかったのは、検察官が不起訴とした傷害致死事件が関係しているという。わかりにくい言い方だが、傷害致死事件は裁判の対象ではないので、死体遺棄事件に絡めて傷害致死事件について検察官が追及することを避けるために、被告人の防衛権を主張しているのである。

〔**検察官は今でも杉本さんを疑うことができます。この裁判の中で、死体遺棄の動機などと称して、傷害致死事件のことを詳しく質問する可能性があります。杉本さんの黙秘には、現状において致し方ない選択肢であると弁護人は考えます。**〕（智香子の弁護人）

智香子の弁護人らの主張する、〔**杉本さん達がなぜ加藤さんのご遺体を埋めたのか、事件の動機は証拠上明らかになりませんでした。これは、確かに、杉本さん達の黙秘**

が要因ではありますが（中略）**これを悪い情状として被告人に不利益に扱うべきではない**」というロジックは、刑事弁護の被告を防衛する論法としてはたぶんありふれたものなのだろうし、法律の世界では「常識」として通用する。有罪が刑事手続きの中で立証されてこそ、被疑者・被告人は初めて法律上、刑罰を受ける対象となる。

当然といえば当然だが、この弁護士たちの主張の中には、残念ながら遺族の心情への配慮や、命を奪われた麻子の尊厳を感じ取ることが私にはできなかった。加藤麻子の人生の重みよりも、杉本夫妻がいかに刑事責任がないかという法律論のほうを優先させることが代理人としてのつとめであったとしても、私は麻子の「生」が遠くで霞んでいく錯覚を覚えた。

事実の追求よりも、自分たちが弁護人を務める被告人の利益を守ることにだけ――いかに軽い罰を勝ち取るか――に血道をあげる。刑事裁判とは事程左様にゲームのようでもあり、かつ、こうも冷徹なものであることを私は思い知らされた。

杉本恭教の弁護人は黙秘権を行使したことについて不利益ととらえたり、反省の情がないと受け取ってはならないと判示した裁判例も引用しながら、次のように最終弁論で主張した。

「**被告人は公判において全面的に黙秘権を行使しており、その理由も明らかにされてはいない。しかしながら、本件の事情下においては、その黙秘権行使は合理的な選択**

であったと評価されるべきだ。即ち、被告人は傷害致死被疑事件について不起訴と判断され、同事件は起訴されていないところ、同事件が審理対象から除外された以上は、同事件に関わる事情を法廷に持ち込まない・持ち込ませないことは、訴因を審理対象とする裁判制度上、当然の選択である。しかしながら、死体遺棄事件について何らかの供述を行うと、それは基本的に事件の動機や背景に繋がりかねず、傷害致死被疑事件を法廷に持ち込むことに繋がりかねない。一般的に緊密な関わりを持つ事情部分が不起訴となったという状況下では、起訴された本件についても供述を避けなければならないことは合理的な選択である。

公判冒頭で裁判所が表明しているとおり、黙秘権を行使したからと言って不利益に取り扱われることはない。なにかを隠そうとしているとか、進んで供述することが人の道であるとか、進んで話そうとしない姿勢からは反省が認められない等という不利益な評価さえ、黙秘権保障を弱め、また黙秘権行使に困難さをもたらす危険があるため、許されるものではない」

傷害致死罪で起訴されていない以上、法理上は刑事弁護のプロの手にかかるとこのような主張が成り立つことになる。いかに不自然で理不尽な主張に読めてしまっても、杉本夫妻が引き起こしたかもしれない「犯罪」総体から「死体遺棄」のみを切り離し、黙秘権の行使によって自分の不利益を回避すると、このようなロジックが成立することになる。が、麻子の遺族から見れば、娘の命をずたずたに裂かれるような屈辱と、犯罪者をかばい立てする言いがかりにしか聞こえなかった。

一方、論告で検察官は杉本夫妻が黙秘権を行使したことについて、杉本夫妻が公訴事実を認めているということを前提にして、次のように悔しさや怒りが滲む、さきの杉本恭教の弁護人と真っ向から対立する論を展開した。

被疑者を防衛する弁護士と、被害者の立場に立った検察官。同じ法律家が主張する「黙秘」をめぐるロジックはまったくかみ合っておらず、落差ばかりが目につくことに注目しておきたい。

〔一般に、被告人の自白が量刑上被告人に有利に扱われるのは、被告人が、捜査公判を通じて、被害者に対する謝罪の念や犯行に対する悔悟や反省の弁を述べることにより、その供述態度に多かれ少なかれ被告人の反省悔悟を看取することができる結果、被告人の再犯のおそれが軽減していると見ることができることにその主たる理由がある。しかしながら、被告人両名については、捜査段階の初期こそ、本件犯行の状況について一定の具体的な供述をしていたものであるが、その後、黙秘に転じ、当公判廷に至っても、公訴事実を認める旨陳述するのみで、本件に関する一切の供述を拒否した。本件審理にあたっては、被害者の遺族である母親が証人として出廷し、被害者の

遺体を遺棄されたことによる悲痛を明らかにするとともに、被告人両名に対して本件事件の真相を明らかにすることを強く求めていたのであるから、被告人両名が真に被害者やその遺族に対して謝罪の念を抱き、本件犯行を反省悔悟しているのであれば、被害者の遺族の被害感情を少しでも緩和するためにも、被告人質問の機会に、事件の真相を自ら詳細に語って反省悔悟の情を示すとともに、被害者やその遺族に対しても謝罪の言葉を述べることが被告人両名の本来あるべき姿だったはずである。しかし、被告人両名は、こうした機会を生かさず、本件犯行に関する一切の供述を黙秘する態度に出たものであって、かかる態度からは、被告人両名の反省悔悟の情は全く看取することはできないし、これに伴い被害者の遺族の被害感情も全く緩和されるに至っていない。」

罪は裁判によって確定され、罰も裁判によって決められる。罪ははたして成立するのか、罪にふさわしい罰なのか。弁護人は検察官に対抗するために、あらゆる法律や判例を駆使して刑事被告人を守ろうとする。その結果としてときに冤罪が発生したり、罪から逃げ果せる加害者があらわれることも起きえる。加藤麻子が命を奪われることになった事件は、そういった対立の隙間に落ち込んでしまっているとしか私には思えなかった。

黙秘権とは何だろうか

当時、母親の江美子は地元マスコミに対して次のように涙ながらに語ったことがある。

「(被告が麻子の) 死亡の経緯を知らない、と言うのはおかしいでしょう? 黙秘すれば(被告に) 有利になるのは許せません。私たち(被害者の遺族) は裁判という土俵にも上がれずに悔しいです」

この胸の奥底から絞り出したような言葉に、法律や人権という私たちの社会にとって必要不可欠なツールが、使い様によっては結果的に「犯罪被害者」や「犯罪被害者遺族」にもたらしてしまう現実の過酷さが込められている。

加害者である杉本恭教・智香子は麻子を「死なせてしまった」ことに対して謝罪文まで送りつけてきながら、一方で黙秘権を行使して事実関係についてはかたくロを閉ざしていることに激しい憤怒の感情を露にしたのは、被害者遺族の心情として当然だ。遺族の側からすれば、被疑者・被告人に黙秘権があることはわかっていても、何も事件について語らないで「謝罪」をするという態度は矛盾したものにしか映らないからだ。

黙秘権は日本国憲法三八条一項に「何人も、自己に不利益な供述を強要されない」

と基本的人権として定められており、また刑事訴訟法第一九八条二項にも「自己の意思に反して供述をする」ことを強要されない、第二九一条四項には「裁判長は、起訴状の朗読が終わった後、被告人が終始沈黙し、又は個々の質問に対し陳述を拒むことができる」ことを告げなければならない、と規定されている。

そもそも黙秘権は何のために保障されるのか。

それは、憲法三八条にあるように、そもそも人間の内面に国家権力が入り込んだり、覗き見し、強制的に調べることは許されないと考えられているからだ。自分の知っていることを話すかどうかは本人が決めるべきという考え方で、自分にとって不利なことも有利なことも黙秘できる。

近代法の理論は、被疑者・被告人は、罪を犯したかどうか「わからない」から裁判を受ける。被害者・加害者という二者の関係に、国家という第三者が介入し、「罪」を法律にのっとって成立させる。判決がでるまでは真犯人かどうかわからず、なおかつ、疑わしきは罰せずという無罪推定論が前提だ。したがって、犯罪について知っているはずだから自白しなければならないという論理は成立せず、有罪の証明はつまり国家の側がしなければならない。

黙秘権は自白の強要等に対する被疑者・被告人の防御権ともいえる。取り調べの現場では、自白偏重が被疑者の嘘の自供を引き出すことも少なくなかった。冤罪が証明され死刑が覆った免田事件、財田川事件、島田事件、松山事件といった戦後の著名な冤罪事件は言うに及ばず、最近でも袴田事件のように再審が決定して釈放されたケースも記憶に新しい。杉本智香子の弁護人の一人である鬼頭治雄弁護士が関わってきた「名張毒ぶどう酒事件」も冤罪の可能性が高い事件の一つである。

事件の大小にかかわらず肉体的・精神的に追い込んだ上で事実ではない自白をさせてしまう密室での熾烈な取り調べや、恫喝めいた尋問、証拠を捏造するなどのデッチあげ等の違法・不当捜査は残念ながらゼロになるということはない。また容疑者が否認していても、長期勾留の末に一方的に起訴に持ち込み、有罪にされてしまうケースも散見される現実。有罪率が九九パーセント以上という数字は、検察が起訴した以上は「正義」は検察＝国家の側にある——検察側からすれば犯罪の立証がそれだけ正確であるというロジックなのだろうが——というメンツを保つ証左であるという批判は根強くある。だが、実際には黙秘を貫くことができる被疑者・被告人は全体からすればごく一部だという。

私は杉本恭教の弁護人である金岡繁裕弁護士に取材を申し込む手紙を書いた。私はこれまで十数冊の犯罪被害者や遺族についてのノンフィクション作品や対話本を出してきたが、『アフター・ザ・クライム』という、被害者遺族の「事件後」の心の変遷を細かく記録した作品を同封した。

事務所に電話をかけると、本人と話すこともできず、事務所員と思われる女性から、「本を送っていただいた方ですか。弁護士から、お会いすることも、取材を受ける予定もありません、とのことです」という伝言を告げられた。私は、杉本恭教のもう一人の弁護人・二宮広治弁護士にもSNS上でメールを書き送ったが、守秘義務を理由に取材を受けられないとの返事がきた。メールのやりとりでわかったのは、私の事件についての連載記事は読んでいるが、感想は控えさせてほしいということだけだった。

私は金岡繁裕という名前を聞き、ある事件を思い出していた。

平成十七年に愛知県安城市内のスーパーマーケットで起きた、住居侵入と窃盗で服役を終えたばかりの氏家克直が幼児ら三人を殺傷した事件である。買い物途中の母子を襲い、十一カ月の乳飲み子の頭部に包丁を突きたてて殺害、近くにいた殺害された幼児の姉（六歳）や別の女性（二十七歳）にも切りつけて負傷をさせた事件である。

この氏家の弁護人が金岡その人だった。金岡は、加害者は統合失調症の影響で幻聴や妄想があり、「人を殺せ」という御告げを聞いていたと話す被告人を心神喪失（刑法三九条）で、無罪にするべきであると主張していた。

初公判のとき、「被告人は無罪である」と声高々と法廷で弁論した金岡を、傍聴席にいた私の知人の記者たちが見ていた。その叫ぶかのような声の大きさに驚いたと、その記者たちの一人がのちに私に話してくれたことがある。

刑事弁護という活動を専門的におこなっている弁護士は、犯罪者を罰する「国家」と鋭く対立することが、半ば使命のような立場になる。加藤麻子の死体遺棄事件についても、おそらく刑罰を執行する主体である国家権力からどうやって被疑者の権利を「防衛」するのかという意思に弁護方針は貫かれているはずだ。いうまでもなく、刑事弁護人は犯罪者を庇(かば)う立場として、被害者や被害者遺族から憎しみを買い、社会からときに袋叩きにあうことも少なくない。

「黙秘が武器になる」

報道によれば、黙秘は「弁護士と相談して決める」と杉本恭教は捜査員に話したとされるが、じっさいに弁護士のアドバイスがあったのかどうかはわからない。もちろん、黙秘は本人の意思と、弁護人の弁護方針が一致した結果だと考えられる。杉本が刑事弁護のエキスパートである金岡らを「私選」で選んだ経緯については先述した。

金岡繁裕弁護士が書いた「黙秘権」についての論文が、『季刊刑事弁護』という専門誌(平成二十六年秋号・現代人文社)に掲載されているのを読んだ。特集のタイトルは「黙秘が武器になる」だ。一部引用したい。

〔取調室での弁護人立会いが不可能な現状、取調室で黙秘を貫けるかは、被疑者自身の防御能力、判断にかかっている。中には、黙秘すると決めれば確信的に黙秘できる被疑者もおり、そのような被疑者に対しては「何とかの一つ覚えのように黙秘と言い続ければいいですよ」とでも助言すればよい。〕

〔しかし、そうではない被疑者の場合がむしろ多数である。このような被疑者に対しては、黙秘することが有益であること、黙秘しない場合に弊害が予想されること、黙秘してもあとあと不利になることはないと、わかりやすく説明する必要がある。〕

「黙秘しない場合の弊害」とは、〔弁解潰しを誘発するとか、弁解に沿った不利な証拠を作られるということであったり、記憶の混同や手元資料が不十分であるため意図せず誤った供述をしてしまうことで嘘つき扱いされる危険であったりする。〕と書いている。「手元資料」とは、自身の携帯の履歴や手帳を被疑者が見ることができないことを指し、「弁解潰し」とは脅しすかしも含めたあの手この手で捜査員が被疑者の弁解を覆したり、供述にブレを生じさせたりしていくことである。

立場によって異なる「事実」

私は刑事弁護を専門的に手がける、ある弁護士に本件のことを伝え、黙秘権についてあらためて聞いてみた。匿名であることを条件に、被疑者・被告人の利益のために黙秘権を行使する意味やリスクについて語ってくれた。ちなみにその刑事弁護士は、黙秘を積極的にすすめる弁護方法は取らない主義だ。

「そもそも被疑者が黙秘を選択するのは、被疑者も弁護人も警察や検察を信用していないからだというふうに私たち刑事弁護人は見ます。事実の全体像は接見室では弁護人は聞いているはずですが、おそらく、今回のケースは最初から被疑者が話さないこと、黙秘を決めていたのだろうと思います。一方で、（黙秘権については）弁護人と相談したいという新聞のコメントが出ていますが、弁護人から黙秘を（弁護士から）すすめられたということにしておけと言われることもままあることです。一方で、共犯事件の場合、共犯の弁護士同士が打ち合わせをして、黙秘をさせるということは証拠隠滅などのリスクがあるし、弁護士の倫理上の問題もあるので、そういう事例はほとんどないと思います。黙秘は裁判所の心証はとても悪いものですし、黙秘は被疑者を有利にするためにあるが、黙秘をしたせいで証拠隠滅の恐れがあると裁判官に見なされ、長期勾留になることがあります」

杉本夫妻は平成二十四年十一月に任意の事情聴取を受けてから、翌平成二十五年四月に麻子の遺体が発見され死体遺棄容疑で逮捕されるまでは、もちろん「自由」の身であったわけだが、同年八月に傷害致死容疑で再逮捕されてから、とうぜん勾留延長がおこなわれた。判決時は未決勾留期間は一五〇日とされたが、杉本智香子の弁護人の弁論によると「八カ月あまり勾留され、その期間の大半は弁護人以外の者との面会や手紙の受け渡しも禁止され、孤独な日々を過ご」したとある。保釈されたのは「傷害致死罪」については検察が嫌疑不十分で不起訴の判断をし、保釈抗告審を経た同年十二月末のことである。

さきの弁護士が私に続けて「黙秘」に関する弁護士の実務について説明する。

「被疑者がなぜ殺害したのかという理由や過程などが、記憶の曖昧さや人格の問題でブレてしまうことも多いので、あえて捜査段階では黙秘を通し、公判で語れと（弁護士から）指示することもあります。捜査機関が自分たちの見込みストーリーに『調書』をあてはめていくことを刑事弁護人は何よりも警戒します。『調書』に記録されたことは部分的には事実なので、『間違いないか？』と問われると、『間違いありません』と答えてしまう。しかし出来上がった調書全体を読むと事実ではない違ったストーリーになっていることがあるのです」

ちょっと待ってほしい。思わず私は言葉をはさんだ。弁護士の社会正義を体現する役割として真実を語らせるべきではないか。思わず、そう口に出してしまった。被害者遺族に対して贖罪の気持ちがあるのなら、すべてを話すことが第一歩ではないか、とも畳みかけた。するとこう逆に反駁(はんばく)された。

「刑事弁護人はもちろん接見等を通じて（被疑者の）話を聞いていますが、真相を知られることもあれば、接見室で聞いていることが真相とは限らないこともあります。（被疑者によっては）話すらしない人もいます。真実や真実とは何かということはとても難しい問題なのです。そして（被疑者・被告人が）真実を語ることが、必ずしも贖罪につながるかはわからないと思うのです。捜査段階で無理やりに（被疑者に）話をさせることが『贖罪』からかえって遠ざけてしまうこともあると思うのです。

さらに言えば、裁判官や捜査側にとっての『事実』は、訴訟的な事実であって、フィクションに近いともいえる。だから私たちは検察官の主張には懐疑的になるのです。検察官らが言う『事実』は社会的事実として認知されてしまうし、それを事実だというふうに語る側のカタルシスになる。それは社会的な承認を受けるからで、加害者がなぜ犯行をやったのかというストーリーを承認されてしまう。『事実』とはあやふやなものです。『誰』から見た『事実』なのか、『事実』は見る立場によって異なるものというふうに解釈してほしいのです」

意見を聞かせてくれた弁護士から一冊の本を手渡された。『ハンドブック刑事弁護』(平成十七年・現代人文社)という刑事弁護の基本が書かれている本である。さきの『季刊刑事弁護』と同じ版元である。開くと、〔**弁護士職務基本規定五条は、「弁護士は、真実を尊重し」なければならないと規定しているが、被疑者等の権利・利益を擁護するという原則が優先すると考えるべきである。**〕と書かれていた。

被疑者・被告人が黙秘権を行使することはもちろん以前からあり、例外的なことではない。

しかし、録画などの取り調べの可視化が段階的に導入され、被疑者国選弁護制度もスタートした平成十八年頃から、弁護士が黙秘をすすめ、真相究明がなされないケースが増えてきていると指摘するむきもある。じっさい日弁連(日本弁護士連合会)も可視化時代における効果的な弁護活動について研修会を各地で開き、原則的には黙秘をすすめることを説いている。

理由はわかりやすい。被疑者の誤った記憶や曖昧な記憶を可視化によって録画・録音されると取り返しがつかないという刑事弁護側の危機感と同時に、捜査機関側からすれば、黙秘させないように威圧的・誘導的に迫る取り調べ等――それ自体が不当とされる――が可視化されてしまったのだから、被疑者を厳しく追及することが避けられるようになったからだ。不当な取り調べで得た証拠は証拠能力がないと、裁判で判断されてしまえば検察官にとっては元も子もない。逆に、取り調べを受ける側にしてみれば、黙秘権の行使が以前よりも容易にはなる。

そもそも取り調べの可視化は、日弁連が冤罪の温床である自白偏重捜査を防止するために国に対して強く求めてきた。私も可視化には賛成の立場を取る。冤罪を防止するためにはきわめて有効な方策だと思う。しかし、結果として、黙秘権を行使しやすくなったという結果が、同時に事件の全体像を見えなくさせるという「捩れ」のような事態を生んでしまっているのではないか。とうぜん被害者の「知る権利」も置いてけぼりになる。

さきの金岡繁裕弁護士の論文を掲載している専門誌しかり、日弁連刑事弁護センター死刑弁護小委員会が作成した弁護手引きにも、死刑を回避させるための方法論として黙秘権の行使を被疑者にすすめることが説かれ、録音・録画などの可視化が「露骨な黙秘権撤回の説得を控えさせ」ると言い切っている。

杉本智香子の弁護人・鬼頭治雄弁護士も、自身のブログ〔シリーズ「弁護人に問う」第二回〜なぜ黙秘権を行使しないのか〕で、やはり黙秘権をすすめる論を展開している。

〔(前略)**黙秘権は、一連の刑事司法改革のおかげで、かなり行使しやすくなったと**

実感します。まず、被疑者国選対象事件が大幅に拡大したことで、捜査段階から弁護人がつくことが当たり前の時代になりました。弁護士の中で、黙秘権の行使を堂々と勧める人はまだそれほど多くはないと思います。しかし、以前に比べると黙秘権を行使する事例は格段に増えてきました。弁護士の間で、捜査段階の弁護活動についてのノウハウが蓄積されてきたことも影響していると思います。また、裁判員制度の影響によって、裁判所が以前ほど被疑者の供述調書を重視しなくなったことも大きいと思います。裁判員裁判では、法廷で見聞きしたことを重視して有罪・無罪、量刑を決めます。それ以前は、法廷で記録のやり取りをした後、裁判官が部屋にこもってその記録を読んで有罪・無罪、量刑を決める傾向にありました。法廷で見聞きしたことが重視されると、取調官が被疑者を密室で取り調べて物語風にまとめた供述調書よりも、目の前にいる被告人から直接話を聞いたほうがよい、分かりやすいとなります。こうして、相対的に供述調書の価値が下がり、捜査機関も供述調書にこだわる必要がなくなってきます。取調官の供述調書獲得へのインセンティブは、以前ほど強くないと思います。

（中略）私は、必ず起訴されるであろう事件については、基本的に全て黙秘すべきであると考えます。被疑者の供述調書がなければ、公判段階において「言った」「言わない」の水掛け論を回避することができますし、その分、捜査機関も科学的証拠、客

観的証拠を丁寧に収集するため、かえって事件の全体像がよく分かるからです。（後略）」

長々と引用したのは、鬼頭の主張からも、皮肉なことに、司法改革の中で黙秘権を行使しやすくなったことがよくわかるからだ。自白偏重捜査ではなく、科学的証拠や物的証拠などによって立証されるべきだということには私も賛成だが、ゆえに黙秘権をどんどん行使するべきだという考え方に飛躍することはどうしても首肯できない。

私は黙秘権を否定したり、軽んじたりする立場ではない。刑事弁護人が国家と対峙するために憎まれ役を引き受けざるを得ない裏側で、事実の断片すらわからないでいる被害者や被害者遺族が生み出される可能性を孕んではいないかという「現実」をどう考えるのかを問いたいのだ。法律家らから見れば、これは安っぽい理想論のようなものなのだろうか。

第三章　「なかったこと」にされた「傷害致死」

「死体の隠し方」をネットで検索

平成二十六年（二〇一四年）三月十二日、名古屋地裁は懲役二年二月の実刑判決を杉本夫妻に出した。

死体遺棄罪の法定刑は三年以下の懲役だが、検察側の求刑は上限一杯の三年。夫婦それぞれの弁護人は執行猶予付き判決を求めていたから、被告側からすれば重たい判決だといえる。杉本夫妻は共に即日控訴（こうそ）したが、自ら取り下げ刑が確定した。杉本夫妻は刑の確定後、ただちに服役に入った。麻子を死に至らしめたという「傷害致死」罪には問われなかったため、刑事事件としては事件の全体像はまるで解明されぬまま闇に葬られてしまったことになる。

判決文から抜粋してみよう。

〔被告人両名は、共謀の上、平成二四年四月十四日頃から同月二四日頃までの間に、愛知県知多郡南知多町大字内海字清水四六番所在の畑において、加藤麻子の土中に埋め、もって死体を遺棄した〕

〔被害者が死亡したことを認識すると、その死体を遺棄しようと企て、遺体を毛布にくるんで被害者が使用していた車両内に一時置いておき、他方で「死体の隠し方」、「絶対に見つからない死体の隠し方」などのキーワードでインターネット検索したり、三重県内の山を巡ったりして遺体の遺棄場所を探し、（中略）最終的に判示場所（筆者注・実況検分調書等の証拠）に埋めることを決意し、用意したスコップを用いて畑を掘り、遺体の服を脱がせ下着一枚の状態にした上で、遺体を埋めて遺棄した。犯行様態は計画的かつ用意周到である。被告人両名は、本件犯行後、上記車両（筆者注・麻子所有のワゴンR）のナンバープレートを取り外すなどした上、同車を海中に沈めようとしたが、かかる行為は犯行様態の周到さを示すものである。被害者の遺体は、約一年間土中に埋められたため、屍蝋化し、目や鼻、臓器等は失われ、白骨がむき出しとなり、生前の面影を残さない状態となっていたのであり、生前の被害者の人格や死者に対する社会の敬虔感情を害する程度は大きい。被害者の両親は、一人娘である被害者の生死が不明なまま約一年間思い悩み、遺体が発見された後も、遺体の状態に鑑みて被害者と対面することすらできなかったのであり、同人らが被った精神的苦痛

もまた大きい。他方、被告人両名は、それぞれ捜査機関に対し本件犯行を自供し、同人らの供述により被害者の遺体が発見された。（後略）」

判決文では、杉本恭教が被害者の両親を被供託者として合計二一八万一三七〇円を供託したことを「謝罪の意思を明らか」にしていると認定、前科がないことも「酌むべき事情」だとしている。供託とは支払い意思に対して、被害者側が受け取り拒否をしたときに、弁済供託（民法四九四条）の制度を使い、管轄の法務局に預けるものだ。

すでに触れたように死体を埋めたと自供した場所は実際の場所の真反対で、警察は発見に相当な労力を浪費した。被害者遺族の立場からすれば、遺体の発見を遅らせるためにわざと嘘を言ったのではないかと思うのは当然だとしても、裁判所はこれを杓子定規に「捜査協力」と認定したことに私は驚いた。

「死体遺棄罪」を構成するためには、一般的には「作為的な場所移動」が必要とされ、つまり、殺人を犯した者が遺体をそのまま殺害現場に放置したままでは適用されない。殺人や過失致死等の犯人が犯罪の露見をおそれて、積極的な隠蔽行為をおこなった場合が「遺棄」にあたる。殺害した当人が死体を遺棄したことが立証されれば併合罪となり、とうぜん量刑は重いものとなる。

警察が押収した杉本夫妻と夫妻の長男の携帯電話を分析したところ、麻子の生存が第三者によって確認された最後の日（当時のアルバイト先の漫画喫茶「I」に最後に出勤した日）から、名古屋港で麻子のクルマが発見されるまでの約一〇日間のうちに、「死体の隠し方」というキーワードで何度も検索を繰り返していたことが判明している。「遺体の隠し方」以外の履歴には、地元のニュースサイトなども含まれており、遺体が発見されてニュースになっていないかどうかを調べていたのだと推測できる。

私は杉本夫妻らが見ていたのと同じ「遺体の隠し方」について書き込みがされているインターネット掲示板を見てみたが、ばらばらに切断して海に捨てる、山の中に掘って埋める、など実際に起きた事件などからヒントを得たような書き込みが羅列されていた。杉本夫妻はこうした情報を参考にして麻子の遺体を遺棄・隠蔽する方法を模索していたとみて間違いないだろう。

判決文は、インターネットで「死体が見つからないための隠し方」を検索するなどし、犯行を隠蔽するために土中に埋めたことも指摘している。遺体は通常半年から一年で白骨化するといわれ、死因の特定が困難になる。それを知って被害者を下着一枚にして土中に埋めたのならば、計画性の高い、用意周到で悪質な犯行だ。

加藤麻子の遺体を遺棄したのは誰なのかわかっている。杉本恭教・智香子夫妻だ。

しかし、麻子の命を奪ったのは「誰」なのか。どのようにして命を奪ったのか。そして、なぜ、加藤麻子はそのような目に遭ったのか――こんな答えのわかりきっている謎掛けのように思えることを捜査機関は物証と自白などの証拠で固めていかなくてはならなかった。「他殺死」だったということを、捜査上で得られた客観的な状況証拠の積み上げが結果的に不十分だと立証できず、「逃げ得」「黙り得」をゆるしてしまうことになる。

ある元県警幹部の意見

私が取材過程で出会った愛知県警の元幹部が、事件の展開を整然と分析してくれたことがある。

元幹部は「事件捜査には直接タッチしていないので報道等に基づく推測にすぎませんが」と前置きして、「用意周到で悪質な事件です。捜査本部は殺人で立てる（立件する）のだろうと思っていました」と当初の予想を語った。実際に警察は傷害致死で「立てて」逮捕をしたわけだが、検察官が起訴をしなかったことに「やはりだめだったかと落胆したというのが本当のところです」と言った。

「必死で現場（警察官）が捜査をして立てても（立件しても）公判を維持できないと見通しがわかると、検察官はあっさり不起訴にします。検察官は刑事公判で負けるかもしれないと思うと、〝食わない〟（起訴しない）です。検察官は公判維持できずに仮に無罪判決が出てしまったときのリスクを考えます。いいかげんな捜査で起訴したんだと、検察官に事件を送った警察官も検察官も社会から不信感を買ってしまう可能性があるし、他の事件にも影響をしてきます」

この事件は県警刑事部のエース級の一課捜査員（捜査一課は各都道府県警察の刑事部に置かれ、殺人や強盗、放火などの凶悪事件を扱う）を帳場（所轄警察署内に設置された捜査本部）へ送ったケースだ、と元幹部は言った。

「しかし、調書をまけていない（とれていない）のが最大の問題だったと思っています。今回のケースは、おそらく弁護士のアドバイスで黙秘したと見てまちがいないと思いますが、それまでに取った上申書では証拠として弱い。捜査の方法として、上申書を最初に取るかどうかはケースバイケースで、今回は被害者の失踪事件から始まったから、容疑をかけていた漫画喫茶オーナー夫妻に（事件について）当てたら、しゃべったケースではなかったかと思う。そして、仮に日常的な加害者の暴力があったと上申書に書いてあっても、それと事件当日の暴行を結びつける証拠にはならない。そういった法律的な知識を被疑者はインターネットで調べるなどして知っていて、あるいは弁護士から教えられたので、だから日常的な暴力についても何もしゃべらなかったのではないでしょうか。

遺体発見までに時間をとられ、白骨化した状態で発見された段階で死因不明と鑑定される可能性が高いと刑事事件の経験を積んだ弁護士ならわかります。すると暴行行為との因果関係が特定できないから、黙秘をさせたほうが得策だと（弁護士は）考えるでしょう。被疑者に未必の故意（積極的には意図しないが、自分の行為から犯罪事実が発生するかもしれないと思いながら、あえて実行する心理状態）であったかもしれないがそれは内面の問題なので証明が難しい。黙秘されたらなおさらです。たとえ未必の故意があったとしても、行為が特定できないのですから。あの上申書だけでそれを立証するのはキビしいと思う」

一方で日本の警察のこれまでの自白偏重型の捜査体質にも話が及んだ。今回のような展開を見せるケースは、冤罪防止のためにつくられた捜査の記録・可視化等、警察の捜査が変わらざるを得ない時代とも関係があるという指摘だ。

「自白は今もこれからも、事件を立証するのに重要な証拠に違いありませんが、自白に頼りすぎた面があったから冤罪が生まれる要因ともなりました。今は取り調べが可視化されて録画されていますが、じっさいには取調官は可視化による捜査の制限についてはあまり感じていません。取り調べの可視化によって『大声を出してはいけない』、『机を叩いてはいけない』、『（被疑者の）体を触ってはいけない』など多くの制限があり、これを被疑者に逆手にとられて、取り調べ中に被疑者が取調官を大声で怒鳴りつけたり、机を叩いたりするなど逆転現象も起きています。

可視化については取調官は、公判でも取り調べの適正性を明らかにできるものとして、どちらかというと賛成しています。また、これにプレッシャーを感じている取調官もいないように思います。むしろ（可視化で）撮影に慣れていない被疑者が緊張したりすることがあります。

可視化された現在でも、『黙秘します』と言われても、取調官が簡単に『はい、そうですか』というふうにはなりません。取調官は工夫をしながら聞き出そうとします。もちろん机をバンバン叩くようなことはしません。そのような不当な方法でまかれた（取られた）証拠ということになってしまい、仮に調書がまけても（取れても）公判で、『強制的に書かされました』と言われたら、（証拠としての能力が）ひっくり返ってしまうことだってあります。上申書も同じで、無理矢理書かされましたと言われたら不利になるのは変わりありません。

ただし、弁護士が被疑者から取り調べの状態を聞き取って、被疑者の言いなりに取調べ監督制度に違反するなど抗議文を送りつけてきたりします。中身は被疑者側の言いがかりのようなものがほとんどで、自分が知る限り違反した事例はありません。

いずれにせよ、やはり強力な物証が大事です。警察や検察は、誰がどういう理由で犯罪をおこなったのか立証しなければなりませんが、黙秘されたから、傷害致死かもしれないのに誰がやったのかわからなくなり、傷害致死事件として立てるには、とてもハードルが高いものになってしまったわけです」

取り調べの可視化は、最高検が平成十八年夏から一部事件を対象に段階的に始まり、任意の事情聴取から可視化をしないと弁護士から抗議を受けるケースも少なくないことも私は現場の捜査官から何度も聞いたことがある。

容疑者を「おとす」ためには捜査官のテクニックや長年つちかわれた経験がものをいうことが多い。取り調べ官はそれぞれに工夫をこらして被疑者と向き合うが、可視化によって、共犯事件や暴力団員の取り調べは難しくなった面はあるという。

そこで「代替」するような制度を警察はスタートさせてもいる。さきに元幹部も触れた、平成二十一年からスタートした「取調べ監督制度」だ。同制度について「アサヒ・コム」(平成二十年一月二十四日)の〔全取調室に透視鏡　警察庁、冤罪防止へ「適正化指針」〕と題された記事を引用してみたい。

〔富山県警による強姦(ごうかん)事件の冤罪や鹿児島県警摘発の選挙違反事件の無罪判決を受け、警察庁は24日、証拠や自白の裏付けが不十分だったなどとする検証結果をまとめた。この反省から、再発防止策となる「取り調べ適正化指針」を公表。取り調べ状況を監視・監督する専門部署の新設のほか深夜や長時間にわたる取り調べの原則禁止を柱とした。「密室」とされる取調室に、警察内とはいえ監督制度を導入するのは初めてで、全国で09年春までに運用を始める。

警察庁のまとめた「適正化指針」は、取調官に対し、供述の信用性を疑わせる原因となりかねない言動を「監督対象行為」として禁じた。深夜や長時間の取り調べも原則禁止し、中でも「午後10時～午前5時」「1日8時間超」は、本部長か署長の事前の承認を必要とすることにした。

指針が守られているかをチェックするため、総務部門に設ける監視・監督部署は、定期や抜き打ちの調査を行い、不適切な行為が見つかれば、取調官を代え、指導や懲戒処分の対象にする。

外から状況を点検できるように全取調室1万余に透視鏡を設置。容疑者や代理人弁護士らから苦情を受けた場合も、監視・監督部署が調べるとしている。同庁は「取り調べの監督は体制の整った都道府県警から順次始めたい」としている。」

この二つの事件は、富山県で無実の男性が虚偽の「強姦行為」の自白で刑に服した事件と、鹿児島県志布志市で起きた県議選をめぐる選挙違反事件で――関係者の顔写真を踏み絵させるなどの異常な取り調べがおこなわれた――被告一二人全員が無罪となったケースだ。警察庁は制度に先立って両県警の調査結果の精査と聞きとり調査をもとに検証報告書をまとめ、捜査過程の検証結果を公開した。その結果は記事から再び引用する。

「それによると、富山県警の捜査の問題点は、アリバイを示す電話の発信記録、犯行現場の足跡、凶器の特定など証拠に基づく捜査が不十分だった▽容疑者を特定する際に被害者証言を過大評価した▽自白の真偽についての検討を慎重にすべきだった▽幹部の捜査指揮が不十分だった、とした。（中略）鹿児島県警の問題点は、長期間・長時間にわたる追及的・強圧的な取り調べや捜査員の不適切な言動▽供述の信用性の検討などが不十分▽本部長や志布志署長らの指揮監督が不十分、を挙げた。」

この制度には録画等はふくまれていないところに、警察の現場サイドからの「抵抗」がうかがえる。内輪同士ではたして厳正な監視ができるのかという批判もあるだろう。しかし、冤罪を防ぐためには可視化に加え、これだけ強い縛りがかかるのはある意味では当然ともいえる。元幹部は言った。

「捜査員たちは厳しい縛りの中で懸命に捜査をしています。一方で、法的手続きの瑕疵をついてきて、被疑者の無罪を勝ち取ることが使命だといわんばかりに抗議してくる弁護士と向き合わねばならない。しかし、そういう中で捜査を尽くすのは限界もあるのです。もちろん捜査員も悔しいし、やるせないが、それが日本の刑事手続きの現状です。ですが、新しい制度を逆に有利に使うこともできる。取り調べを録画をしてあることによって、警察が強制的に取り調べたのではないと証明されるわけだから、弁護士がつく前に記録しておいて、弁護士がついたあととどう供述が変わるかも録画すればいい。それが裁判官や裁判員に影響を与える可能性もあるわけですから。どちらにせよ、今回のようなケースをなくすためにも、証拠や事実を積み重ねていくこと、捜査体制を強化していくことが必要です。これまでの仕事量は変わらないが、制約が増えているから細心の注意をもって取り組んでいくしかない。黙秘や否認をされたら、事件としては立たないと（現場の捜査陣は）意気消沈してほしくない。今回、検事から嫌疑不十分と言われると現場はそうとう落胆したはずです。捜査員は被害者の無念を晴らす気概を持ってやっていますから」

私は今回の事件を捜査を最前線で担った県警捜査一課の捜査員と邂逅する機会が何度かあった。短髪で長身。寡黙な捜査員だった。取材を申し入れると、個別の事例についてては自分は取材は受けられません、と丁重にその場で断られた。

検察審査会へ不服申し立て

加藤麻子の遺族は「傷害致死罪」で起訴されなかったことに対して、不起訴処分決定から一カ月後（平成二十五年十月）、検察審査会に不服を申し立てた。

加藤麻子の遺族代理人である平野好道弁護士は麻子が行方不明になり、警察が捜索をしている最中から麻子の両親の代理人として付き添ってきた。死体遺棄の刑事裁判時から、この手続きに至る過程も平野が担った。白くなった髭をたくわえ、穏やかな表情を崩さない平野は、いつも淡々と柔和な話し方をする。三〇年以上の弁護士生活の中で、こうした事例の被害者遺族の代理人として活動するのは初めての経験だった。

検察審査会制度は、検察官が被疑者を起訴しなかったことが正当だったか不当だったかを無作為で選ばれた二十歳以上で選挙権を有する十一人で構成される。検察官が独占する起訴の権限（公訴権）の行使に民意を反映させたり、不当な不起訴処分を抑制するために地方裁判所またはその支部の所在地に設置されている。

不服を申し立てたその時点で、まだ「死体遺棄事件」の公判は進行中である。検察審査会から「起訴相当」の議決を引き出し、再捜査をおこなってもらい、「傷害致死」で起訴へと持ち込んでもらうためには、それしか方法が残されていない。

検察審査会は申し立てを受理すると審査を経て、起訴相当、不起訴不当、不起訴相当の三種類いずれかの議決を出す。平成二十一年の検察審査会法改正で、「起訴相当」が二度出た場合は、検察が不起訴にしても、検察官役を弁護士がつとめるかたちで「強制起訴」をされる仕組みになった。記憶に新しいのは平成二十二年に、当時、民主党の代表だった小沢一郎代議士が政治資金の不正流用問題で強制起訴され、無罪を得ることになった事例である。

ただし、「不起訴不当」議決は、検察の判断は正しくないから再捜査をせよと命じる効力（検察審査会法四一条）を持つが、前回（最初の不起訴処分）と同じ理由で検察が不起訴処分にした場合は再び不服申し立てをすることができない。ちなみに検察審査会の審議等はすべて非公開で、構成メンバーも議論された内容もわからない。強い権限を持つ組織にかかわらず、その密室性を問題視する意見も根強い。

さて、検察審査会はどんな結果を出したのか。

不起訴不当――これが、平成二十六年一月二十三日、名古屋第一検察審査会が出した議決だった。

つまり、検察は再捜査をする責務を負うことになり、遺族にしてみればこれで微かな光が見えたかに思えた。麻子の遺族は少しだけ胸をなでおろすことができた。

「不起訴不当」議決の理由として、検察審査会は次のように表明した。

「**被疑者両名は、共謀の上、平成二十四年四月十四日頃、名古屋市中川区内のラーメン店内において、加藤麻子（四十一歳）に対し、その腹部等を給食用しゃもじで複数回突くなどの暴行を加えて何らかの傷害を負わせ、よって、その頃、同所において、同人を前記傷害により、死亡させたものである。**」

つまり、「死体遺棄」の直前に暴行があったという、検察の冒頭陳述以外では触れられなかった「事実」をあらためて取り上げ、検察審査会の判断として次のように議決理由について結論づけたのである。

〔当検察審査会は、本件不起訴記録及び審査申立書を精査し、慎重に審査した結果、解剖医は、被疑者らが被害者の腹部を突いたことによる、腹腔内の出血には否定的であるが、救急救命医は、給食用しゃもじで被疑者らの供述するような腹部への暴行を加えた場合、内臓損傷等で出血性ショック死することが十分考えられ、暴行によって倒れた後の被害者の症状と矛盾なく一致すると述べているし、別の法医学者は、被害者は、腹部に外力を受けて腹腔内に出血したことが死因となったことは十分考えられるとしているところ、記録上、これらの医師の意見のすり合わせはなされておらず、死因に関する医学的所見の検討は不十分と言わざるを得ない。〕

この議決の理由には刮目すべきことが書かれていた。

つまり、検察審査会は遺族側に知らされていなかった、司法解剖をおこなった法医学者以外の二名（法医学者と救急救命医）の医師が作成した所見資料等を精査し、そこにはそれぞれの医師が推測する「暴行」と死因の因果関係を述べているというのである。つまり「死因不明」とした「石井鑑定」より、因果関係に踏み込んだ所見が存在し、そちらを重視したのである。

検察審査会は「死体遺棄」に至るまでの暴行部分に注目しながら、解剖を担当した法医学者以外の法医学者と救命救急医のセカンドオピニオン的な「意見」に着目をした。それが「不起訴不当」という議決の大きな理由とみてまちがいない。この二人の医師の所見は、死因こそ可能性しか指摘していないが、麻子は暴行によって「腹腔内出血」で倒れ、死に至った可能性が高いことを示唆するものだった。検察審査会が注目した二人の医師の所見は、麻子の遺族には開示されていないどころか、存在すらわからなかったものである。

検察審査会の議決を受けて、検察は再捜査をおこなった。件の二人の医師からも再度、意見を得るなどしている。他にはどんな補充的捜査をしたのかはわからないが、麻子の遺族は検察が再捜査の結果、今度こそは傷害致死で起訴に踏み切ってくれることを祈っていた。

しかし麻子の遺族はまたも落胆することになる。検察が再捜査の結果出した結論は、前と同じ「嫌疑不十分」で不起訴というものだったからだ。結論を検察官は変えなかった。

検察官は再び加藤麻子の遺族らに不起訴の説明をしに出向いてきて、議決を受けての再捜査の内容を報告した。内容は以前と同じだったが、その中でも検察審査会が注目した、解剖医以外の二名の医師に再度所見を求め、意見書を提出してもらったことも説明したという。

さきにも触れたように「不起訴不当」の場合は、同じ理由で不起訴になった場合、二度は検察審査会に申し立てができない。事実上、捜査は終結し、正式な不起訴処分決定を告知する「決定書」（平成二十六年六月六日付）が遺族に届いた。検察審査会「不起訴不当」議決からおよそ半年後のことだ。

『犯罪白書』（平成二十七年版）によると、起訴相当・不起訴不当議決事件がその後どのように推移したかについて、たとえば、麻子の「傷害致死事件」が扱われた平成二十六年には、一一四の「措置済人員」が起訴相当・不起訴不当の議決がなされたのに対して、起訴が一四、不起訴維持が一〇〇で、つまり起訴率は一二・三パーセントしかない。

さらに「不起訴」のうち、「起訴猶予」「嫌疑不十分」「その他」で分けて見ると、麻子の事例（嫌疑不十分）では、七七の総数に対して起訴されたのは七、不起訴維持が七〇で、起訴率は九・一パーセントになっている。つまり一割以下しか起訴に持ち込まれていない。

一方で加藤麻子の遺族は平成二十五年十二月、検察審査会の議決も、さらに死体遺棄罪の刑事裁判の判決も待たずして、杉本恭教・智香子夫妻に対して総額二億円近くの損害賠償請求訴訟を提起していた。

これは杉本夫妻が加藤麻子を共謀して殺害、死体を隠蔽したことを民事裁判で「有罪」として認めさせようとするもので、被害者側にしてみれば事実上の「再審」といえる。

この民事裁判の過程で検察が不起訴にした「傷害致死容疑」関係の事件記録等を損害賠償のための「証拠」として白日のもとで公にし、「真実」をできうる限り問うことも目的だった。マスキングされた杉本夫妻の「上申書」の全ての内容を知ることも、もちろん含まれている。

麻子の遺族にとってみれば、もはや事件の全容を少しでも知るためには、残された選択肢は民事訴訟という手段しかなかった。加害者は罰されることなく、事実を知ることすらできない「壁」を被害者遺族はどうこじあければいいのだろうか。

私は徒手空拳の状態で加害者側や、そして法律や制度とも闘わなければならない麻子の両親を見て、いつもどう声をかけていいやら戸惑った。言葉が出なかった。麻子の母親は気丈にふるまうときもあれば、夜になると心が張り裂けそうになり、私によく電話をかけてきては激しく嗚咽した。江美子はいつも最後には、「(電話をかけて)ごめんねえ、ごめんなさい、ごめんなさい……」と何度も謝った。私はただ黙って頷くしかなかった。

加害者夫妻に対して損害賠償訴訟を提起

繰り返しになるが、加藤麻子の遺族である義太郎と江美子が、麻子の遺体を遺棄したとして、麻子がアルバイト従業員として働いていた漫画喫茶「B」の杉本恭教・智香子夫妻に対して、総額二億円超の損害賠償請求訴訟を起こしたのは平成二十五年十二月のことである。一方で、被告となった杉本夫妻の代理人は、死体遺棄で弁護した四人の弁護士がそのまま付いた。訴訟代理人は平野好道弁護士ら、所属法律事務所の弁護士たちが名を連ねた。

「請求の原因」について訴状から時系列に適宜引用をする。

麻子は杉本夫妻が経営する漫画喫茶で働いていたが、**〔しかし、原告江美子は平成二十四年四月十日に亡麻子と電話で話したのを最後に、同年四月十七日以降電話をしても通じず、連絡が取れなくなった。〕〔そこで、原告江美子は亡麻子の玄関の小窓からメモを入れるなど連絡を取ろうとしたが、亡麻子とは連絡が取れなかった。〕**、**〔そのため、原告らは同年五月一日に捜索願いを出し、同アパート内を警察と共に調べたが、室内は目立って荒らされた跡はなく、電灯が灯ったままで〕**、そして平成二十四年十一月になって事態に展開が起きた。

〔亡麻子が使っていた軽自動車が名古屋市港区の名古屋港に乗り捨てられていることが発見された。なお車のナンバーは外され、車体番号も削られており、亡麻子失踪の

発覚を遅らせるために、被告らがしたものである。なお、ナンバープレートは、被告らの供述通り愛知県知多市の池から見つかったとされている。〕

〔被告らは亡麻子の死亡の関与を認める供述を十一月（筆者注・平成二十四年）頃にはしていたが、その後平成二十五年五月十二日死体遺棄罪で起訴された。亡麻子には生前しばしば青あざがあったとされており、生前から被告らから継続的に暴行を受けていたと考えられる。結局亡麻子の遺体が発見されたのは、失踪から一年を経過してのことであり、このように時間がかかったのは、亡麻子の自動車を発見しにくく細工をし、また、死体遺棄現場について正確な供述を被告らがしていなかったためである。〕

麻子が行方不明になった直後から警察は内偵を始めてはいたが、一気に進展が見られたのが、名古屋港の海に落ちかかっていた麻子のワゴンRが発見されたときからであることはすでに触れた。杉本夫妻が麻子のクルマを海中に沈め、証拠隠滅をはかろうとしたことは「上申書」に書かれているとおりだ。

麻子の遺族が起こした民事訴訟の訴状は、こう続ける。

〔十四日が月命日だという趣旨は、十四日に亡麻子が死亡した日のことであり、いつ死亡したかは被告らしか知らないことであり、被告らが亡麻子の死亡に関与したことを示すものである。その後被告らは傷害致死容疑で逮捕されたが、結局起訴されなかったが、その理由は、被告らが遺体の発見を遅らせ、そのため遺体の状態が劣化し、死亡に至る因果関係が明確でなくなってしまったことと、逮捕後被告らは黙秘を続けているためである。原告らは、亡麻子は被告らに殺害されたと考えているが、少なくとも被告らが亡麻子に暴行を加え、死亡させたことは間違いない。被告らが経営していた名古屋市中川区のラーメン店において、店にあった金属製のしゃもじ（長さ約一メートル、重さ約一キロ）の柄で亡麻子の腹部を数回突いて死亡させたことを認めていたものである。よって、被告らは共謀の上亡麻子に対し、平成二十四年四月十四日頃暴行を加えて、その頃死亡させたものである。」

加藤麻子は死亡時四十一歳だった。訴状によれば、被害者の逸失利益は約三九六六万円、葬儀費用約一七〇万円、麻子の乗っていた車の車両代金約一二八万円、被害者の慰謝料約五〇〇〇万円、等と算定している。

そして、訴えた麻子の遺族の精神的苦痛の金額については、父親の義太郎が約五〇〇〇万円。母親の江美子については約六〇〇〇万円とし、それに麻子の車の税金や、（失踪後も残置していた）部屋代等を加えた。

「亡麻子は、原告らのたった一人の子供であり、他に子供はいない。被告らが亡麻子を死亡させてしまったため、原告らの子供はいなくなってしまった。亡麻子の死亡を隠蔽するため、被告らは亡麻子の車のナンバー、車体番号まで削り取って、事件の発覚を遅らせ、更には死体遺棄場所についても正確な場所を供述しなかったため、発見に時間がかかり、亡麻子の車発見から半年もかかってやっと遺体が発見されたものである。

原告らは、亡麻子が行方不明のまま一年間生死不明で心を痛め、しかも結局遺体が埋められていたため、刑事裁判において亡麻子の死亡に至る経緯について明らかにされることがなくなってしまっている。

被告らの隠蔽工作は悪質であり、被告らの権利とは言え黙秘を続けることによって、原告らの精神的苦痛は甚大であって、特に、原告江美子はうつ症状になり、治療を受けなければならなかった。〕

最高裁判例（昭和五十年）

原告代理人弁護士の平野好道は、訴訟提起後の平成二十六年四月に裁判所に出した準備書面で最高裁判例（昭和五十年十月二十四日）を引用、被告らの不法行為は民事裁判で証明できるとした。

〔**訴訟上の因果関係の立証は、一点の疑義も許されない自然科学的証明ではなく、経**

験則に照らして全証拠を総合検討し、特定の事実が特定の結果発生を招来した関係を是認しうる高度の蓋然性を証明することであり、その判定は、通常人が疑を差し挟まない程度に真実性の確信を持ちうるものであることを必要とし、かつ、それで足りるもの」（同判例より）

平野は、「上記の因果関係は刑事事件の因果関係とは異なるものであり、検察官が刑事訴追を行なうための因果関係の立証ができないと考えたかどうかとは別の問題である。」とも主張している。検察官は杉本夫妻を傷害致死罪での起訴を見送ったが、それと本訴訟で問われている杉本夫妻の賠償責任とは別問題であるというのが原告側の論理である。

そして、マスキングだらけの上申書から判読できる範囲で、平野は次のように杉本夫妻の供述をつなぎ合わせ、杉本夫妻の暴行により麻子が死亡したことを主張した。

（上申書からの引用部分は原文ママ）

「本件においては、被告らの上記加害行為の直後に亡麻子は「倒れてしまい、かたをゆすっても反応がなく」、「妻とみゃくをとったり、人工こきゅうをしたりしましたが、私は死んでいると思いました」とあり、「平成二十四年四月十四日に」、「加藤さんは目をあけたまま、息もせず、心ぞうも、脈もとまってしまったため、私たちは心ぞうマッサージをしましたが、心ぞうも脈も動くことなく息もしませんでした」とあ

るように、被告らの暴行により亡麻子は倒れ、呼吸も心臓も止まってしまったものである。」

再逮捕される可能性はゼロではない

加藤麻子は被告夫婦の暴行により死に至ったという原告代理人弁護士の主張について、被告（夫の杉本恭教）代理人の金岡繁裕弁護士らは次のように反論をしてきた。平成二十六年五月二十七日付の準備書面を要約してみたい。

まず準備書面では、「**杉本恭教は、亡麻子に対する傷害致死被疑事件の被疑者の地位にあること等の事情から、黙秘権を行使し、一切の認否をおこなわない。但し、被告杉本恭教が亡麻子の死亡に関し不法行為責任を負うとの原告らの主張は争う。**」と、いまだ被告が刑事事件の被疑者であることを理由にはやばやと「黙秘」を宣言した。

これは妻・智香子もならうことになる。

もし仮に民事訴訟で、刑事裁判では非公開になっていた傷害致死についての情報があきらかにされたり、新証言が得られたとき、それが新証拠となり夫妻は再び逮捕をされる可能性はゼロではないからだろうか。

もし万が一、民事裁判の過程（証人尋問等）で何らかの新たな客観的証拠が出てくるという展開になれば、傷害致死で再逮捕されることもありえないことではない。

刑事訴訟法一九九条は逮捕状による逮捕、いわゆる通常逮捕について定めている条文だが、第三項の、「検察官又は司法警察員は、第一項の逮捕状を請求する場合において、同一の犯罪事実についてその被疑者に対し前に逮捕状の請求又はその発付があったときは、その旨を裁判所に通知しなければならない」は、そのことを予定している条項だ。

被告代理人の金岡らは、原告の主張は「**加害行為、死因、因果関係の何れにおいても不十分である**」とも批判し、さきの蓋然性を証明すれば足りるとした最高裁判例を根拠にしたことについても、「**被告らの加害行為の直後に亡麻子は……倒れ、呼吸も心臓も止まって死亡した」という、甚だ抽象的で漠然としたものであって、到底、「特定の結果発生を招来した関係を是認しうる高度の蓋然性」を証明する責任が果たされているとはいえない。**」と真っ向から否定した。

被告代理人の反論は続き、暴行の具体性が乏しいこと――例えば、加害行為のあとに倒れたかどうか不明、仮に暴行行為が特定されたとしても、死亡現象との時間的経過との関係がわからない――などと列挙した。

また、検察審査会の「不起訴不当」の議決を受けて検察官がおこなった再捜査で別の法医学者と救命医に所見を求めたところ出血性ショック死あるいは、腹腔内出血が死因となったことを可能性としてあげていることに対しても、じっさいに亡麻子の遺体を見てもいない医師の所見に説得力はないと反論をしている。

慰謝料は一〇〇万円が相当と主張

そして加害者の被害者に対する「弁済」について、被告代理人の金岡弁護士らは次のように主張している。

〔原告両名の遺族としての慰謝料請求権について、受領拒否を理由に各一〇〇万円及び口頭の提供日までの法的利息を付した金額を供託し、同供託は有効に成立した。〕

供託とは支払い意思に対して、被害者の側が受け取り拒否をしたときに、弁済供託（民法四九四条）の制度を使い、管轄の法務局に預けるものだ。供託がなされたということは支払いがなされたということと同じ効果が生まれ、その後、損害賠償請求訴訟が起こされても、供託された金額については支払ったことになり、加害者側には有利にはたらくことがある。現段階で賠償金を払える意思を示したけれど、受け取ってもらえなかったので仕方なく供託しましたという理屈になってしまうわけだ。「払える意思」というのも加害者側にとって「懐の痛まない」都合のいい金額である可能性もある。今回もそういうケースだろう。

そもそも、この金額はあくまで加害者側が、刑事裁判で確定した〔亡麻子の遺体を遺棄、隠匿したこと〕に対して一方的に決めた金額である。今回、遺族が起こした訴訟は、「傷害致死」についてのもので、「死体遺棄」だけではない。「傷害致死」は起訴されていないから、民事で請求した賠償額を勝ち取ることが実質的な「再審」上の勝利となり、民事上では杉本夫妻は傷害致死についても「有罪」ということになる。

被告代理人によれば、一〇〇万円という金額は、次のような根拠があるという。

〔民事判例上、死体遺棄そのものを捉えた慰謝料額の先例は僅かであるところ、公刊されているところでは、例えば東京地判平成十八年九月二十六日が、要旨「約二六年もの間、自宅の床下に無残な状態で被害者を放置し、自身の排他的管理下においていた事案」において、「母あるいは兄弟という近親者」から加害者に慰謝料請求がなされた案件に関し、「遺体の隠匿態様、隠匿期間など本件における一切の事情を勘案すると、原告らの精神的苦痛に対する慰謝料は、原告ら各自についてそれぞれ一〇〇万円と認めるのが相当」としているものがある。同事案は、遺棄態様自体に際立った特徴がなく、その意味で本件に類似する案件である。〕

さらに被告代理人は、〔被害者保護の流れが急加速して以降の最近の裁判例であることから、本件に於いても参考になると認められる。そうすると、原告らの固有の損害は、何れも、金一〇〇万円を以て相当と評価すべきである。この点で、原告らの訴状における五〇〇〇万円、あるいは六〇〇〇万円などという主張は、文字通り、桁が外れて〕いると主張する。

この主張から言えることは、一〇〇万円という供託金の額は、被告代理人が過去の某判例から導き出したものであり、加害者が支払うことができる精一杯の額といえるものではないことが明らかで、この程度でいいだろうという一方的な額だ。この金額には加害者の慰謝の気持ちは含まれていないと思うのは私だけか。

最高裁で覆された一〇〇万円という慰謝料

ところで、先の被告代理人が出してきた書面の判例文からでは、その概要がまるでわからない。

この被告代理人が引き合いに出した事例とは、じつは私が取材をし、『殺された側の論理』（講談社刊）という単行本におさめた殺人事件だった。

昭和五十三年に、東京都足立区内の小学校の警備などをしていた男が、普段から妄想で一方的に恨みを抱いていた女性教員を殺害し、遺体を自宅の床下に埋めたという事件である。被害者は失踪したとされ、被害者の家族は北朝鮮に拉致をされたのではないかとも疑っていて、特定失踪者リストにも名を連ねていた。

ところが加害者の自宅——高い塀に鉄条網を張りめぐらし監視カメラなどを設置した要塞のような家だった——が道路拡張工事によって取り壊されることになり、埋めた遺体が工事で掘り起こされるのではないかと危惧した加害者が地元警察に「出頭」

したのである。

しかし、事件から二五年以上が経過しており、当時は時効撤廃の法律が施行される以前だったので、加害者は何の罪にも問われることはなかった。加害者は退職金や年金をもらい、引っ越し先の千葉県にまたも要塞のような家を建てて、のうのうと暮らしているのを私は見に行ったことがある。

公訴時効の成立により殺人の罪には問えなかったが、遺族らは民事訴訟で加害者を訴えた。民事訴訟は損害賠償の対象となる不法行為を「知った時点」から三年以内に提起しなければ権利が消滅するとされていて、「知らなくとも」不法行為が発生したときから二〇年経ったときも同様となるのだ。

しかし、遺族三人は北朝鮮に拉致されていたと思っていて、殺害をされたとは思っていなかったのだから、三年間の請求期間内であると二億円近い損害賠償請求を起こした。しかし、東京地裁は不法行為から二〇年経っていることを理由に請求を退けた。認められたのは長年にわたり遺体を隠し続けたことに対する慰謝料のみで、家族三人で三三〇〇万円である。被告代理人の金岡弁護士が「一〇〇〇万円が相当」と言っているのは、この金額を三人で割った金額を根拠にしているのである。

ところが、この地裁判決（東京地裁）は高裁でひっくり返り、殺害行為についての損害賠償期間時効消滅を認めず、合計四二〇〇万の支払いを認め、最高裁も高裁判決を支持、確定に至っている。金岡弁護士が主張・採用しているのは、覆された一審判決である。

被害者遺族の精神科カルテを開示せよと主張

被告側の反論・主張はまだ他にもある。その「論理」のえげつなさに私は驚くばかりだが、例えば、遺族の加藤江美子（麻子の母親）が通っていたメンタルクリニックへの通院記録の開示について、次のように主張した。（平成二十七年八月四日）

〔原告らの主張する固有の損害である精神的苦痛のうち、原告江美子のメンタルクリニック通院を言う部分についても、大部分は亡麻子が被告らにより死亡させられたこと（少なくとも亡麻子が死亡したそのこと）を前提とするものであると確認され、遺棄部分と峻別されたものとは全く認められないことから、死亡との因果関係が主要争点である本件の争点整理上、この点を峻別できるだけの審理を尽くす必要があり、さしあたっては、原告らに対し、原告らにおいて容易に入手可能であり、かつ、自ら援用した診断書の原資料である医療記録を開示させ、もっと、その精神的苦痛の成り立ちについて検証する〕ことが必要であり、なおかつ、**〔精神的苦痛の由来について明確に峻別した審理も行なわないまま（防御機会も与えないまま）、遺棄部分の慰謝料を裁判所が算定することは、審理不尽、不意打ち認定の違法〕**があるというものだ。慰謝料はすでに刑事供託金一〇〇万円で賠償義務は果たされているともいう。はて、何を言っているのだろう。私は自分の目を疑った。

原告側は、遺族の「精神的苦痛」の一つの根拠としてメンタルクリニックへの通院を上げているが、それを「死亡させられたこと」と「遺棄」されたことに腑分けをするべきで、カルテを公開して審議することを裁判所に求めているのである。

江美子は平成二十四年六月から月に一度はメンタルクリニックへ通院していた。麻子の捜索願を警察に出したのが同年五月で、杉本夫妻が遺体を遺棄したことを警察に話したのが同年十一月。そして遺体が発見されたのが翌平成二十五年四月である。江美子は当初は一縷の望みは持ちながらも、とうてい娘が生きて帰ってくるとは思えなかった。半狂乱状態にならざるをえなかった。精神の瓦解をかろうじて防ぐために、江美子が精神科医にすがるのは当然のことであった。

それを「死亡」したことで蒙った精神的苦痛と、その娘が遺体を遺棄されたことによるそれをはたして分けることなどできるのだろうか。被告代理人弁護士はつまり、加藤麻子の母親が事件後に鬱病になったことに「釈明」（説明を求めること）を求めているのだが、被告代理人はある判例を根拠にしている。それは平成十七年二月に起きた殺人事件で、被害者の姉ら遺族三名が、加害者――妹を殺し遺棄した――に対して、損害賠償を求めた事例（東京地裁判決平成二十一年三月二十四日）である。

私は事件の概要と判決の詳細を調べてみた。

主犯は被害者の債務整理を手伝った関係で、架空の投資話を被害者に持ちかけ金銭をだまし取った。しかし見破られことから頸部を圧迫して殺害、共犯者とともに静岡県の山中に死体を遺棄したものである。遺族三名は加害者らに対して損害賠償――内訳は、殺害・騙取による遺失利益、それにともなう慰謝料。そして死体遺棄による慰謝料――を請求し、主犯に対して三名の遺族に二億円近い賠償を認めている。判決はこの慰謝料のほかに、主犯と遺棄を手伝った従犯者に対して、三名の遺族に対して一一〇万円を別に支払えとも命じている。杉本夫妻の代理人弁護士が注目したのはこの「一一〇万円」の根拠である。

被告代理人のこの判決を引用した主張は以下のとおりである。「亡A」とは被害者のことを指す。

「裁判所は、遺棄部分に係わる損害賠償請求を遺族固有の損害と捉えて殺害に起因する被害者本人の殺害とは峻別した上で、遺棄部分の慰謝料について、「原告らの精神的苦痛の因って来るところの多くは、やはり亡Aが殺害されたことになるといわなければならず、本件遺棄行為による精神的苦痛を過度に強調することは避けなければならない。」とした上で、「亡Aの遺体は、その自宅から離れた静岡県裾野市の山林内に埋没させられ、約半年間もの長期間、発見されることはなかったことが明らかであ

る。その間、原告らは、亡Aの安否を気遣い、不安を覚えながらも、警察の捜査に協力したり、亡Aの立ち寄りそうな場所を自ら訪れたり、あるいは、亡Aが発見された場合に備えてその着替え等を常に携帯したりするなど、原告ら各自にできる限りの処置を行なったことが認められる。にもかかわらず、死蝋化し、原告らにおいて直視することもできないほど腐敗した亡Aの遺体が発見されたものであり、その際の原告らの心痛は察するにあたり余りある」という事実関係の下で、遺族一名あたり一〇〇万円の賠償を認めた。」

つまり裁判所（東京地裁）は損害賠償の内訳のうち、「殺害」による慰謝料が大半で、遺棄によるそれよりははるかに高額だと主張していることになる。この判決を被告代理人弁護士は、遺体発見までの時間こそ違えど、遺族の心情面は加藤麻子の事件と似通っており、参考になる事例だと挙げているのである。ようするに「遺棄」による慰謝料は一〇〇万円程度であると。

そして、「（前掲の東京地裁判決が指摘するように）**死亡部分と遺棄部分との精神的苦痛は分かちがたく、そして通常は精神的苦痛の大部分は前者により発生したと認められるのであり、従って、遺棄部分の賠償請求のみを認容する等の必要上**（前掲の東京地裁判決では、遺棄部分に共同不法行為者がいたため、遺棄部分の賠償請求のみを別途、審理、判断する必要があった）**から遺棄部分の慰謝料額のみを算定すべき事案の**

場合、大部分が前者に起因するとの推定を覆すだけの特段の事情が認められるかという観点からの審理を尽くさずして漫然と慰謝料額を算定することは認められない。」と、難解な言い回しだが、つまり、判決の「殺害」行為についての慰謝料と、「死体遺棄」行為についての慰謝料は分けて考えるべきという判決の主旨を援用し、加藤麻子の遺族が請求してきた二億円近い賠償金額を批判、「遺棄」による慰謝料は一〇〇万円程度だと主張しているのである。

しかし、被告側が引き合いに出したこの事件はさきに書いたとおり、主犯については殺人・死体遺棄等で無期懲役判決が下っており、殺害についての慰謝料は遺族一人について六〇〇〇万円近くが確定している。また、死体遺棄を幇助(ほうじょ)した従犯についても執行猶予付ながら有罪判決が下されている。

森の中の民間刑務所へ

中国自動車道の出口を降り、森の中を十数分間走ると巨大な施設が目の前にあらわれた。それが杉本恭教が収監されている半官半民の刑務所「島根あさひ社会復帰促進センター」である。私は駐車場にクルマを停め、刑務所正門の前を通り、二重に張りめぐらされた鉄柵沿いを歩いて正面受付へまわった。

刑務所らしくないと聞いてきたが、刑事施設の周囲を囲んだ鉄柵は高さ七〜八メートルはあるだろうか。が、威圧的な塀はない。駐車場には民間警備会社の見慣れたロゴが書かれたクルマが数台停まっている。同社の制服を着たスタッフとおぼしき方から大声で「こんにちはっ！」と声をかけられた。

島根県浜田市の山間部にある「官民協働運営型」刑務所の一つである「島根あさひ社会復帰促進センター」は、警備や診療所、作業訓練等の刑務所内のシステムを官民で分担することにより、効率化を目指した「未来型刑務所」だ。昨今の厳罰化の流れ等による収容施設不足や、過疎化で財政難に悩む自治体問題などを背景に平成十八年から国は事業を日本各地でスタートさせた。同センターができたのは平成二十年、工業団地を転用するかたちで開設された。

こうした刑務所には、その名にある通り、罪を犯した者が社会へ適応していくため更生プログラムも運用されている。広大な土地に刑事収容施設と盲導犬訓練センターや子育て支援センターなど（交流エリア）が併設されていて、地域に開かれた刑務所という理念を体現しているという。収容されているのはおおむね短期刑の受刑者が大半で、初犯者や刑期八年未満が対象。パンフレットには「犯罪傾向が進んでいない男子受刑者二〇〇〇名」を収容しているとあり、職員は国が約二〇〇名、民間が約三〇〇名、とある。

正面玄関を入ると頭上の吹き抜けから入る光がフロア全体をあかるくし、真新しい病院の待合室を思わせた。私は受付で面会申し込みをするために、用紙に必要な要件を書き入れた。面会を希望する相手は「杉本恭教」。面会目的欄には、今後のことについてお話をうかがいたい旨を記した。杉本との関係を書く欄には、「事件の被害者遺族の知人」と記し、職業を記入する欄には「文筆業」と書いた。

私は事前に自己紹介と要件を手短にしたためた手紙を書き送っていた――「(前略)これまでは、主に犯罪被害者についてのルポを多く書いてきました。とつぜんお便りを差し上げる失礼をおゆるしください。私は現在、加藤麻子さんの事件について取材をしており、御遺族からお話をうかがっております。その取材過程で、裁判の関係資料等も拝見をいたしました。杉本恭教さんが被告となられた、加藤麻子さん死体遺棄事件の刑事裁判の内容についても教えていただきました。刑事裁判に続き、民事裁判でも証言等をされないということも、加藤さんからお聞きしています。」

そして、これから、どのようにして加藤麻子の遺族に償っていくのかを面会をして聞かせてほしい、と書いた。なるべくはやい時期に収監先をたずねる旨も書き添えた。便箋に万年筆で書いた。ちなみに私は整った字を書くのが苦手である。

面会を申し込む用紙に目を落とした受付窓口の女性が、私に「いま、国のかたがおりてこられますから、そこにかけてお待ちください」と告げた。

「国のかた」という言い方が印象に残った。受刑者に直接関わることは民間では決められない。「国」、すなわち法務省の人間が判断をする。前にどこかの官民型の刑務所で脱走騒ぎがあったテレビニュースを観た時、民間警備会社のスタッフが数人で追い詰めたが、押さえつけるなどして身体に触れる行為は法律上できないことになっていて、「国」のスタッフが駆けつけるまで待たねばならないことを伝えていたことを思い出した。

この刑務所では受刑者はＩＣタグを付けているので、刑務官の監視や同行なしでも「独歩（どっぽ）」で移動ができる。施設内でどこにいても位置情報がわかるシステムだ。刑務所のパンフレットによれば、受刑者の衣類は明るい色調の事務作業着のようなもので、刑務所然としたイメージを極力なくすようにしていることがうかがえる。

私が待合室で待っていると、隣に座ったサングラスをかけた若い男と女性二人が面会の準備が整うのを待っていた。「仮釈もらったら、あと二カ月ぐらいって言ってるから」と四十代とおぼしき女性がため息まじりに言うと、「建物はこんなきれいだけど、ここは刑務所なんだもんね」と若いほうの女性が返事をした。

一五分もしないうちに三人は警備会社の社名がでかでかと入ったボディチェック機が置いてある部屋を通り、建物の中に入っていった。空港のボディチェックゲートそっくりなのだが、警備システムはＩＴを駆使していて、ゲートを通るだけで薬物を自動検出したり、人体に無害なミリ波を利用して短時間で所持品検査ができるという。

私は壁にかけられた「受刑者と面会できる方」という注意書きを読んだ。これは法務省のウェブサイトにもあがっているものと同内容なのだが、写真を撮ってもいいかと受付の女性にたずねたがダメだという。しかし、書き写すならいいと言われた。

〔親族（婚姻の届出をしていなくても、事実上婚姻関係と同様の状態にある人を含みます。）〕、〔婚姻関係の調整、訴訟の遂行、事業の維持その他の受刑者の身分上、法律上又は業務上の重大な利害に係る用務の処理のため面会することが必要な人〕、〔受刑者の更生保護に関係のある人、受刑者を釈放後にこれを雇用しようとする人その他の面会により受刑者の改善更生に資すると認められる人〕、そして、これらに当てはまらない人については、〔交友関係の維持その他面会することを必要とする事情があり、かつ、面会により、刑事施設の規律及び秩序を害する結果を生じ、又は受刑者の矯正処遇の適切な実施に支障を生ずるおそれがないと認めるとき〕に当センターが判定をするという。

私はこのどれにも当てはまらないけれど、「受刑者の矯正処遇の適切な実施に支障を生ずるおそれが」あると判断されたら困るなと思いながら読んでいると、灰色の制服を着た若い刑務官二人が早足でやってきて、私を別室へと案内した。刑務官が歩くと腰に付けた錠などがぶつかり合いガチャガチャと音を立てた。

机をはさんで椅子に着くと、即刻、面会はできない、と告げられた。私が面会に来ていることも受刑者には伝えられない、ということだった。

彼らの説明によれば、受刑者があらかじめ面会者を登録しておかなければならないらしく、とうぜん私はされていないだろうし、万が一、登録されていても刑務所が審査で落とすこともあるという。

手紙には事前の検閲もあるだろうから、刑務所が本人に配布する前にはねられている可能性もある。

「ところで、手紙は本人には渡ったんですか」

そう私が質問すると、上司と思われる恰幅のよいほうが持ってきたリストらしき書類に目を落とした。

「ええ、交付されています」

刑務官はそう言うと、手紙を受刑者に交付するかどうかは更生や矯正に支障がない等の要件に従って判断します、と説明した。交付というのは手渡された、という「手続き」にすぎない。私の手紙は交付はされたが、しかし、杉本恭教が開封して読んだかどうかを確かめる術はない。

私が退室する間際、「手紙を一通出しても、いつ来るとか書かないとねえ」というようなことを、恰幅のよい方の刑務官が私のほうを見ないで独り言のように言った。

この刑務所の取り組みを報じた地元紙に、「交流エリア」にある盲導犬の訓練センターで小犬の世話をする受刑者の様子や、センターから一〇キロほど離れた農業団地で刑務官や民間刑務官に見守られてICタグを付けた受刑者が農作業をする風景が報告されていた。杉本恭教もそういった作業に従事しているのだろうか。私はふとそう思った。私はすぐに杉本に二通目の短い手紙を書き、「私は事件の「真実」が知りたいのです。それはもちろん、加藤麻子さんの御遺族が望んでおられることです。」と再訪を伝えた。

受刑者からの仮釈放申請

民事裁判が継続中の平成二十七年四月中旬、杉本恭教の仮釈放の審理が開始されたことと、それに伴い、その審理がおこなわれる期間に仮釈放の審理に対して、「意見聴取制度」(被害者等が意見を述べることができる制度)が利用できることについて等が記載された通知書が、中国地方更生保護委員会から加藤麻子の遺族のもとに届いた。これは杉本恭教の仮釈放について、担当の地方更生保護委員会がその可否を判断する手続きを開始したことを意味する。間もなくして妻・智香子についても同様の通知が麻子の遺族のもとに送られてきた。

刑法二八条は、改悛の状があるとき、有期刑の場合、刑期の三分の一を経過すれば仮釈放をすることができると定めている。しかし実際には、そのほとんどが刑期の三分の二を経過してから仮釈放となっている。

また、仮釈放は実刑を受けている者に対する恩典でもあることから、初の受刑であったり、受刑の態度が良好であるなどの場合は、より早く仮釈放となることがある。ちなみに仮釈放となる割合は、受刑者全体の五〇パーセントあまりとなっている。

刑務所では受刑者が入所した段階で、受刑に当たり必要な調査をおこなう。釈放後どこに帰住したいか（帰住予定地）、引受人など釈放後の生活についても聞く。それは仮釈放が受刑者が円滑な社会復帰を果たし、再犯を防止することを目的としていて、すべての受刑者を仮釈放のレールに乗せることを前提としているためである。そして受刑中から、保護観察所の保護監察官や保護司により、帰住予定地が釈放後の改善更生にとってふさわしい場であるか、あるいは更生に協力する引受人等がいるかどうかなどの生活環境の調整が始まっていく。

その調整結果が良好であり、かつ、改悛の状が認められる場合、実質的には刑期の三分の二以上が経過した頃に、刑務所長の申出に基づき、地方更生保護委員会において仮釈放に審理が開始される。被害者等通知制度の利用者に対しては、この時点で、仮釈放の審理が開始されたこと、仮釈放審理の期間中に意見聴取制度の利用が可能であることが通知されることになっている。

しかし、仮釈放審理の期間は短いケースで二〜三カ月程度であるため、被害者が意見聴取を希望する場合は早めに対応をしなければならない。仮釈放のレールに被害者遺族が合わせなければならないのである。理不尽だという指摘は当然だろう。麻子の遺族は通知が届いてからすぐに聴取の希望を出した。

仮釈放の審理が開始されると、三人の委員の合議体である地方更生保護委員会の委員の一人が、受刑者に対して面接をおこない、更生の意欲、釈放後の生活設計等を調査する。こうして得た情報を基に、地方更生保護委員会の三人の委員の合議により、仮釈放を許すか許さないかの判断をし、許可した場合は審理を終結する。ちなみに受刑者は受刑期間中にいつでも、仮釈放ではなく満期出所にしてほしいという要望を出すことはできる。

被害者からの意見聴取制度は、平成十七年に制定された「犯罪被害者等基本法」の理念に基づき、被害者の権利として、加害者の仮釈放に関与することができる制度だ。受刑者と面談した地方更生保護委員会の委員や保護観察官に対して口頭や書面で意見を述べることができるもので、その意見は仮釈放の可否を左右する重要な要素の一つになっている。

もちろん仮釈放は杉本夫妻の意思であることに違いないのだが——繰り返しになるが——国は再犯防止等の観点から、原則的に受刑者を仮釈放のレールに乗せることを前提にしていることも私たちは知っておくべきだろう。

八月中旬、加藤麻子の母親の加藤江美子は、自らの代理人である平野好道弁護士らと、中国地方の鳥取県・島根県・岡山県・広島県・山口県の各県にある行刑施設・少年施設の監督をする法務省矯正局所管の広島矯正管区の担当窓口まで出向いた。

そこで、保護観察官と地方更生保護委員会の委員（杉本夫妻それぞれの担当の保護観察官と更生保護委員会委員の計四名）に対して、杉本夫妻の申請を認めないでほしい旨を伝えるためである。加藤麻子の遺族にしてみれば、死体遺棄だけではない事件の全体像、すなわち「真実」すら話そうとしない犯罪者はとても改悛をしているとは思えず、仮釈放を望むこと自体が、国の方針とはいえ、いけしゃあしゃあとした態度に思えてならないのだ。

杉本恭教と妻・智香子は黙秘権を行使して自分のおこなった「罪の全体」の「真実」を話してこなかった。そのことが結果的に短期刑で済む一つの要因になったことは、被害者遺族にとっては「黙り得」としか受け止めることができないのである。

「仮釈放をぜったいに認めないでください」

当日の朝早く、私は広島駅で加藤江美子らと合流した。「昨夜はぜんぜん寝れませんでしたが、平野先生たちもいっしょだから心強いです」と江美子は笑顔を見せた。

平野好道弁護士は、遺体の実況見分調書など事件の証拠類のいくつかを持参してきたが、先方には受け取ってはもらえず、ただ見せることしかできないルールらしい、と言った。代理人も支援者も原則的には言葉を発してはならないのも決まり事だという。しかし、保護観察官らは大方の刑事記録はあらかじめ読んできているという。

江美子らは中国地方更生保護委員会の入っている庁舎に入り、小一時間ほどでおもてに出てきた。

「二〇分ぐらいでしたが、男女二名ずつの保護観察官と委員のかたも私の意見をよく聞いてくださったと思います。新聞記事とか（加害者）本人たちが私たちに書き送ってきた手紙も見てもらいました。それに、加害者が黙秘に転じたのは、遺族に（謝罪の）手紙を出したあとか、その前からなのかをあらためて聞いてもらえました。平野先生のほうから証拠類を見せたら、委員や保護観察官の表情が変わったと思います。最初に麻子の写真を見てもらい、旅行したときの写真や、遺影になっているところとか、仏壇に千羽鶴があるところとか……。すると、この千羽鶴は？　と質問があったので、（麻子の）行方がわからなくなってから、私が毎日折って、六〇〇〇羽折ったものですとお答えしました」

江美子は保護観察官らの態度に満足しているようだった。その千羽鶴は今も麻子の仏壇を囲むようにして飾られている。

加藤江美子は中国地方更生保護委員会の担当委員二人と、担当の保護観察官二名を前にして、心のうちや、麻子との思い出、杉本夫妻への激しい憤怒を書き記してきたものを読み上げた。以下、抜粋する。

〈(前略) 麻子は、死体検案書を書いていただいた先生が言うには、白骨化してて両親は見ない方がよいと言われ、見てません。棺の中に千羽鶴、私が書いた手紙、遺品の中からディズニーの赤ちゃん用の服、かわいらしい靴等が出てきたのでそれらを入れ、普通ならきれいにしてあげたかったのに、どういう状態か分からないままでした。花だらけにしてあげたかったです。新しいピンクの着物も入れてやりました。これらの物はすべて葬儀屋さんが入れてくれました。こんな状態でしたので、密葬でやり、私は麻子が結婚した時に作ってあげた麻子の喪服の着物を着て送りました。麻子は一度も手を通さず私が初めて着ました。(中略)

杉本達にも成人した男の子供が二人います。初公判が終わり、杉本達が連れて行かれる時、その子供二人が杉本たちの近くに行き、頑張ってね、と手を振っていたのには驚きました。杉本達は任意の取り調べでは、供述していましたが、逮捕されたその後、全部黙秘で通しました。私は本当に腹立たしく、金岡弁護士にも憤りました。あんなにひどくてでたらめで、勝手な弁護士がいる事自体信じられません。いま、仮釈放の審査中との事ですが、一日たりとも早く出てくることなく、満期まで入ってほしいです。私のたった一つの願いです。どうか望みをかなえてください。私達親がなぜこんな悲しい思いをしなければならないのか、もう麻子は絶対に二度と帰ってこないのです。矛盾しますが、（麻子が）生きていたころ、廊下を通り台所にいる私に、ただいまお母さん、と言って、いつも声をかけて帰って来ました。また帰ってくるような気がしてならなく、愚かな母親です。（後略）」

今回、麻子の父親の義太郎は同行をしなかったが、事前に中国地方更生保護委員会あてに書面で、やはり何も語らぬ杉本夫妻に対する怒りや、仮釈放申請に応じない旨を綴った意見書を書き送っていた。江美子に面会した保護観察官らはすでに義太郎の手紙にも目を通していた。

この聴取の直前、被害者通知制度にのっとった、受刑者の状況が麻子の遺族へ通知されてきていた。それによると杉本恭教は「不正交談」をおこなったという理由で戒告処分がおこなわれていることがわかった。「不正交談」とはなんとも古めかしい言い方だが、ようは私語が禁じられている刑務所内のルールを破ったということだ。恭教は「機械器具製造等」に就き、一方、山口県にある美祢（みね）社会復帰促進センターに収監されている妻の智香子についての通知には何の処分歴も書かれておらず、「衣服その他繊維製品製造」に従事しているという。

遺族と一緒に刑務所へ向かう

私は江美子らといっしょに広島のお好み焼きを食べ、その足で、用意しておいたレンタカーに乗り合わせ、杉本恭教が収監されている島根あさひ社会復帰促進センターへ向かった。数日前に私のほうから刑務所に行きませんかと誘っていたのである。江美子はしばらく考え込み、私の目を見て「行くよ、私、行くからね」と自らを勇気づけるかのように承諾した。

加害者が収容されている刑務所に近づくのは胸がかきむしられるような思いにおそわれることは、江美子自身はわかっていた。もちろん私にも想像できた。もしかしたら、施設を見たとたん、江美子はショックで倒れてしまうかもしれない。しかし、娘の人生を奪った加害者がいる施設を一目だけでも見ておきたい、という気持ちが彼女の中ですこしだけ勝ったのだろうか。

娘を「死なせて」おきながら、「死体遺棄罪」でしか起訴されず、したがって法律にのっとって決められた短い刑期をつとめる、環境的に「恵まれた」刑務所とはどんなところなのだろうか——。江美子はそういった絶望感と悔しさを抱えながら、島根の山の中まで足を運んだのだ。広島からレンタカーで二時間ほど。高速の出口を出てしばらく走ると、私が前に訪ねたあの建物が見えた。

私は面会を前回と同じように申し込んだが、前と同じ法務省の刑務官が二名やって来た。

「これだけ（手紙を）出しても反応がないということは、面会の意思がないってことじゃないですかねえ」

そう、恰幅のよいほうがぼそぼそと言いながら、システム上、面会できないことを私に告げた。

面会にきたことも（収容者には）告げられない、とも付け加えられた。また、前と同じだ。ただ、二通目の手紙も交付だけはされていることだけはわかった。それを杉本恭教が読んでいるかどうかはわからない。これも前と同じだ。

江美子らは待合室の面会申し込みはせず、私を待合室で待っていた。私が戻ってくると、江美子らは待合室の椅子に座り、ハイテク化された収容棟へのボディチェックの機器をぼんやりと見ていた。

「中はエアコンがきいているでしょうね。罪が軽くなって、こんなところにいるんですね」――そう独り言のように江美子は言った。

建物を出て、白っぽい、まだ真新しさの残る収容棟を見上げながら、だだっ広い駐車場内を私たちは歩き、隅の方に停めてあったレンタカーのほうへ向かった。

「この中に（恭教が）おるんですね」

そう江美子は言って何度も足を止め、何棟も続く収容棟を見渡した。建物と駐車場の間には何重もの鉄条網がはり巡らされている。とうぜん中の様子はいっさい見えない。物音や声も聞こえない。聞こえるのは鳥のさえずりぐらいだ。小雨が私たちの頬を濡らし始めても、江美子はそのまま口を固く結んだまま、収容棟を見つめていた。

それから数カ月後、杉本夫妻双方とも仮釈放は認められなかったという通知が中国更生保護委員会から遺族のもとに届いた。

遺体発見現場で手を合わせる母親の江美子さん

第四章「墨塗り」の供述書に隠された「真相」

夏みかんの木の下に

知多半島を縦断する知多半島道路の南知多インターチェンジを降り、一般道へ出て幾度か交差点などを曲がり、「すいせんロード」と名付けられた道から右手へ山中へと分け入る、軽自動車がやっと通れるほどの幅の道を上っていった先の地点が、加藤麻子の白骨・死蝋化した遺体が発見された場所だ。

林道はコンクリートで舗装してあるが、両側から薮が迫ってくるせいで進入を拒まれているかのように感じる。今は使われていない農作業小屋のような建物の横を通り過ぎ、ゆるやかに蛇行しながら奥へ奥へと進む。

途中、分岐がいくつかあらわれた。事件が発覚してから一年数カ月経ったとき、事件を担当した愛知県警本部の捜査一課の警察官の道案内で訪れた際の麻子の遺族の記憶をもとに、分岐ごとに一時停車をして慎重に進んだ。私たちが乗った軽自動車は二月の晴天日の午前中でも薄暗い山道をそろりそろりと進んだ。その日は麻子の「月命日」ではない。

「これより先　立ち入り禁止　逮捕されます」

途中、手書きで書かれた道標のようなベニヤ板が目の前にあらわれた、ギョッとした。その杭が立っている先をさらに行くとまた農作業小屋のような建物があり、二股に出た。一方はロープが張ってあり進入できない。「すいせんロード」から私たちはすでに数百メートルは来ているだろう。

山道を奥に行けば行くほど加藤義太郎と江美子の記憶は次第に曖昧になり、私たちはいったんクルマから降り、周囲の木立を見回した。陽差しが入らない林の中を吹き抜ける風はかなり冷たい。しんとした林の中で聞こえるのは、私たちが枯れ葉を踏む音と木々が風にざわめく音だけだ。

すると、ふいに父親の加藤義太郎がもう一方の蛇行した坂道をすたすたと歩いて下っていった。すぐに義太郎の後ろ姿が私の視界から消えた。

私があとを追うと、「こっちだ。ここで間違いないです」と義太郎が手招きをしていた。義太郎の立っているところに行ってみるとすぐに視界が開け、林の中にぽっかりと下草だけの空間があらわれ、陽差しに照らされていた。広さはテニスコートぐらいだろうか。

義太郎が指さす地点を見ると、夏みかんとビワの木があった。その脇には、黄色や薄紫の菊などの仏花が数本、ペットボトルに生けられていて、花弁にはまだ生気が宿っているように見えた。たぶん、数日前に手向けられたものだろう。麻子が一年以上にわたって埋められていたのは、この夏みかんの木の下だった。杉本夫妻は、本当に逃げ切れるつもりで穴を掘ったのだろうか。

江美子はしばし夏みかんの木の根元を見つめると、ふと我に返ったように持参した麻子の遺影と花束を下草の上においた。

「寒かっただろうねえ、寒かっただろうね、痛かったよね、苦しかったよねえ」

雑草が密生した地面にむかってそう語りかけ、嗚咽を漏らした。麻子の両親は合掌をし、お茶を地面に注いだ。私も遺族のうしろでそっと手を合わせた。

遺体の遺棄現場は私有地で、かつては所有者がちいさな畑をつくっていたらしいが、今は耕作をしている様子はなかった。さきほどのベニヤ板のメッセージは所有者が書いたのだろうか。仏花も所有者が麻子の霊を慰めるために手向けてくれたのだろうか。

杉本恭教が書いた［加藤麻子さんの死体をうめるためにほった穴の大きさ］と題された上申書――マスキングはされていない――には次のように埋めるときの様子がある。（平成二十四年＝二〇一二年十一月十四日付・原文ママ）

〔加藤麻子さんのし体をすてるために妻と2人で山のような所にいきスコップで穴をほり、し体を入れてうめました。そしてまわりのじょうたいと同じにようにするため、おち葉やこ枝を上にかぶせました。しかし、少し地面がその部分だけ低くなっているように感じました。加藤さんの死体を穴の中に入れた時には右を下にして横むきで足をくの字にまげたじょうたいでいれました。穴の大きさはふかさが40㎝位、長さが150㎝位、ははは40㎝位でだえんじょうの穴でした。ほっている感じは、ひかく的スコップは地面に入りやすく、物があってほりにくい事はありませんでした。〕

夏みかんの木の根元を見つめていると、スコップが土に突き刺さるザクっという音が聞こえたようだった。杉本夫妻が闇の中で土を掘り、人間の遺体に土をかけているおぞましい光景が、その現場を離れても私の脳裏に何度も浮かんできた。

夫婦とも「同じ」遺棄場所を「自供」

警察は杉本夫妻から死体を埋めた自供を任意で取った当日の夜、杉本智香子を警察車両に乗せて現場の特定を急いでいる。（平成二十四年十一月十二日）

翌日の午前中には夫の恭教を同乗させ、遺棄現場まで案内させた。その検分資料によると、「すいせんロード」に入るまでは夫婦の供述は「事実」だったが、実際に埋めた場所とは正反対の、つまり右手へ折れる林道ではなく、左手の山中に分け入っていく小道の奥に広がる山林を遺棄現場として指し示した。

麻子の遺族は遺体が発見されたあと、事件を担当した警察官に案内されてこの場所を訪れた際、スマホで地図を見せられ、自供した場所と、発見現場がいかに離れていたかを聞かされている。

警察は遺体捜索の前線基地を「すいせんロード」に入る手前の農協の駐車場に設け、そこからシャベルを持った捜査員たちが連日、山に分け入った。

捜査員たちは、自供通りの山林一帯の捜索をくる日もくる日も続けてきた。しかし、実際に埋めた場所は道路をはさんで真反対の山奥なのだから、見つかるはずがない。けっきょく警察は遺体の発見に半年近い手間を要してしまうことになる。

警察は途中で捜索場所を洗い直すことにした。遺棄場所がもしかしたら間違っているのかもしれないという予想は織り込み済みだったのかもしれない。夫妻が任意で語った供述内容だけでなく、すでに触れたように、麻子の遺体を運んだ杉本夫妻のクルマの中から発見された植物片から、遺棄場所は山道の脇にある拓けた場所であること、椿や檜、夏みかんなどが生えている場所であると判断を変更し、その条件に当てはまる場所を地道に捜索していった。思えば気の遠くなる作業である。

その結果、捜査員が遺棄現場を突き止めたのは翌平成二十五年四月十九日午前のことである。夏みかんの木の周囲で新しく土を掘り返した跡を見つけ、四つめの穴を掘り始めたときに人骨らしきものを発見、その後に頭蓋骨を発見する。

麻子の両親は娘が埋められていた場所に手向けた花を持ち帰り、あらためて自宅の仏壇に供え直した。場所が私有地のため、所有者に迷惑をかけてはいけないという思いからだ。江美子は仏壇の遺影を見ながら私に言った。

「寒くて、空気が凍りつくような夜、何をしていても涙が溢れてしまうんです。一年間以上にわたって知多半島の山中に下着一枚の状態で埋められとったわけですから、どんなに冷たく、寒かったのだろうと気が狂いそうになるのです。埋められた場所の手前で少し道に迷ってしまいましたが、きっと、麻子が親を、こっちだよと呼んでくれたのだと思います」

漫画喫茶「B」関係者の証言

事件後、麻子の遺族の耳目には、報道やインターネットの掲示板、噂のレベル等まで含めると真偽が入り交じったさまざまな情報が入ってきていた。

漫画喫茶「B」の関係者や常連客の証言として——麻子は杉本夫妻とトラブルになることがあり、麻子が恭教に殴られたり、土下座をさせられていた。また、麻子の目や顎、腕に殴られたような痣を何度も見た。智香子に命令されてレジの横で正座をさせられていた。「B」の二階で物音がして、杉本恭教と麻子が一階へ降りてくると、麻子の目のまわりに痣ができていた。誰かから指示されているような電話を受けたあと、客の前で下着とエプロン姿になって店内の掃除をしていたことがあった。あるとき坊主アタマになっていて、後日、カツラをかぶっていたことがあった。肌がぼろぼろで不健康なやせ方をしていた――などである。

検察官が杉本夫妻に懲役三年を求めた「死体遺棄」の刑事裁判の論告（平成二十七年一月二十七日）には、普段から杉本恭教が麻子に暴行をふるっていたということについて触れられている。

〔**被告人両名は、被害者について、上記マンガ喫茶**（筆者注・杉本恭教が経営していた「B」のこと）**に勤務する間に、売上金の管理に不審な点があったり、勤務態度が悪かったりしたというが、そのような事実が存在するという証拠は何もない上、被告人ら自身もこの点について具体的に供述しているわけではなく、そのような事実があったとは認められない。また、百歩譲って仮にそのような事実があったとしても、これによって、被害者の遺体の遺棄が正当化されるとは到底いえない。しかも、被告人両名は、生前の被害者に対して、このような事実があったとしてその腹いせに同人に暴力を振るうこともあったというのであるから、なおさらに被告人両名の本件動機を正当化するものとはならないことは明らかである。**〕

しかし、杉本恭教の弁護人が最終弁論で主張したように、検察官は「生前の暴力」についてはは具体的に立証できていないが、すでに紹介したようにマスキングが施された「上申書」では杉本夫妻は麻子に対する「生前の暴力」について供述している。

むしろ、これらの情報の一部でも仮に事実だとしたら、異常な環境下に麻子は置かれていたことになる。たとえば坊主アタマになっていたという情報について江美子は私にこう話したことがある。

「麻子が離婚したあと、まだ実家の隣の家に住んでいて、『B』には実家からクルマで通勤していた時期です。あるとき麻子が高熱を出して寝込んでしまったことがきっかけで、昼夜逆転の生活になってしまったことがあります。当時、（隣接する住宅から）実家にご飯を食べに来ていましたが、そうした生活サイクルになってしまったこともあり、だんだん来なくなりましたので、私がお盆に夕食をのせて届けることもありました。そうしたら、あるとき、カツラをかぶっているときがあったのです。肩ぐらいの長さのものでした。とても不自然で、一目でおかしいなと思いました。どうしてカツラなの？　と聞いても麻子は答えませんでしたが、いま思うと誰かに無理やり切られたのではないかと思うのです」

事実、杉本智香子の「上申書」（平成二十四年十一月十四日）の中の一通に麻子の遺体をイラストにしたものがあり、〔髪の毛はカツラをしておらず短髪だった〕という記述が添えられている。そのことからも麻子は何らかの理由でカツラを着用していたものと考えられる。

当時、麻子の身にいったい何が起きていたのか。私は「B」時代の麻子と少しでも接点があったと思われる漫画喫茶関係者を手当たり次第にあたっていった。杉本夫妻とも接点があったやもしれない、ある漫画喫茶「B」関係者をたずね取材の意図を伝えて説得すると、重い口を開いてくれた。ただし誰が話したのか特定されないことが条件だった。

「『B』にある用事で行ったときに加藤さんを見たのですが、変わった髪形をしているなあと思ったんです。店に週に一〜二度、漫画の新刊を配達に行く人からも、ヘンなカツラを加藤（麻子）さんがかぶっていたことを聞いたこともあります。それから、加藤さんの顔が腫れていたんです。オーナーがそんなかっこうを従業員にさせていたら、店のイメージが悪くなるなあと思ったんです。それから、麻子さんには給料が出ていないことも聞いたことがあります」

その人物は麻子とかすかながら接点があったことを明かした。そして、こうも話してくれた。

「杉本（恭教）さんが加藤さんから借金をしていて、それがもとでトラブルになったというのです。それが原因で日常的に恭教さんが加藤さんを殴ったりしていたとも聞きました。それは私だけではなく、複数の関係者も耳にしていました」

杉本恭教が麻子に多額の借金をしていたという証拠は今のところ、ない。知っているのは杉本当人だけである。

そのことを本人に問い質したり、警察などに相談することは誰もしなかったのですか――そう私はその関係者に問うた。

「ええ……それはしませんでした」

どうしてですか？

「そう言われましても……ただ、しなかったというだけで、しようとも思いませんでした」

めんどうなことに巻き込まれたくなかった？

「……いえ、そういうわけではないですが、とくに何も考えませんでしたね」

「何が彼女を変えてしまったのか」

麻子の人間関係を辿っていくと、両親をのぞけば、地元を離れるまで唯一親しい間柄だったのは高校の同級生たちだけだった。しかし、地元を離れて、マンガ喫茶「B」

の近くのアパートに住みながら「B」に通勤するようになってからは、地元の同級生たちとの人間関係も途切れた状態になっていた。

私が麻子の高校時代の同級生たちに会うと、彼女たちは麻子がかぶっていた「カツラ」のことから語りだした。カツラをかぶった麻子の顔は、捜査を担当した警察官から見せられた顔写真で確認したのだという。

「私たちは二回、刑事さんから事情聴取を受けたんですが、そのときに麻子の写真を見せられてびっくりしたんです。見せられた写真は三枚ありましたが、そのうちの二枚があきらかにおかしいというか、一目で不自然なカツラをかぶっているとわかるものでした。一枚はモノクロの証明写真のようなものでした。そして、あきらかに顔の片方が腫れて、むくんでいたんです。おしゃれだった麻子からは考えられない写真でした。おしゃれに人一倍気をつかう麻子があんなカツラをかぶるようなことはないはずです。いったい何が彼女を変えてしまったのでしょうか」(元同級生Aさん)

高校を卒業してからも、麻子は数人の仲良しグループの一員としてAさんたちとの関係は続き、ランチにいっしょに出かけたり、電話をかけて近況を報告しあったりしてきた。

しかし、そういう関係が続いたのは平成十一年頃までで、その年を境にだんだんと疎遠になっていく。たとえば、正月などに集まる際にはグループのうちの誰かが麻子に連絡だけはしていたが、最初こそ返信だけは来ていたものの、やがて音信不通になる。その年は麻子の親友たちが相次いで出産をした年だが、麻子は同年七月に正式に離婚している。その頃から一五年近く同級生たちは麻子に会うことはなく、無慈悲にも事件の一報で麻子の「死」を知らされることになる。

「ほんとうにショックでした……。そんな生活をしているなんて思いもしませんでした。私たちのところから姿を消したけれど、どこかで優雅な生活でもしているんじゃないかなと思っていました。麻子が離れていったのは、友人たちの話が子どもの話ばかりになって疎外感を感じるようになってしまったんではないでしょうか。（話がつまらない、と麻子が言っていましたから……。一方で、麻子は、結婚したばかりの夫の浮気が原因で家庭内別居のような状態が二年ぐらい続いていて、私たちに愚痴っていましたから、きっと孤独を感じてさみしかったんだと思います。辛かったんだと思います……」（元同級生Bさん）

彼女たちは死体遺棄事件の公判をすべて傍聴してきた。いったい、かつての親友の身に何が起きていたのか少しでも知りたかったからだ。しかし、彼女たちの願いは叶わなかった。

「公判が終わったあと、傍聴者が外に出て行くのと入れ違いに、二十歳ぐらいの若い男性が傍聴席に入ってきて――それまでは傍聴席にいなかったので、廊下にいたのだと思います――杉本夫妻の近くまで急いで駆け寄って、がんばれよと声をかけていました。あれは杉本夫妻の息子だと思います。いったいあの家族と麻子はどんな関係にあったのでしょうか……」(元同級生Aさん)

完全黙秘ではなかった加害者夫妻

杉本夫妻は死体遺棄容疑で逮捕されたあとから黙秘に転じたわけだが、警察官が取った調書が遺族に開示されている――マスキングが大半に施されたものが死体遺棄の刑事裁判で証拠採用されているが――ということは、警察官の「取り調べ」に最低一度は応じていたことになる。いわゆる「完全黙秘」ではなかったということだ。

現物を紹介したほうがわかりやすい。

死体遺棄容疑で逮捕(平成二十五年四月二十一日)された直後(同年四月二十四日)取られた供述調書がそれだ。これがおそらく黙秘に転じる前に、警察官の手で取られた唯一の供述調書である。聞き取ったのは愛知県警刑事部捜査一課から中川署へ派遣された捜査員で、杉本恭教は署名指印した、と明記されている。

「上記(杉本恭教)**の者に対する死体遺棄被疑事件につき、**(中略)**愛知県中川署において、本職は、あらかじめ被疑者に対し、自己の意思に反して供述をする必要がな**

い旨を告げて取り調べたところ、任意次のように供述した。

ま

ず加藤麻子さんの死体を加藤さんの乗ってきた軽四自動車の中に隠したのです。その後、まず東海市内の国道二四七号線の名和北交差点の角にあるマクドナルドや吉野家、ローソンなどがあるナワナワガーデンというところの駐車場に加藤さんの車に死体を乗せたまま隠したのです。しかし、すぐに死体をどうするかということは考えがつかず、一旦自宅に戻り、何事もなかったかのように生活をして、その後二人で話し合って、死体を海に捨てればすぐに浮いてきて見つかってしまうので、人が入ってこないような山に埋めるしかないと結論に至ったのです。死体を解体するとかすれば、遺族に申し訳ないと思いましたし、せめてもの償いで死体を埋めようと考えたのです。その後、家族旅行などに行ったりした、三重県の方に行けば山が多くあると思い、行ったのですがなかなか思い通りのところがなく、結局最終的には南知多町の山の中の畑のようなところにスコップで穴を掘り死体を埋めたのです。

以上のとおり録取して読み聞かせた上、閲覧させたところ誤りがない。」（原文ママ）

麻子の遺族と私が、迷いこむようにして歩いた南知多の山林のことが供述されている。夏みかんの木が生えている、あの木々の葉がこすれあう音しか聞こえない山の中にぽっかりと開けた土地。

このマスキングされた供述調書には、そこに杉本夫妻が辿り着くまでの「心境」も語られている。杉本恭教は死体遺棄容疑で逮捕された後、黙秘に転じるまで数日の間があったこともわかる。

では麻子を埋めるまでいったい何があったのか。どうして何も語ろうとしなくなったのか。それでいて何を麻子の遺族に謝ろうとしているのか――私はこの供述調書の「断片」の向こう側にある「事実」を想像をするしかなかったが、「せめてもの償いで死体を埋めようと考えたのです」とはなんという幼稚で身勝手な言い分だろうか。「償い」という言葉が虚しい。

いったい隠された部分には何が書かれているのか。

同じようにマスキングされた「上申書」と同様に、おそらくは「死体遺棄」に至るまでの「暴行」の様態が記録されていると推測できるが、それはどういったものだったのか。

事件の全体像をすこしでも知るための捜査資料を一つでも多く、麻子の遺族はなんとしてでも知りたいと切望した。マスキングで塗りつぶされた向こう側に何が書いてあるのか。そこには地獄のような様しか書かれていなくとも、どうしても知りたい。

「そこには私たち遺族に耐えがたい事実が書かれていたとしても、覚悟はできています」

折に触れて麻子の両親は、自らに言い聞かすような言い方で私にそう言った。

不起訴処分になった「傷害致死事件」として捜査された資料が存在し、その中にもっと何か別の情報があるのではないか。

この調書や上申書、検察審査会の議決で判明した法医学者と救急救命医師の調書以外にもあるのではないか。

麻子の遺族にとっては、加害者がいっさい口を閉ざしてしまった以上、黙秘に転じる前に残された捜査資料を一つでも開示させて、事件について知るしか方法がなかった。

原告代理人の平野好道弁護士は、民事訴訟を起こした際に、検察官に対して関連の資料一切合切の開示を求めたが、送付されてきたのは死体遺棄容疑と監禁容疑の確定記録（実況見分調書等の客観的証拠類）だけで、不起訴となった傷害致死関連のもののはいっさい含まれていなかった。マスキングを施す前の杉本夫妻の「上申書」や供述調書類もなかった。

開示された実況見分記録などは膨大で、積み上げるとゆうに七〇～八〇センチはあった。その中にはとうぜん、麻子の亡骸の写真も数十枚含まれている。遺族は葬儀のときも変わり果てた娘の姿を見ていないのだから、とうてい記録の中にある娘の写真を見る気持ちにはなれるはずもない。私は遺族の意を受けて、それらをつぶさに読み込んだ。

すると、「殺人被疑事件」についての見分調書（平成二十五年五月）も含まれていて、「本見分は平成二四年四月十四日、名古屋市中川区昭和通地内において発生した殺人被疑事件について、被疑者の供述により、被害者の腹部あたりを給食用しゃもじという凶器で殴打していることが判明している。」とあり、警察は殺人で立件することも視野にいれていたことがうかがえる。開示された実況見分調書の大半をしめる「死体遺棄容疑」のそれでも「被疑者が被害者を殺害する際に使用した金属棒」という記述や写真、その金属棒で強く打突した際の衝撃力などを検証した記録もあり、実況見分調書から事件の輪郭がうっすらとだけ浮かび上がってはきた。

事件のすべてを知りたいという遺族の思いを代理人である平野は、再三にわたって確定記録を管理する保管検察官に伝えた。「死体遺棄」だけでなく、不起訴になった

加藤さんは目をあけたまま息もせず
とまってしまったため私たちは心ぞう
心ぞうも脈も動くことなく息もしませんでした
死んだと思った私たちは警察や救急車をよぼうと
ましたが結局呼びませんでした。
なやんだ結果私は夫に対して
絶対にみつからないようにしようと言いました。
これは加藤さんの死体をかくして警察にバレなけ
れば

マスキングだらけの「上申書」

「傷害致死」の事件記録類や、マスキングが施されていない「上申書」を開示してほしい、と。

しかし保管検察官は応じることはなく、杉本夫妻の弁護士からも開示は断固するべきではないと強い主張が繰り出されるばかりだった。

第五章　加害者を「防衛」する法と制度

不可解な出来事の数々

「死人に口なしですからね……。私は長年、麻子にしょっちゅうお金を援助していたからお金に困っていたとは考えられません。逆に、最後の一年間ぐらいは給料も出ていなかったと警察から聞きました。杉本の言い分を信用することはできません。もしそうなら、黙秘をせずに、やったことのすべてを自分の言葉で法廷で語ればいいのです。こんな卑怯なやり方が法律の世界ではまかり通ってしまい、軽い罰で済んでしまうなんて……」

麻子の母・加藤江美子は私に会って何か話をしても、最後には必ずといっていいほどこう言って顔をしかめ、泣き声になった。娘の命を奪った加害者に対する激しい憎しみと、被害者のほうを向いてくれない法や制度へ失望感は日々、募るだけだった。

被害者遺族にとって何よりも不条理なのは、加害者夫妻が黙秘権を行使したことで、事件のわずかな断片しかわからず、その断片すらも裁判で検証されることがなかったことだ。事件についての「事実」をたぐり寄せようとするスタートラインにすら立てない自分たちの状況を嘆き、恨んだ。犯罪被害者遺族の集まりなどに顔を出しても、麻子のような事件の展開を見せる例は皆無で、自分だけが取り残されたような錯覚に陥ってしまうことがしばしばあると江美子は口にしていた。事件の全体像を知ることができず、家族が犯罪被害に遭ったということを「受け入れる」とば口にすら立てないのだ。

また、マスキングされた「上申書」や供述調書から浮かび上がってくる麻子像があまりにも自分たちが知っていた娘とかけ離れていることにも、江美子は懊悩した。麻子の人格攻撃をするような記述や、あたかも麻子の問題行動に対して杉本夫妻が堪忍袋の緒を切らして暴行に及んだような記述は、杉本夫妻が自分たちに有利なように都合よく作りあげた「ストーリー」かもしれない。そう留意して読む必要もあることを江美子に伝えても、江美子の苦しみは変わることがなかった。

杉本恭教は事件後、実兄には罪の告白をしたようだが、自分の二人の息子には何を打ち明けたのだろうか。麻子が杉本夫妻に暴行を受けたとされるラーメン店の実況見分には杉本夫妻の長男も立ち会っており――店を切り盛りしていたのはその長男だった――両親にどのような嫌疑がかけられているかはわかったはずだ。それともそれらは、すべて「冤罪」だと両親から吹き込まれていたのだろうか。

　そして、いつかは自分たちのところへ捜査の手が伸び、やったことがすべてバレるという恐怖心に夫妻はおののいていなかったのか。あるいは、夢枕に麻子が立ち、うなされる夜をすごしたことはなかったのだろうか。良心の呵責に耐えられなくなって打ち震える時はなかったのか――私には想像することしかできない。

　江美子の証言にもあるように、麻子が実家を出て杉本の漫画喫茶で働くようになってから以降、毎月、江美子は娘から言われるままに多額の援助をしてきたから、生活費に困窮してレジの現金に手を出す必然性はないはずだ。

　生活用品も麻子が実家に帰ってくるたびに、江美子はクルマに積み込めないほどの量を買って渡してきた。むしろ、先述したように、漫画喫茶スタッフ数人分の携帯電話の契約をしていたことや、サラ金などからの数十万円分の借用書を江美子が見つけても、麻子は理由をはっきりと言おうとはしなかったことは、自分以外の第三者のために日用品や金銭を用立てようとしていた可能性は否めないと私は考えている。しかし、それが誰のためなのかは明確な証拠がない。

　あるとき、江美子が言った。

「娘はいったいどういう環境で生活をしていたのでしょうか。どんな人間関係の中で生きていたのでしょうか。そういえばこんなこともあったんです。しばらくは実家の豊田市から『B』のある名古屋市中川区へクルマで通っていたのですが、あるとき、クルマの横っ腹がへこみ、擦り傷もつき、バックミラーもとれかけていました。あきらかに大きな事故を起こした形跡でした。それを修理に出したのですが、理由を聞くと、漫画喫茶『B』の駐車場でぶつけたと言うのです。しかし、『B』の駐車場は広く、狭いスペースにクルマを入れるような必要はありません。それから、そのあとに新車で買ったクルマもある日、同じ型の別の色のものに変わっていることに私が気付いたんです。どうしたの？　と聞いたら、事故で全損で買い換えたというのです。全損なのに、麻子は怪我一つなかったんです。おかしいなと思ったんです」

たしかに「B」の駐車場は隣接するコンビニ等と共有していて何十台も停められる広さがあり、江美子の疑念は当然だ。

麻子が「B」に勤めだしてから一〇年の間に起きた不可解な出来事の数々。江美子の断片化していた記憶が悲憤の感情に誘われるようにだんだんと蘇っていく。点と点が線でつながっていくようだが、その線は像を結ばないままである。杉本夫妻が本当のことを語り、それが検証されなければ、事件のかたちは虚実が入り交じったまま、加藤麻子という一人の女性が生きた軌跡ごと消されてしまうようだ。

杉本夫妻が麻子と出会い、そして最後は死体を遺棄するまでの背景にはいったい何があったのか。加藤麻子を「死なせてしまった」真相は加害者夫妻の胸にしまい込まれたままなのだ。

被害者遺族が事件の全体像を少しでも知りたくても、法律によって制限を受けてしまっている。そのことを事件発生当初から委任している弁護士の平野好道からわかりやすく説明を受けても、麻子の遺族にとってはあまりにも遠い道のりに思え、上の空で聞いていたことも多かったと思う。

母親である江美子は加害者夫妻の出所日が刻一刻と迫る日々の中で、娘を救い出してやれなかった己を責め、無間地獄をさまようような気持ちに陥る。夜がおとずれると狂わんばかりに涙が止まらなくなり、感情を抑えきれない。そんな日常に突き落としたのは杉本夫妻である。彼らは、江美子の嗚咽を少しでも想像をしてみようとしたことがあるだろうか。

民事裁判は事実上の「再審」

加藤麻子の両親である加藤義太郎と江美子が服役中の杉本夫妻を相手取り、損害賠償請求訴訟をおこしたのは平成二十五年(二〇一三年)十二月であることはすでに触れた。

民事裁判は多くの場合、被害者遺族にとっては事実上の「再審」の位置付けであることが多い。

たとえば、少年事件で加害少年が家裁の審判で十分な事実の認定や検証がおこなわれないまま、家裁で成人の不起訴にあたる不処分になったり、少年院送致等の保護処分が決まってしまった場合。あるいは加藤麻子が命を奪われた事件のように、罪の一部や全体が不起訴処分になってしまったとき。それに納得できない場合は、民事裁判で損害賠償請求を起こすぐらいしか対抗する法的手段がないのである。

民事訴訟の過程で、さまざまな捜査資料等を集め、おもてに出てこなかった事実をあらためて俎上に出し、主張の立証に使い、法廷で関係者に対して証人尋問をおこなう等——目的は命や損害を金銭に換算することになるのだが——家裁の審判や刑事法廷でできなかったことを、できうる限りやり尽くそうとする。

その結果、家裁審判や刑事事件では処分がなくとも、民事で加害者の責任を認め、民事上では「有罪」とされるケースもある。

平成五年（一九九三年）に山形県新庄市立明倫中学校で起きた、当時一年生の男子生徒（当時十三歳）が体操用マットの中から遺体で見つかった事件がある。生徒は用具室内に巻いて立て掛けたマットの中で頭を逆さにした状態で見つかった。死因は窒息死だった。

原因は男子生徒に暴行を加えるなど「いじめ」を日常的にふるっていた生徒らが、被害者をマット巻きにして放置したことではないかとされて、警察は大々的に生徒らから事情を聴き集めた。その結果、山形県警察は傷害および監禁致死の容疑で、死亡した生徒をいじめていた当時十四歳の上級生三人を逮捕、当時十三歳の同級生四人を補導した。警察の事情聴取では七人の生徒は犯行を認めていた。

私も当時、何度も現地に足を運び、遺族の父親はもちろんのこと、逮捕された少年の親族にもコンタクトを取った。たしかにその時点では犯行を認める親もいた。

ところが、急に大きく事態が変わる。児童相談所に送致された十四歳の少年を除く六人の生徒たちが、犯行の否認やアリバイの主張をおこない始めた。

しかし、山形家裁では少年審判で、年少の一人を除く六人のうち、三人の上級生が不処分（非行事実なしという、成人でいうところの無罪）、一方で補導された三人の生徒に対しては二人を少年院送致、一人に教護院（現在の児童自立支援施設）送致を決定したのである。少年審判なので「保護処分」にあたるが、成人でいうところの「有罪」である。「有罪」にされた三人は処分取り消しを求め、仙台高等裁判所に特別抗告した。が、「アリバイは認められない」として抗告は棄却される。最高裁判所へ再抗告もしたが、再び棄却されたのである。

亡くなった少年の遺族が、傷害・監禁致死容疑等で逮捕・補導された当時の生徒七人と新庄市を被告として、総額約一億九三〇〇万円の損害賠償を求めた民事訴訟では、一審の山形地裁は、元生徒たちのアリバイの成立を認め、非行事実には関与していないとして原告の訴えを退けた。

ところが、平成十六年五月二十八日に仙台高等裁判所で出された控訴審判決では、一審判決を取り消して、元生徒七人に判決で七人全員の関与を指摘し、総額約五七六〇万円の支払いを命じる逆転判決を言い渡したのである。学校の管理責任を問われていた新庄市に対する請求は棄却した。

加害者とされた少年らは最高裁へ上告するが、平成十七年九月六日に最高裁は上告を棄却、元生徒七人全員が事件に関与したと判断、約五七六〇万円の支払いを命じ不法行為認定が確定した。つまり民事上では全員が「有罪」ということになったのである。

ちなみに、原告側の代理人弁護士によると、結審から一〇年を経過した平成二十七年時点で任意の支払いに応じた元生徒はいないという。損害賠償請求権の時効は判決確定から一〇年だ。

七人からは支払いがないため、同年に強制執行の手続きを進め、元生徒四人には債権を差し押さえる手続きにより時効を中断させた。しかし、他の三人については差し押さえる財産が把握できなかったり、勤務先が分からないなどの理由で差し押さえができず、催告により当初の時効を延長させたが、その後も払われず、翌平成二十八年一月に提訴したのである。

元生徒たちは、被害者が自分でマットの中に頭から入ったと主張してきた。元生徒たちの弁護団は法の手続きに翻弄されたという冤罪説をとり続けている。

また、平成五年に神奈川県藤沢市で起きた放火殺人事件は不起訴から一転、民事裁判で「有罪」判決を受けた検察が、起訴に持ち込んだケースである。

容疑者は被害者女性の交際相手の男性で、殺人と建造物等放火の容疑をかけられていた。しかし横浜地検は嫌疑不十分で不起訴処分にしたため、被害者女性の遺族が交際相手に対して損害賠償請求訴訟を起こした。自殺か放火かが争点として争われた結果、横浜地裁は男性の殺害行為を認め、賠償金を支払う判決を言い渡した。

この決定を受けて検察は再捜査をおこない、被害者の臓器組織の再鑑定から、当時の現場状況で放火できたのは交際相手だけだったとして起訴に持ち込んだ。横浜地裁は無罪判決を出したものの、東京高裁は覆し、懲役一五年の判決を言い渡した。被告は上告したが最高裁も平成十七年に弁護側の上告を棄却、一五年の懲役刑が確定するという異例の展開を見せたのだった。

不起訴記録は開示できるのか

加藤麻子が死体遺棄されたことと、命を奪われたこととの因果関係を明らかにして、杉本夫妻にその責任を認めさせるには、不起訴となった傷害致死関連の事件記録が不可欠である。マスキングされた上申書やたった一通の調書では、因果関係を立証するには不十分と思われたし、被害者遺族がすべてを知りたいと願うことに沿うことにならない。

原告代理人の平野好道弁護士は粘り強く、「上申書」の「傷害致死」にあたるであろうマスキング部分をふくめた全文を開示するよう保管検察官と交渉を続けた。麻子の遺族が被った損害を立証する上で重要な証拠が含まれている可能性があるので、不起訴事件であっても検察庁の任意で開示をしてほしい——。そう上申書を提出したりする等のはたらきかけを繰り返した。

しかし、結果はいつも同じで、開示を拒まれた。刑事訴訟法四七条は、公判が開かれる前に訴訟に関する書類を公にしてはならないと決めているからだ。不起訴事件はそもそも起訴すらされていないのだから、公判はとうぜん開かれていない。つまり不起訴記録の開示を原則的に禁じているといえる。だから保管検察官は「不起訴」になった事件についての記録や資料は原則として開示に対して消極的だ。ただし同法同条には、「公益上の必要その他の事由」がある場合は例外とする但し書きがあり、検察官の任意で開示する裁量権は禁じられていない。

法務省のウェブサイトには「不起訴事件記録の開示について」に次のような説明が書かれている。

「不起訴記録については、これを開示すると、関係者の名誉・プライバシー等を侵害するおそれや捜査・公判に支障を生ずるおそれがあるため、刑事訴訟法第四七条により、原則として、これを公にしてはならないとされています。しかし、法務省においては、平成十二年二月四日付けで被害者等の方々に対する不起訴記録の開示について、平成十六年五月三十一日付けで民事裁判所から不起訴記録に関する文書送付嘱託がなされた場合の対応について、それぞれ全国の検察庁に指針を示しており、検察庁においては、刑事訴訟法第四七条の趣旨を踏まえつつ、被害者等の保護等の観点と開示により関係者のプライバシー等を侵害するおそれや捜査・公判に支障を生ずるおそれの有無等を個別具体的に勘案し、相当と認められる範囲で、弾力的な運用を行ってきたところです。」

一読すればつまり、法務省は十数年も前から開示に前向きな態度を示してはきた。犯罪被害者等基本法・基本計画が制定される前は、不起訴になることが多かった交通事故や交通犯罪の被害者や遺族が不起訴記録の開示を求め法務省等に対してロビー活動等を続けてきた歴史がある。

〔近時、被害者等の方々からは、被害を受けた事件の内容を知りたいとの強い要望がなされているところであり、このような要望にこたえ、被害者等の方々の保護をより十全なものとするため、従来の指針に加え、刑事訴訟法第三一六条の三三以下に規定された被害者参加の対象事件（以下「被害者参加対象事件」という。）の不起訴記録については、被害者等の方々が、「事件の内容を知ること」などを目的とする場合であっても、客観的証拠については原則として閲覧を認めるという、より弾力的な運用を図るのが相当であると考え、平成二十年十二月一日から実施することとして、同年十一月十九日付けで、全国の検察庁に通達を発出しました。〕

こう被害者遺族の立場に立って、刑事訴訟法四七条を同条の但し書き（例外もありうる）に沿って、不起訴事件記録の開示にも応じていくことを各地の検察庁に以前から通知をしており、開示の条件を列記している。

まず、〔民事訴訟等において被害回復のための損害賠償請求権その他の権利を行使する目的である場合〕。

次に、「**客観的証拠であって、当該証拠が代替性に乏しく、その証拠なくしては、立証が困難であるという事情が認められるものについて、閲覧・謄写の対象とし、代替性がないとまではいえない客観的証拠についても、必要性が認められ、かつ、弊害が少ないとき**」。

とくに不起訴記録中の供述調書の開示については、以下の要件をすべて満たす必要がある。「すべて」だ。一つでも欠ければ開示されないことになる。

（1）民事裁判所から、不起訴記録中の特定の者の供述調書について文書送付嘱託がなされた場合であること。

（2）当該供述調書の内容が、当該民事訴訟の結論を直接左右する重要な争点に関するものであって、かつ、その争点に関するほぼ唯一の証拠であるなど、その証明に欠くことができない場合であること。

（3）供述者が死亡、所在不明、心身の故障若しくは深刻な記憶喪失等により、民事訴訟においてその供述を顕出することができない場合であること、又は当該供述調書の内容が供述者の民事裁判所における証言内容と実質的に相反する場合であること。

（4）当該供述調書を開示することによって、捜査・公判への具体的な支障又は関係者の生命・身体の安全を侵害するおそれがなく、かつ、関係者の名誉・プライバシーを侵害するおそれがあるとは認められない場合であること。

こうやって開示の条件を見ていくと、加藤麻子の遺族は不起訴記録を開示して民事裁判で使用しようとしているのだし、被告はこれまでいっさい何も語ってこず、民事でも証言を拒否すると被告弁護人が書面で伝えてきているのだから、代替性に乏しい証拠と言えるのではないか。また、民事訴訟の結論を左右する重要な証拠という条件にも当てはまるのではないか。そう私は思ったのだが、保管検察官が頑として開示に応じないのは、〔**当該供述調書を開示することによって、捜査・公判への具体的な支障又は関係者の生命・身体の安全を侵害するおそれがなく、かつ、関係者の名誉・プライバシーを侵害するおそれがあるとは認められない場合**〕に該当しないと判断しているせいだと思われた。つまり刑事訴訟法四七条の趣旨そのものである。

民事でも「黙秘」――「文書送付嘱託」を二度申し立て

保管検察官は態度を変えなかったため、平野は民事訴訟を起こしている名古屋地裁(民事部)へ「文書送付嘱託申立(しょくたくもうしたて)」へ踏み切ることにした。民事訴訟提起から一年数カ月が経過した、平成二十七年二月になっていた。

「文書送付嘱託」とは、民事訴訟法二二六条に規定された、民事訴訟の手続きにおける書証の申し出方法の一つだ。

一方の当事者（本件の場合は原告である加藤麻子の遺族）の申し立てに基づいて、裁判所が文書の保持者（本件の場合は保管検察官）に対して開示を求める（＝嘱託）ものである。

さきの法務省のウェブサイトにもあるように、〔民事裁判所から不起訴記録の文書送付嘱託等がなされた場合〕という条件に合致させるためだ。ひらたく言えば、裁判所が検察庁に文書送付――裁判所へ送付すること――をお願いして、裁判の証拠として扱うというものだ。

しかし、これはあくまでも「お願い」であり強制ではなく、文書を所持する者（保管検察官）は拒否することができる。通常はこの手続き方法で、さまざまな文書を民事法廷であきらかにするのだが、この方法でマスキングされた上申書や供述調書、まだ目にしていない調書類はすべてオープンになるのだろうか。

残念ながら、結果は否だった。

麻子の遺族がおこなった「文書送付嘱託申立」は裁判所に採用されたものの、検察庁は〔刑事訴訟法四七条の趣旨にのっとり拒否をします〕と回答してきたのである（平成二十七年三月）。やはり、そうだった。検察庁は不起訴記録の開示に積極的なように見えるが、実際には針の穴を通すように難しいのが現実なのだ。

ところがその過程で、被告側の一つの「姿勢」があらためて確認できた。

平野好道弁護士は杉本夫妻を本人尋問申請したが（平成二十七年四月）、夫妻は民事裁判の場でも「黙秘」を続けることを、弁護士を通じて言明したのだ。すでに黙秘・認否拒否をすることは被告代理人弁護士が準備書面で伝えてはいたが、あらためて黙秘をすることを本人尋問申請の一カ月ほど後に明確にしたのだ。

つまり民事法廷の席でもいっさい口を開かないということになる。もし、証人尋問が実現すると、裁判官や書記官らが刑務所に赴き出張尋問などをおこなうことになるはずだったが、それも不可能になったのだ。

麻子の遺族が民事裁判でも「黙秘」を続けるという杉本夫妻の意思を知ったとき、天を睨み付けるような表情になったことを私は忘れることができない。何も語ろうとしない加害者が手紙で罪を償っていきたい旨を記しても、被害者遺族にとっては空手形のようにしか思えないのである。

しかし、見方を変えれば好転の兆しかもしれなかった。

民事でも証人として黙秘するということになれば、さきの法務省のウェブサイトにあった不起訴事件記録の開示理由の、**「当該供述調書の内容が、当該民事訴訟の結論を直接左右する重要な争点に関するものであって、かつ、その争点に関するほぼ唯一の証拠であるなど、その証明に欠くことができない場合であること」**に、マスキングされた上申書などが該当する可能性がより高まるのではないか。

当人が口をつぐみ続けるのであれば、その代わりとなるものは、「上申書」等のごくわずかな捜査資料しかない。そう保管検察官も判断をし、裁判所の嘱託に応じてくれるのでないかという見立てが可能になるかもしれない。

平野好道弁護士はそう期待をして、民事裁判でも黙秘を続行するという被告側の意思を受けて、再度、文書送付嘱託申立（平成二十七年七月十七日付）を裁判官におこなった。

その申立書に平野は、次のように書いた。

〔**両被告とも現時点でも全面的に黙秘権を行使する意向とのことである。**（中略）**被告らの準備書面によれば被告らが亡麻子に対する傷害致死事件の被疑者の地位にあること等の事情から、黙秘権を行使し、と主張していることから、被告らの黙秘権行使の意向は今後撤回される見込みはない。**（中略）**一度検察庁から拒否されているが、被告らが本件において黙秘する意思を明らかにしたため、再度申立に及んだ**〕

それから一カ月後、保管検察官が出した結論はしかし、同じものだった。

二度目の文書送付嘱託申立も名古屋地裁民事部の担当裁判官は採用したものの、保管検察官はまたも開示拒否をした（平成二十七年八月）のである。

被告が黙秘を続けるという意思が明確になっても、保管検察官を動かすことがなかった。平野がかすかな期待をかけた、〔**当該供述調書の内容が、当該民事訴訟の結論を直接左右する重要な争点に関するものであって、かつ、その争点に関するほぼ唯一の証拠であるなど、その証明に欠くことができない場合であること**〕という不起訴事件記録の開示理由には当たらないと判断されたのだろう。たしかに先に記した「不起訴記録中の供述調書開示の要件」を「すべて」満たしているとは言い難かったかもしれない。麻子の遺族のかすかな期待はまたしても空振りに終わってしまった。

麻子の遺族は娘の「死」の真相に少しでも近づきたいだけなのに、法や制度の壁が幾重にも立ちはだかり――情報を知りたいと願う側からは少なくともそう見えてしまう――、そして加害者夫妻を「防衛」しようとする弁護士も激しい調子で待ったをかける。

麻子の父親の義太郎と母親の江美子は平野の事務所に足を運び、平野の説明を受け、次の一手を相談した。難解な法的な手続き論や用語を、平野はわかりやすく噛み砕いて説明をする。

とはいえ、私も横で聞いていたが、素人にはすぐには理解できない。麻子の両親はときおり困ったような表情を浮かべて首をかしげ、じっと平野を見つめ返していた。

平野は穏やかな声で、「わからないことは何度でも聞いてください」と麻子の両親に何度も声をかけた。

被害者遺族が、なかったことにされようとしている事件の全体像を知るために、こうまで苦しまなければならないのですか——。平野の事務所を出たあと、麻子の母親の江美子はそんなことを私に言った。

父親の義太郎は無言で先を歩いた。真夏の夕暮れ時の名古屋の都心を歩くと、すぐに汗が噴き出してきた。それから私たちはずっと無言だった。

第六章　被害者遺族の「事実を知る権利」ＶＳ加害者の「人権」

証拠隠滅のため車を捨てようとした

杉本夫妻が書いた「上申書」は十数通ある。平成二十四年（二〇一二年）十一月十四日付の「上申書」は何通かあり、たとえば〔加藤麻子さんの車を海に捨てようとしたときのこと〕と題した夫・杉本恭教のそれには次のように書かれている。

この「上申書」には一カ所もマスキングは施されていない。内容が「死体遺棄」に関することしか書かれていないからだ。以下の「上申書」には麻子の遺体を知多半島の山中に埋めたあと、その足でクルマごと海に捨てようとしたことが書かれている。

〔私と妻は加藤さんの軽四（ワゴンＲ）につんであった加藤さんの死体をうめた後に名古屋港の海に証こをかくすために捨てようとしました。私と妻は話し合い私はワゴンＲにのり、妻は私名義のフィットにのり、前にした見した、名古屋港の倉庫の前へ

行きました。（中略）ナンバープレートと車庫証明のシールをけずったのは車の持ち主がわからないようにするためです。もち主がわかってしまうと考えると、加藤麻子さんのことがわかってしまい、いなくなっている事がばれてしまうと考えたのです。いざおとそうと考えると、まどをあけないと海の水がはいってこないのでエンジンをかけて前後の窓を開けて、その後倉庫の方から海へ落とすため車のむきを海の方に移動してニュウトラルにしてエンジンを切りました。その後に私は、一人で車の後ろに回り力いっぱい車を押しました。車は重くなかなか思うようなスピードが出ませんでした。それでもなんとか力をこめて押した所、がんぺきにあるブロックに前輪はのりこえましたが、前輪を越えた所で車体にブロックがひかかり、その場から動かなくなりました。そこで妻を呼びよせて二人で押しましたが、まったく動きませんでした。そうしていると左の方からヘッドライトの明かりが私たちの方へ近ずいて来ました。びっくりして少し様子を見ていましたが、近くまで来たのであわてて倉庫側に止めてあったフィットに私が運転席で妻がじょしゅ席にのりこみ急発進して逃げました。あたりは暗かったので顔は見られていないと思いましたが、とてもひやひやしました。その後心配になり自分のケイタイで港けいさいの事件のニュースがないか、けんさくしました。二四・一一・一四　杉本恭教」（原文ママ）

フィットは杉本夫妻が所有していたクルマである。フィットは智香子が運転し、麻子のワゴンＲは恭教が運転し、二台は深夜、知多半島の山中の闇の中から、名古屋港の埠頭をめがけて走り、夫妻は「完全犯罪」を達成させたいと目論んでクルマを漆黒の海面へと力いっぱい押した。動揺を隠せない様が伝わってくる筆致だ。

そんな夫妻を真っ暗な埠頭で見つけたのは、海釣りに来ていた五十五歳の男性だ。最初に釣り糸をたれた場所では釣果が出なかったため、違う地点にクルマで移動をしようとしていたところ、たまたま目撃したのだという。平成二十四年四月二十四日午前二時ぐらいのことだ。

以下は釣り人の証言。

〔潮の流れが気になるので、私はいつも海を見ながら運転するのです。（中略）私は左手の海を気にしつつ、ゆっくりとクルマを走らせながら、ふと前を見ると、前方に車二台と二人組の人影がいることに気付きました。（中略）海見てんのかな。でもワゴンＲは岸壁からずいぶん前に出て停まっているなと思いました。（中略）さらに二人組をよく見ると、二人がワゴンＲの後ろのハッチバックドア部分に両手をつき、前かがみの姿勢になって、体重を前にかけて車を前に押し込むような、明らかに車を海へ突き落とそうとしているのがわかったのです。〕（平成二十四年六月十二日付・中川署へ派遣された愛知県警捜査一課の警察官が作成した供述調書）

この目撃者の釣り人は二人組を男のようだと思ったらしい。釣り場にクルマを捨てていくとはとんでもない連中だと思った釣り人は腹を立て、二人組を追いかけた。杉本夫妻は猛スピードで逃げたため、釣り人は途中で追跡をあきらめた。

釣り人が現場に戻りワゴンRを観察してみると、ナンバープレートがなく、四カ所の窓は全開で、車内は掃除をしたように綺麗だったとも、証言をしている。

この麻子のワゴンRを海に突き落とすことに失敗した出来事により、事件は急展開することになる。

釣り人がワゴンRを発見したことを通報し、警察がそのクルマを加藤麻子の所有していたものだと断定した。麻子の遺族のもとに情報がもたらされるのは、警察の断定からさらに一週間ほどが経ったあとのことである。

被告側弁護人の強い反対意見

原告側の加藤麻子の遺族代理人である平野好道弁護士が、不起訴となった「傷害致死」に関わるであろう、杉本夫妻自筆の「上申書」のマスキング部分の開示を求める文書送付嘱託を裁判所に二度申立てていることについて、裁判所から意見を求められた（平成二十七年二月十六日付）、杉本恭教の弁護人・金岡繁裕らからは、なんとしてでも被告を防衛しようとする強い意思に満ちた反対意見（同年二月十八日付）が裁判所に即座に出されていた。そこから抜粋しながら紹介したい。

〔刑事訴訟法四七条に照らし合わせても非公開とされるべきで検察官は嘱託に応じてはならない義務があり、嘱託を採用するのは違法、不相当〕と前置きした上で、**〔公益上の必要その他の事由〕**について、**〔いわゆる国政調査権の行使が例に挙げられ（中略）犯罪被害者の保護の見地を踏まえても、①訴訟上の重要性があり、②非代替的証拠にして、③関係者の名誉を害しない限りで、④保管検察官の裁量による開示が求められ得る現状〕**だと主張する。

そして、麻子の遺族が求めているマスキングされた「上申書」については、**〔①一般に供述調書の類は非代替的証拠ではないと解されているし、また、④検察官が裁量的開示に応じないという判断は既に行われている〕**と反論した。

つまり、マスキング部分は唯一絶対的な証拠ではなく、かつ、これまでも何度も検察官は開示を拒否していることがその証左であると述べているのだ。難解な法的な主張だが、ひとことで言い換えるならば、開示が認められていい理由は法的に一つもないと主張をしていることになる。

法律を杓子定規に見ればこのような論理展開になるのだろうが、保管検察官の情報の独占を肯定するものに私には読めた。検察官の情報独占については、本来ならば検察官と鋭く対峙する関係にある刑事裁判を得意とする弁護士らだが、ことこの問題については皮肉にも同調する。被疑者・被告人を「防衛」するためには、権力機関に独占・管理を任せて、公開には厳しい鍵をかけておいてもらったほうが都合がよいのではないかと私は訝(いぶか)った。

また被告人弁護士らは、マスキングされている箇所が〔**被告らの亡麻子への暴行の態様が記載されていると伺われる部分**〕であるとするなら、それを開示することは、③の関係者の名誉を害するという条項に違反するとも主張している。

〔**被告らは、亡麻子に対する傷害致死被疑事件については二度に亘る不起訴処分を受けており、事件の性質上、それは「嫌疑不十分」もしくは「罪とならず」**（つまり起訴猶予処分ではない）**は判断されたことが明らかであるから、無罪推定が事実上、確定した立場である。このような被告の立場に鑑みると、「被告らへの亡麻子への暴行の態様」なるものを公開の民事法廷に顕出させ、誰の目にも閲覧可能とすることは、確定した無罪推定を揺るがしかねない重大な権利侵害があるし、名誉感情を害し、プライバシーを侵害することも明らかである。原告らは、「関係者の……名誉プライバシーを侵害するおそれはない」と論じるが、無罪推定が確定しているという被告らの**

立場に鑑みると、そのような主張は失当である。」

杉本夫妻は二度も――検察審査会の「不起訴不当」議決を受けての再捜査でも不起訴――嫌疑不十分で不起訴処分という「推定無罪」になっているのに、マスキング部分の開示はそれを揺るがす可能性がある、というのがこの主張の核心だ。

「推定無罪」は言うまでもなく近代法の大前提だが――あえて私が疑問をはさむならば――検察官も杉本の弁護人もマスキングされた部分の内容はとうぜん知っているはずで、それが開示をされたとしても「嫌疑不十分」という検察官の判断に影響はあるのだろうか。金岡らの何重にも防衛線を張る理論は、刑事弁護のプロからすれば当然のことなのだろうが、それを開示するだけで「推定無罪」を揺るがすことになるのだろうか。

平野の文書送付嘱託申立に対して、杉本恭教の弁護人はさらに次のようにも念押しのような反論を付け加えてもいる（平成二十七年七月二十九日付）。

「中立の必要性を「暴行の有無、態様を明らかにするもの」と主張するが、原告らが本訴において念頭に置いている、亡麻子の死亡結果と因果関係ある暴行の有無・態様の主張立証との関係で言えば、もし、中立に係わる対象文書が亡麻子の死亡結果と因

果関係にある暴行を立証可能な内容だとすれば、被告らが傷害致死罪により起訴されなかったはずはなく、逆に言えば、中立に係る対象文書が亡麻子の死亡結果と因果関係ある暴行を立証可能な内容でないことは事実上、明らかであって、そのような文書を敢えて送付嘱託することの必要性は乏しい。」

これもわかりやすく言い換えると、マスキングされている部分が麻子の死亡と因果関係がある暴行様態についての内容ならば、検察はとっくにそれを立証して傷害致死の起訴へ持ち込んでいるはずで、そうではないのだから、マスキング部分は麻子の死亡との因果関係には該当する内容ではなく、開示する必要はない――と主張しているのだ。杉本被告が黙秘をしたことも大きく影響し、検察は現に「傷害致死」を立証できていないのは事実だ。

こうした法律の解釈をめぐる議論や用語は、一読しただけでは専門家でないと理解しがたい。しかしこれは、加害者が黙秘をした不起訴事件の情報の開示をめぐる論点として、被害者側の事件の全体像を少しでも知りたいという思いや権利と、加害者側の「知られるべきではない」という防衛する権利の激突をあらわすもので、重要な論点であるとも私は思う。

しかし、娘が命を落とした間際の様子がこうも隠されようとされる状況に、麻子の遺族はこれまで以上に疑心暗鬼になり、煙にまかれるような感覚におちいるのだった。

文書提出命令申立てへ

加藤麻子の遺族代理人である平野好道は、検察や裁判所と交渉を続けながら、法的には最終的な手を打つことにした。強制力を持つ「文書提出命令」を裁判所に申立てることにしたのである。

文書提出命令とは何か。

民事訴訟手続きの一つで、裁判所が一方の当事者の申立てに基づいて、相手方やあるいは第三者に対して所持・保管する文書の提出を求めることだ。検察が二度拒否した「文書送付嘱託」と比べて異なるのは、裁判所がこの申立てを認め、命令を出すと、検察官は従う義務が生じる。

平野はその「文書提出命令」の申立てを、けっきょく二度に分けておこなうことになる。

マスキングされた「上申書」等関係の捜査資料の提出を求める申立て（平成二十七年七月）が先で、検察審査会の「不起訴不当」の議決を受けて検察が再捜査をおこなった際に作成された、法医学者の供述調書と意見メモ、救命救急医師の供述調書と意見メモの提出を申立てた（同年九月）のが後だ。

医師二名の資料は、原告側代理人の平野好道弁護士が、度重なる検察との交渉の過程でその存在を確認していた。後者の、再捜査で検察が供述調書を取った法医学者は、実際に麻子の遺体鑑定をおこなった法医学者よりもキャリアが長い地元法医学界の重鎮だ。その法医学者の意見メモは杉本夫妻の暴行と麻子の死亡との因果関係を可能性ありとして述べていて、「死因不明」とした解剖医の鑑定書とは一線を画している。この意見が主要な理由になり検察審査会は「不起訴不当」の議決を出している。

文書提出命令を裁判所に認めてもらい、検察官に提出義務を負わせるためには、次の「文書提出義務」（民事訴訟法二二〇条）の規定を一つでも満たさなければならない。つまり「提出を拒むことができない」条件だ。

（文書提出義務）

第二二〇条　次に掲げる場合には、文書の所持者は、その提出を拒むことができない。

一　当事者が訴訟において引用した文書を自ら所持するとき。

二　挙証者が文書の所持者に対しその引渡し又は閲覧を求めることができるとき。

三　文書が挙証者の利益のために作成され、又は挙証者と文書の所持者との間の法律

関係について作成されたとき。
四　前三号に掲げる場合のほか、文書が次に掲げるもののいずれにも該当しないとき。
イ　文書の所持者又は文書の所持者と第一九六条各号に掲げる関係を有する者についての同条に規定する事項が記載されている文書
ロ　公務員の職務上の秘密に関する文書でその提出により公共の利益を害し、又は公務の遂行に著しい支障を生ずるおそれがあるもの
ハ　第一九七条第一項第二号に規定する事実又は同項第三号に規定する事項で、黙秘の義務が免除されていないものが記載されている文書
ニ　専ら文書の所持者の利用に供するための文書（国又は地方公共団体が所持する文書にあっては、公務員が組織的に用いるものを除く。）
ホ　刑事事件に係る訴訟に関する書類若しくは少年の保護事件の記録又はこれらの事件において押収されている文書

このうちどれか一つの条件を満たせば、裁判所は命令を発して、保管検察官は文書を提出しなければならない義務を負うことになる。本件のケースでは、「挙証者」は原告、「文書の所持者」は保管検察官だ。

まず、「一」については、「当事者」は杉本夫妻になり、検察は「当事者」ではないので、もともと適用はない。

「二」も同様で、公判が開かれ証拠として確定した記録類については閲覧を求めることができるが、起訴すらしていないから当てはまらない。

さて次は「三」だ。「三」には、〔挙証者と文書の所持者との間の法律関係について作成されたとき。〕と書かれている。つまり、「挙証者」（加藤麻子の遺族）と「文書の所持者」（保管検察官）との間の法律関係において作成された文書といえるかどうか、ということだ。

では、「法律関係」とはいったい何か。

一般的な解説書によれば、法律関係（例えば契約書等）や関連する事項を記した文書（商業帳簿や印鑑証明書等）も含まれる、とされていて「法律関係」をきわめて狭く解釈している。とはいえ、加藤麻子の遺族と検察庁（保管検察官）がそういった「法律関係」に類するかどうかを弾力的に裁判所には判断をしてほしい。そう平野は願った。

そして、「四」は一般的提出義務を規定し、その中の「イ」から「ホ」は「三」の例外として提出義務がないものを定めている。

その「ホ」には、〔刑事事件に係る訴訟に関する書類若しくは少年の保護事件の記録又はこれらの事件において押収されている文書」に該当しないとき、とあり、加藤麻子の遺族が求めているのは紛れもない「刑事事件に係る訴訟に関する書類」だから、これに該当すると裁判所は判断してしまう可能性が高い。

こんなに高いハードルが幾重にももうけられていては、「被害者遺族の知る権利」ははるか彼方に見え隠れする程度の権利でしかなく、明確な権利というより、権力機関のサービスや配慮の一つにすぎないのではないかと私には思えてしまう。

平野はそれでも、文書提出命令申立を実行し、裁判所からの「釈明書」（被告側からの反対意見に対する説明を求める文書）に対しては、さきの「四」の「ホ」の刑事事件に係る書類等について例外がないわけではないと、過去の判例を二種類添付した。

その判例とは、捜査機関の委託を受けた医師が司法解剖をおこなった鑑定書の控え等が、関係者の名誉やプライバシーが侵害されるものではなく、刑事関係書類に該当しないという判例だった。その論理を援用して、マスキングされた「上申書」も例外に当たるのではないかという主張をおこなった。

そして、被告（杉本夫妻側）弁護士からの、〔亡麻子の医学的証拠には、亡麻子のプライバシーに関する事項が含まれており、遺族といえども濫りに暴くべきではない」という反対意見については、「遺族は死因について知りたいと考えるのは当然で、のぞまない死をむかえてしまった麻子も望んでいることと考える」と真っ向から反論した。

そして、「本事件被告らの一連の出来事を秘匿しておきたいとの要請が具体的な名誉、プライバシーと関係するのか不明である。」と根本的な疑問を平野は付け加えた。つまり「暴行様態」が書かれているであろう「上申書」のマスキング部分をそのままにして隠しておくことは、被告のプライバシー保護と同一ではないというロジックだ。この根本的な法的論争も、被害者遺族の「知る権利」を拡充していく上で重要な意味を持つと私は考えた。

ふたたび開示を拒否した検察

文書提出命令を裁判所に申し立てたのには重要なポイントがある。

それは、提出命令を裁判所が出した場合、保管検察官は即時抗告できる権限はあるが、もし、命令に従って文書を検察官が開示したときは、被告側には抗告をする権利がないとした最高裁判例があることだ。

元検事の弁護士がこう解説してくれた。

「法務省は不起訴事件の情報開示には被害者保護の観点から積極的になってはいます

が、現実は文面通りにはいかないのが現実です。検察が文書送付嘱託に応じると、刑事訴訟法四七条に抵触して、被告人のプライバシーを侵害していると国家賠償訴訟を起こされる可能性もあります。しかし、裁判所から文書提出命令が出て、それに従って提出すると、被告側から国家賠償請求訴訟を起こされる可能性がきわめて低くなる。勝ち目がないからです」

この文書提出命令申立についても、もちろん被告側からも、なんとしてでも阻止をしたいという意思がこめられたこれまでと同主旨の反対意見が出ているし、保管検察官からも裁判所の「審尋（しんじん）」（民事訴訟法八七条二項）に対して次のような「拒否」の返答がきた。

［本件中立対象とする供述調書類は、不起訴記録中にあり、刑事訴訟法第四七条の制約を受け、原則、公開が禁じられているもので、その例外は、代替性がなく、その必要性が高いと認められ、かつ、関係者の名誉・プライバシーの侵害など具体的な支障が生じるおそれがあるとは認められないなどの相当の理由が認められる場合に限られている。］

平野が「文書送付嘱託申立」で主張した、民事裁判でも被告は黙秘を続け尋問に応じないことが、刑事訴訟法四七条にある開示の条件の「非代替的証拠」＝（他に代替性がない唯一の証拠）には当たる、という主張に対しても突っぱねてきた。

また同じだ。「文書送付嘱託」について拒否をしたときとほぼ同じ理由で、関係者の名誉・プライバシーの侵害など具体的な支障が生じる疑義があり開示はできない、というのが保管検察官の説明だった。

ただし、検察審査会の「不起訴不当」の議決を受けておこなわれた再捜査で検察が作成した、法医学者の「意見メモ」については「しかるべく」、つまりは開示をしてもよいと書かれていた。

では、検察の意を聞いた裁判所はどう判断を下すのだろうか。加藤麻子の遺族は、なぜ娘が命を失うことになってしまったのかを知ることができないまま、裁判所の判断に縋るしかなかった。

犯罪を自供した加害者夫妻が黙秘を通したために、麻子の遺族は事件の全体像をまるで掴めないまま放置をされている。法律や人権に携わる者たちがそれぞれの立場の「正義」を遵守しようとする。しかし一方で、心が傷ついたまま置き去りにされている者たちがいる。「正義」とはどこかに存在するのだろうか。あるいはそもそも存在しないのか。

　百の犯罪の見逃しがあっても、一つの冤罪を生まないほうがいいと、ある法律の専門家から、取材過程で私は言われたことがある。その身も蓋もない言い方に私は同意も反論もせず、黙って聞いていた。その人物にとってはそれが「正義」なのだ。天網(てんもう)恢恢(かいかい)疎(そ)にして漏(も)らさず、ということわざのような司法は不可能かもしれないが、被害者が泣き寝入りを強いられるような「現実」から目をそむけるのは「正義」ではないはずだ。

亡き娘のために母親の江美子さんが折った千羽鶴が飾られた仏壇

　加藤麻子の遺影のかたわらには彼女の遺骨が置いてある。娘が死んだ理由すら不明のまま、納骨することはぜったいにしない。母親の江美子はそう決めている。

第七章　被害者遺族に「説明」された「事実」

しかし、裁判所から出された平成二十八年（二〇一六年）二月二十三日の決定は次のようなものだった。裁判所は文書提出命令を出すことを認めなかった。

「申立てを却下する」

〔相手方は、本決定が確定した日から七日以内に（中略）意見メモ一通を当裁判所に提出せよ。〕

〔申立人らのその余の申立てを却下する。〕

さきに触れたように、提出命令を申し立てた文書目録のうちの一通のみ――すでに検察官が「しかるべく」と提出を拒まない回答をしていた「意見メモ」――の提出だけ命じたもので、「一部開示」とはいえ、事実上、麻子の遺族の訴えは聞き入れられなかったことになる。

提出が命じられたのは、検察審査会の「不起訴不当」の議決を受けて検察が再捜査した際につくられた法医学者の「意見メモ」だけだった。のちにこの法医者は原告側証人として法廷に立つことになる。

「意見メモ」については保管検察官が関係者の名誉・プライバシーの侵害の恐れがないとあらかじめ伝えてきているから、前回、報告・解説した民事訴訟法二二〇条四号ホの規定する「刑事事件に係る訴訟に関する書類」に該当しないと解するのが相当である——裁判官はそう書いた。

肝心の「傷害致死」について書かれているであろう箇所にマスキングが施された、本人らの自筆「上申書」等の他の文書についてははねのけた。保管検察官が提出を拒否したことは裁量権の範囲内だと認めたからだ。

［**不起訴記録の保管者がその提出を拒否している場合、その拒否が保管者の有する裁量権の範囲を逸脱し、又は濫用するものであると認められるときでなければ、当該文書の提出を命じることはできない。本件において**（中略）**各文書を保管する名古屋地方検察庁検察官は、関係者の名誉・プライバシーを侵害するおそれを理由に**（中略）**各文書の提出を拒否しており**（中略）**その拒否において裁量権の範囲の逸脱・濫用があるとは認められない。**］

検察がマスキングを「説明」

これでは一人娘の麻子の「死」はすべてが「なかったこと」にされてしまう。麻子の遺族は絶望を通りこし、涙も出なかった。もう何がなんだかわかりません、と天を仰ぐような表情で江美子が私に言ったことを覚えている。それでも代理人の平野好道は名古屋高裁へ即時抗告（平成二十八年四月に棄却）をおこなうと同時に、検察庁に対して、なおも粘り強く交渉を続けた。検察の裁量で開示をする道がまだ残されているのではないか。平野は諦めずにかすかな期待をかけて、麻子の両親の悲壮な思いを不起訴記録を担当する保管検察官らに伝え続けた。

すると、まったく想定し得なかった事態が展開した。

検察庁がそれまでの姿勢を転換させ、「説明」に向けて動いたのである。犯罪被害者への配慮として、実物そのものを開示するのではなく、被害者遺族に対して、それまで非開示だった捜査資料を保管検察官らが「説明」をするという申し出をしてきたのだ。「説明」とは内容を読み上げるなどして、教示することである。もちろん、それを被害者遺族が聞き取り、民事裁判に証拠として提出することを検察は承知の上だし、そうすることは原告側の自由である。麻子の遺族はその報せを聞いたとき、うれしさが込み上げてくるのと同時に狐につままれたような気持ちになったという。

私は刑事訴訟法をあらためて読み直してみた。検察や被告弁護士らが不起訴事件についての捜査資料について開示拒否や反対の主な根拠としてきた刑事訴訟法四七条に、〔訴訟に関する書類は、公判の開廷前には、これを公にしてはならない。〕のあとに、但し書きとして〔但し、公益上の必要その他の事由があつて、相当と認められる場合は、この限りでない。〕とある。但し書きには、例外がある。

そして、「説明」の理由として考えられるのが、平成二十年十一月十九日に法務省刑事局長の名前で出された「被害者等に対する不起訴事件記録の開示について」という依命通達の中にある供述調書等についての一文である。供述調書は原則的として閲覧を認めるべきではないが、「被害者等の要望に応じて、不起訴処分をする際に、検察官において、処分理由の説明の一環として、必要と認められるときは供述内容を口頭で説明するなどの配慮を行うことにする」と明記されているのである。

平成十六年に犯罪被害者等基本法が成立してから犯罪被害者・被害者遺族のさまざまな権利が新たに規定されてきた。加害者に対して厳罰を求め、裁判の手続きに主体として参加し、事件について情報を知る——そんな権利の数々は裁判官や検察官の姿勢を変えることにつながってきたと思う。今回の検察官の姿勢転換もそういう流れの中にあると私は解釈したい。

それまで刑事司法では蚊帳の外に置かれていた被害者が、裁判官・検察官・弁護側の三者に加え、対等な権利を有する第四者的存在として認められるようになった。その変革はとりわけ刑事弁護界にとっては「革命」を起こされたに等しいものだったはずだ。

刑事弁護人はそれまでは国家とだけ対峙して、被疑者・被告人を防衛するために闘うことに集中すればよかったが、今は被害者の意見や権利とも「対決」せねばならない必要に迫られるようになった。したがって、現実的には被害者側の「権利」と、被疑者・被告人の防御権との激しい削り合いになる。双方の権利を立てる理想論を唱えるむきもあるが、じっさいはそうならないことは今回のケースを見ても自明だろう。

麻子の遺族と代理人の平野好道弁護士らが、指定された日時に検察庁へ赴くと、検察官らは、マスキングされた加害者の上申書などの資料を揃え、概要を順に「説明」していった。

麻子の遺族や平野らは検察官が順番に読み上げる「事実」を一言も聞き漏らすまいと、ペンを走らせた。母親の江美子は、マスキングで隠されていた暴行シーンに差しかかると精神的に耐えられなくなり、ペンを持つ手が震えだし、部屋にいることができなくなった。

なぜか。それは、娘は加害者が言うように「死なせてしまっ」たのではなく、まぎれもなく「殺された」ことがわかったからだ。杉本恭教ははっきりと「殺した」と上申書に書き綴っていたのだった。

杉本夫妻は麻子に暴行をふるい、救急車を呼ぶこともせず死に至らしめ、犯行を隠蔽するために遺体を遠方まで運び埋めたことがマスキングされた部分に自筆で書かれていた。

たとえば、先に紹介した妻・杉本智香子の「上申書」（平成二十四年十一月十四日付）の中でマスキングされた部分には、驚くべき智香子の供述が隠されていた。

江美子は検察官から聞き取ったノートに目を落とし、私に向かって読み上げてくれた。〈　〉内はマスキングが最初からなされていなかった部分で、太字はマスキングが施され、読むことのできなかった部分である。

「タイトルもマスキングをされていましたが、そこに書かれていたのは、〔**四月十四日加藤麻子さんに対し暴力を振るい死なせた理由**〕というものでした――。

〈そして平成二十四年四月十四日に〉**加藤さんが夫に呼ばれてラーメン屋の中に入ってきて、夫に豚の骨を割るスコップのような形の道具でお腹を突かれていた際、それを見ていた私はいい気味だと思いました。この日、加藤さんは、これまでマンガ喫茶のレジから盗んだお金のことで夫に呼ばれたのですが、加藤さんの態度が反省してい**

るようには見えず、夫も私も腹が立ち、私はこれまでの加藤さんの行動や態度にも腹が立っていたので、この日、加藤さんに暴力を振るうことにしました。私も加藤さんを手で突いたり押したりしました。

その途中、加藤さんは『ぼーっとする』と言ったため、私は『そんなの芸だわ』と言って夫をけしかけました。夫は、加藤さんのお腹を豚の骨を割るスコップのような形の道具で数回突きました。加藤さんは『ちょっと待って下さい』と言いながら、ラーメン屋の店内でうずくまるように倒れました。

加藤さんの様子が変だったため、私と夫で揺すったり大丈夫かと言って声を掛けたのですが、『大丈夫です』と言うものの段々反応が小さくなりました。このままでは死んでしまうのではないかと焦りました。

――そう書いてあったんです。そして、警察や救急車を加害者たちが呼ばなかった理由については――

私は加藤さんを殴って死なせてしまったことが警察にばれると、子供たちに迷惑がかかると思い怖くなったのです。なやんだ結果、私は夫に対して、なかったことにしよう〈絶対にみつからないようにしようと、言いました。これは、加藤さんは死体を隠して警察にばれなければ、〉犯人としてつかまらないという意味で言いました。

――こんなふうな供述がマスキングの裏側には書かれてあったのです」

加藤麻子さんを「殺してしまい」

江美子は自身の乱れた字を書きつけたノートを読み上げながら、何度も嗚咽を漏らして中断した。そのたびに深呼吸をして、ティッシュペーパーであふれてくる涙と鼻水を拭いた。続いて、これもすでに紹介した、杉本夫妻が完全黙秘に転じる直前に愛知県警の警察官が、夫の恭教から聞き取った唯一の供述調書（平成二十五年四月二十四日付）のマスキング部分を読み上げた。

「夫の恭教はこんなふうに供述していたんです――

供述拒否権のことは、よく分かっていますが、事件のこと言わなければならないことがあります。逮捕された時に事実に書かれていたように私と妻の智香子は、二人で加藤麻子さんの死体を隠して見つからないようにするため南知多町の山の中に埋めたことには間違いはありません。今まで黙秘していた私が事実を認める話をすることになった、いきさつについて話します。私は、逮捕されてから今まで自分自身の心中で引っかかるものを常に持っていました。それは、このまま事件のことをしゃべらず黙秘を続けて裁判に臨めばいいのか、正直に事件のことを話して私の有利になることや不利になることを明らかにしてもらって裁判に臨めばいいのか悩んでいましたが、し

だいに正直に話した方がいいのじゃないか、正直に話すから公平な裁判が受けられるのではないかと強く考え始めたのです。

しかし妻も私と同じく事件のことはしゃべっていないと思うので、自分だけ良いことをして裏切ってしまうのではないかとか、私のために高額な弁護士費用を払ってくれている両親や弁護士を紹介してくれた一番上の兄を裏切ることになってしまうのではないかなど、色々考えるとすぐには決断ができませんでした。

しかし、妻とは今後、罪を償ったら二人で幸せな生活を取り戻したいですし、両親や兄も私に対して事件のことを正直に話すように言われていましたので、妻にも両親にも兄にもそして、子供達、孫にも胸を張って会うためにも、今の素直な心に従って、正直に事件のことを話すことが最善の方法と決断したのです。そして、被害者の加藤麻子さんに対しても、なぜ殺してしまい、なぜ死体を埋めたのかを説明しないと供養にはならないと考えたのです。本当に取り返しのつかないことをして加藤麻子さんやその両親には申し訳なく思います。許してはもらえないと思いますが、妻と二人で命がある限り一生を掛けて償って行きたいと考えています。

今回逮捕された事実のことですが、逮捕当初、事実について保留しますとか黙秘しますなどと言っていましたが、正直に話すと、妻と二人で加藤麻子さんを殺してしまい、このことが警察に分かれば、私は妻と一緒に逮捕されてしまい、私達は殺人犯に

なってしまう、そうなれば両親や兄弟、子供は殺人犯を身内に持つことになってしまいますので、事件がなかったことにするためには、死体を隠すしかないと考えたのです。

〈そして、まず加藤麻子さんの死体を加藤さんの乗ってきた軽四自動車の中に隠したのです。その後、まず東海市内の国道２４７号線の名和北交差点の角にあるマクドナルドや吉野家、ローソンなどがあるナワナワガーデンというところの駐車場に加藤さんの車に死体を乗せたまま隠したのです。しかし、すぐに死体をどうするかということは考えがつかず、一旦自宅に戻り、何事もなかったかのように生活をして、その後二人で話し合って、死体を海に捨てればすぐに浮いてきて見つかってしまうので、人が入ってこないような山に埋めるしかないと結論に至ったのです。死体を解体するとかすれば遺族に申し訳ないと思いましたし、せめてもの償いで死体を埋めようと考えたのです。その後、家族旅行で行ったりした、三重県の方に行けば山が多くあると思い、行ったのですがなかなか思い通りのところがなく、結局最終的には南知多町の山の中の畑のようなところにスコップで穴を掘り死体を埋めたのです。〉

本当に加藤さんや加藤さんの両親に対して取り返しがつかないことをして申し訳なく思っています。謝っても謝りきれないことも分かっていますが、まずは正直に全てを話すことから罪の償いを始めていきます。」

——私は、もう、びっくりしてしまいました。『殺してしまった』というふうにしゃべっているんです。でも、自分の弁護士を経由して私たち遺族に送ってきた智香子の手紙には『死なせてしまってすみません』というふうに書いていました。あきらかに意識的に変えています。どうしてだったんでしょうか……」

この供述調書については、死体遺棄の刑事裁判で証拠採用をめぐって、弁護側と検察官で激しく「同意・不同意」を争った記録がある。弁護側はすべてを不同意にし、この調書自体を証拠として採用されることを阻みたかったようだが、裁判所の介入もあり、一部についてだけ不同意を取り下げている。大半がマスキングされているのはそうした攻防等の結果でもある。

ここでは私選で刑事弁護士をつけたことに尽力したのは兄であり、弁護士費用を用立てたのは両親だと告白している。これは私の取材でもすでに把握していたことだが、くしくもマスキングされた供述調書が被害者遺族に「説明」されたことで裏付けられた。

加藤麻子の遺族に謝罪と償いを誓う手紙を出したのは、平成二十五年五月十三日。その時点では、杉本夫妻は「死体遺棄」容疑でしか逮捕されていない。だから、「殺してしまった」と書くと、殺人もしくは傷害致死を自分から告白しているとも捜査側に取られかねないと自分で判断したのだろうか。

あるいは、弁護士からのアドバイスがあったのだろうか。江美子によれば、マスキング部分が判明した他の上申書にも、杉本恭教の「殺してしまった」という表現が出てきたという。いずれにせよ杉本恭教には「殺してしまった」という認識があったのだ。

そして私が驚いたのは、杉本恭教が黙秘をするかどうかについて彼なりの逡巡をしていたらしいということがわかったことだ。当初は黙秘をすることを決めていたが、いったんはやめようと心に決めたようだ。しかし、けっきょくは再び黙秘に転じた。

新たに発覚した捜査メモの存在

私がさらに刮目したのは、それまでは存在すらわからなかった検察官が関わった捜査資料（メモ）についても、検察官から説明を受けたと江美子から伝えられたときだ。警察官が取った調書は一通だけあったが、検察官が取った資料の類はないものだと私は思い込んでいた。ところが検察官が作成した杉本恭教の供述メモが存在していたのである。

検察官が取った杉本恭教の供述メモの日付は、平成二十五年四月二十六日。死体遺棄容疑で逮捕されたのが同年四月二十一日なので、その直後に取られたものであることがわかる。さきの警察官がとった調書の二日後で、黙秘することをやめようと決意した杉本恭教の気持ちは変わっていなかったことがうかがえる。

当時、黙秘は弁護士と相談して決めるというコメントが地元新聞に掲載されているが、私の推測では弁護士が黙秘をすすめ——むろんそれ自体は「不当」ではなく、黙秘をする権利を告知し、防御権についてアドバイスをしたということなのだが——一度は黙秘をやめようとした意思を変えた可能性が高いのではないか。それとも他の理由で自らの意思で再び黙秘に転じることを決意して「正直に話す」「全てを話すことから罪の償いを始め」ることをやめ、それに沿った弁護を依頼したのだろうか。

江美子は私に、その検察官のメモ内容を「私は加害者の杉本夫妻が、死人に口なしをいいことに、自分たちに都合のいいように麻子を一方的に悪者にして嘘をしゃべっているとしか思えないのですが」と前置きした上で読み上げた。

「まんが喫茶の経営を辞めた平成二十四年二月以降、被害者から頻繁に電話がかかってきて、ラーメン屋で雇ってほしいと懇願されていた。しかし、妻が被害者を嫌っていたので断っていると、被害者は何度か店の周辺に来ることがあった。（中略）犯行当日、私はゴミを出しにラーメン店を出ると、被害者はカバンを持ってこちらにやってきた。私は『何しに来た』と声をかけると、被害者は『雇ってほしい』と言ってきた。私は被害者の言葉には答えず、ゴミを捨てに店に戻ると、被害者も私に続いて店の中に入ってきた。妻はこの時、調理場にいたと思うが、被害者が来たのに気付いたかどうかわからない。私は店内で被害者と口論になり、被害者がマンガ喫茶の売上をごまかそうとしたことや、頻繁に電話をかけてくることを非難したが、被害者は『雇ってくれ』と繰り返すだけだった。

――そう検事さんは（メモを）読み上げました。麻子が売り上げをごまかそうとしたとか、あたかも自分たちが一方的に迷惑を受けていたようなふうに供述していますが、証拠も示されていないし、信じるわけにはいきません。そもそも、当日は呼び出されて麻子は出て行ったと刑事さんから聞いています。その夜にすでに麻子は殺されていたということになりますが、麻子の部屋には、フライパンの中に野菜とソーセージが炒めたものがそのまま残っていましたし、食事をする直前のような状態のままでした。そんな状態のまま出かけていくでしょうか」

そう江美子は疑念を口にした。たしかに、「雇ってくれ」とだけ繰り返して、あたかもストーカーのように杉本に近づいていく様子も強い違和感が残る。そもそも、江美子は当初より担当警察官から、呼び出されて麻子は殺害現場となった杉本夫妻が経営していたラーメン店に出向いていると聞かされていた。恭教から呼び出されたことは先の智香子の上申書からも明らかである。しかし、今となってはその検証はできない。

江美子らが検察官からが「説明」を受けた不起訴となった「傷害致死」についての事件記録を、私はその大半を聞き終えた。マスキングの裏側には杉本夫妻がどうしても知られたくない出来事が塗り込められていた。

あらためて、麻子への暴行が語られている杉本智香子のマスキングされていた「上申書」の全文を紹介したい。さきと同様に〈 〉内はマスキングされていなかった供述で、太字が隠されていた供述である。なお私の判断で漫画喫茶の店名については「B」と、長男の名前はNと表記する。タイトルももともとは黒く塗られていたが、**［4月14日に加藤さんに対して暴力をふるい死なせた理由］**というものだった。

［〈私と加藤さんの関係は平成24年2月末まで私と夫で経営していたマンガ喫茶「B」野田店の責任者とアルバイト店員の関係でした。加藤さんとプライベートでの関係は一切ありません。加藤さんは私の前では真面目に働くのですが、目をはなしたり、私が店からいなくなるとレジからお金をぬすんだり、店の食べ物を勝手に食べたり、オ

ーナーの夫にタメ口で話すなど、人が見ていない所では平気で悪い事をする人でした。発見するたびに注意をしましたが、なおることがなかったので時には加藤さんをたたいたり、けったりすることもありました。本心では加藤さんをすぐにでもやめさせたかった。しかし加藤さんが店にいるとお店の回転がスムーズに行くこともあり、しかたなく働いてもらっていました。平成二十四年一月前後にマンガ喫茶で働いてくれていた店員に対してマンガ喫茶をやめることをつたえた時期だと思いますが、加藤さんから昼、夜関係なく私のケイタイ電話に電話がかかってくるようになりました。電話の内容はマンガ喫茶とは別に、夫、私、長男のN、三人で経営していたラーメン屋で働かせてほしいと言った内容でした。私は加藤さんのことがきらいでした。マンガ喫茶では仕方なく働いてもらっていましたが、ラーメン屋では働いてもらいたくありませんでした。なので加藤さんには何度もことわっていましたが、それでも何度もやとってほしいと電話をかけて来ました。その後、昼、夜、関係なく電話をかけてくるようになり、やめてほしいと伝えたのですが、いやがらせのように電話をかけてきました。このようなことが原因でどんどん加藤さんのことがきらいになりました。近くにいたらたたきたい気持ちでした。

そして平成24年4月14日に〉**加藤さんが夫に呼ばれてラーメン屋の中に入って来て、夫に豚の骨を割るスコップのような形の道具でおなかをつかれていた際、それを**

見ていた私はいい気味だと思いました。この日、加藤さんはこれまでマンガ喫茶のレジからぬすんだお金のことで夫に呼ばれたのですが、加藤さんの態度が反省しているようには見えず、夫も私もはらが立ち、私はこれまでの加藤さんの行動や態度にもはらが立っていたので、この日、加藤さんに暴力をふるうことにしました。私も加藤さんを手でついたり押したりしました。その途中、加藤さんはボーッとすると言ったため、私はそんなの芸だわと言って、夫をけしかけました。夫は加藤さんのおなかを豚の骨を割るスコップのような形の道具で数回つきました。加藤さんとちょっと待って下さいと言いながら、ラーメン屋の店内でうずくまるようにたおれました。加藤さんの様子がへんだったため、私と夫でゆすったり、だいじょうぶかと言って声をかけたのですが、だいじょうぶですとの、だんだん反応が小さくなりました。このままでは死んでしまうのではないかとあせりました。その後、

〈加藤さんは目をあけたまま、息もせず、心ぞうも、脈も止まってしまったため、私たちは心ぞうマッサージをしましたが、心ぞうも脈も動くことなく息もしませんでした。死んだと思った私たちは警察や救急車を呼ぼうと思いましたが、結局呼びませんでした。〉

私は加藤さんをなぐって死なせてしまったことが警察にバレると子供たちに迷わくがかかると思い、こわくなったのです。

〈なやんだ結果、私は夫に対して〉**なかったことにしよう、**〈絶対に見つからないようにしようと言いました。これは加藤さんの死体をかくして警察にバレなければ〉**犯人としてつかまらないという意味で言いました。**〈夫もわかってくれ、夫と一緒に加藤さんの死体をかくすことに決めました。加藤さんの死体は加藤さんが乗ってきたワゴンRの後部座席の床の上に置き、しばらくはワゴンRを駐車場に止めたりして死体をかくす場所を探しました。それからしばらくして夫と一緒に死体を南知多町付近の山の中にうめることを決め、山の中の土を夫と一緒にスコップで掘り、ワゴンRの中に入れておいた加藤さんの死体を穴の中に入れて土をかぶせてうめました。うめた時、加藤さんは服などを脱がせていたためパンツ一枚でした。死体をうめてからは加藤さんが乗っていたワゴンRをすてないと警察にバレると思い、ワゴンRの前後のナンバーをはずしたりして持ち主がわからないようにして名古屋市港区の港から海にすてようとしましたが、ボディが段差にひっかかり、すてれず、私と夫はその場所から乗って来たフィットに乗って逃げました。平成24年11月14日　杉本智香子〉」

また第四章で紹介した杉本恭教のマスキングが施された「上申書」の全文も、麻子の遺族は検察官の「説明」で知ることができた。平成二十四年十一月十四日の日付と指紋押捺がある夫・杉本恭教のそれも読んでみよう。タイトルは「████私がした事件」と前半がマスキングされていたが、〔**加藤さんを殺した原因や**〈私がした事件〉〕というものだった。「死なせてしまった」のではなく、はっきりと「殺した」と供述している。

〔〈私がオーナーをしていたマンガ喫茶「B」野田店に加藤麻子さんは一〇年以上勤めていました。仕事ぶりはよかったので信用して売上げ金の管理をまかしてました。今年（筆者注・平成二十四年）二月までずっとまかしていました。私も売上げ金については加藤さんが不正なことをせずにしっかりやっていると信じてきっていました。〉**今回加藤さんを殺した**〈四月十四日の数日前に加藤さん本人からマンガ喫茶の時の売上金についてごまかしていたと言うことを聞かされたのです。私としては信じきっていた加藤さん本人の口から、長年にわたって売上げ金をごまかして、自分のものにしていたと聞かされて本当にショックでいかりに変わっていきました。私としては、そのいかりがすべて加藤さんにたいしてむけるしか、おさまることがなかったのです。そのいかりを加藤麻子さんにたいして、はげしいくちょうで、もんくをいったり、時には、なぐったりしました。しかし、なかなかそのいかりはおさまることなく、加藤さん本人を見たりすると、そのしゅんかんにいかりがこみ上げてくるのです。〈14日の〉**殺した**〈日も〉**加藤さんが私のラーメン店まで車で来たため、店の中へ呼**

び入れたのです。私はいかりがおさまらなく、加藤さんの姿を見つけると店内に来るように言ったのです。最初ははげしい口調で文句をつけていたのですが、だんだんといかりがまして来て、ちゅうぼうの中にあった骨をたたくスコップじょうのもので、とってがT字になっている金ぞくせいのものを手にとり、いかくするために、ゆかをたたきながら加藤さんの前に近づきました。と中で妻もくわわって最初は素手で顔などをたたいていました。私はおさまりがつかず、手にもっていた骨をたたくもののとっ手の部分で加藤さんのおなかを2回たたいたら両手をはらにあてて、うずくまりました。私はえんぎだと思い、よけいにはらが立って、さらにちからいっぱい3回おなかのあたりをたたきつけました。すると体を横にしてゆか上にたおれていきました。〈加藤さんは〉たおれてからも「うっー」と言ってました。私は自分がなぐったことでたおれてしまい、〈かたをゆすっても反応がなく〉とんでもないことをしてしまったと〈気もどうてんしまいました。その後に妻とみゃくをとったり、人口こきゅうをしたりしましたが、私は死んでいると思いました。その時にきゅうきゅう車やけいさつに連絡することはありませんでした。〉それで妻と話して加藤さんを殺してしまったことをなかったことにしようと話し合い〈し体をかくすことにきめたのです。それで加藤さんのし体を加藤さんののって来た車の中に入れしばらく保かんして、すてる場所をさがして、さいしゅうてきには、南知多の山のようなところに妻と二人で穴をほり加藤さんの服をぬがせるなどして、穴の中にうめました。

その後に名古屋港に、加藤さんの車をすてようとしましたがうまくいかず、がんぺきにひっかかってしまい、見つかりそうになったので妻と二人でにげました。したいをうめたことや車や加藤さん物、今日の事件につかった物はすべて捨てました。自分たちがつかまらないために、やったこういです。事件のことは妻と二人で言わないようにやくそくしました。〉」（原文ママ）

ここでも何度も「殺した」という供述が出てくるが、全部マスキングをほどこして隠してあった。暴行のシーンについても隠されていた。やはり、麻子は杉本夫妻に激しい暴行を受け、命を奪われたと見てまちがいない。少なくとも当人たちもそう認識していた。杉本夫妻の「罪」は「死体遺棄」だけではなく、本来であれば「傷害致死」、あるいは「殺人」の罪の疑いで裁かれて刑罰が科せられるべきではなかったかと思うのは私だけではないはずだ。

日常的な暴力と虐待、そして監視

日常的な暴力については、死体遺棄罪の刑事裁判の冒頭陳述でも検察官が触れてもいる。麻子の顔が殴られたように腫れ上がっていたのは、それと関係があるかもしれない。麻子が「B」を辞めさせられた直後に働いていた漫画喫茶「I」に提出した履歴書の写真を私は入手したが、顔の片側の目の下の部分が腫れ上がっていた。

それから、にわかには信じがたい情報だが、麻子が自らタバスコを目に目薬をさすように入れているところを見たという漫画喫茶関係者もいる、という話も私は聞いた。いったい、どういうことだろう。

その様子は店内のレジ付近を映していたネットワークカメラに記録されていたともいう。私は警察からも事情を聞かれている漫画喫茶「B」の関係者――おそらくもっとも事情を知っているであろうと思われた――に取材をしつこく申し込んだが、拒絶をされた。

しかし、電話で話はできた。その関係者は私に、「タバスコを目に入れたらどうなると思う？　目をあけていられないだろう。あれは口に入れていたんだ！」と怒鳴りつけ、なぜか「事実」を訂正するようなことを告げたのだ。そして電話を一方的に切った。

店内の監視カメラに映っていたというのが本当ならば、たしかに見る角度によっては目薬をさすようなかっこうに見えてしまう。しかし、もし仮にタバスコを直に口に入れていたとしても看過できる行為ではない。

推測の域を出ないが、麻子が精神に何らかの異変をきたしていたとしたら、麻子が杉本夫妻から受けていた暴力と、因果関係はあるのだろうか、ないのだろうか。そう私は考えてしまう。その関係者も杉本恭教が麻子にふるっていたとされる暴力については否定も肯定もしなかった。

このレジ全体をモニターできるネットワークカメラの映像はチェーン店や本部だけでなく、杉本恭教・智香子の自宅でも見ることができるようになっていたことも、私は取材で掴んだ。

店は二十四時間営業なので、監視カメラを使って、レジの出入金などを見ていたのである。モニターはリビングに設置され、そこにはとうぜん加藤麻子も映し出されて、恭教は四六時中、監視をしていたという。

二十四時間営業の漫画喫茶で、麻子は労働基準法を無視した勤務体制を組まれ、ろくに休みを取ることもゆるされない過酷な環境で働いており、いつも眠そうだったという。ちょっとでもうつらうつらするのを恭教がカメラで見つけると、すぐに電話をかけ、押し殺したような声で叱りつけたり、何かしらの異常な行為をするように夜中でもかまわず要求していたという情報も掴んだ。

レジの前でタバスコを飲もうとしていたように見えた等の常軌を逸した異常な行動も、「誰か」からの電話を受けた直後だったという複数の漫画喫茶関係者の証言と一致しないだろうか。

麻子の父親の加藤義太郎はこれらの情報を聞くと顔をしかめて、「親としては信じられませんが、本当のことが少しでも（上申書に）入っているのなら、私たちの知っている麻子とは別人です。杉本たちと過ごすうちに性格を変えられてしまったのでしょうか」とつぶやいた。

私の取材でも麻子の人間関係は実家を出てからほとんどないに等しく、生活のすべてが「B」を中心にまわっていたといえる。麻子の命を奪ったという犯行を隠し通せると杉本夫妻が思い込んだのは、そうした麻子の孤立した環境をよく知っていたゆえではなかったか。

そういった麻子の身に起きていた「異常」を「B」の複数の関係者もうすうすは知っていながら、両親に知らせたり、しかるべき機関に相談するなどの行動をとらず、誰も口をはさもうとはしなかった。そうした人々の無関心の陥穽（かんせい）にも麻子は落ち込んでしまったのかもしれない。

「腹部をどーんときつくやった」

江美子が検察官から「説明」を受けた、それまで被害者遺族には知らされることがなかった、先の検察官が作成していたメモ（平成二十五年四月二十六日付）の続きに戻ろう。江美子は次のように私に読み上げた。

「麻子が暴行を受けるマスキングをされていた部分については杉本恭教は――

私は口論の途中、目についた給食用しゃもじを持って威嚇のため倉庫のドアをたたくと、ドアに穴が開いた。しかし、被害者は怖がるでもなく、カバンを持ってボーっと立っていたので、『何なんや』という気持ちで被害者に対し給食用しゃもじの柄でお腹の部分を二回ポンポンと叩いた。被害者は『うーっ』と言ってかがむような格好をした、（中略）私は被害者が痛がるような動作をしているのは被害者の芝居だろうと思った。被害者は腹から手を離して元の姿勢に戻ったところ、私は被害者の言葉にカッとなって腹部をどーんと一回ちょっときつくやった。（中略）

被害者はうーっと声に出してしゃがみこみ、床に尻をついたので、私と妻と二人で被害者を床に横たえ、すぐに心臓マッサージを始めた。妻は、太もも付近をさすったりしていた途中で、被害者が『水をください』と言ったので、上半身を起こして水をあげたが、飲めなかった。脈も呼吸も当初はあった。手首を触ったり、胸を押した感じで脈も呼吸もだんだんなくなって、妻と『呼吸をしていない』と言いながらマッサージをした。被害者を横たえて四〇分から一時間位で息をしなくなり、死んだと思った。

――と供述しているのです。つまり、麻子はしばらく生きていたということになります。救急車を呼んでいたら、きっと命は助かったと思います。それを警察に見つかりたくないという理由で埋めるなんて……」

上申書では、ドアを突き破った事実は出てきていない。しかし、この事実は警察も把握していて、実況見分調書にはドアを突き破った跡の写真や、そのときにどれぐらいの打突力があったのかを測定する見分調書もあった。

杉本恭教が「凶器」として用いたのは、「給食用しゃもじの柄」と検察官に供述したようだが、間違っている。凶器はラーメン用の大きな寸胴鍋の中で豚骨を砕きながらスープを攪拌したり、給食等に使用する大型の鍋に使う、長さ一メートル二〇センチほどのステンレス製の「しゃもじ」だ。金属棒と表現したほうがいい。「給食用しゃもじ」と聞くと木製のものを連想するかもしれないが、形状はシャベルのようで、重さは一・一六キロある。把手はT字になっており、片方の先端はヘラのようなかたちをしている。ヘラの部分は最大幅が一八・五センチ、最大長二九・四センチ、厚さは二ミリもある。軸は直径二・五センチ、長さは一メートルある。

杉本恭教は麻子を威嚇するためにヘラのほうを倉庫のドアに突き当てた。ドアに穴があいたという供述があるが、それを隠すようにして杉本はガムテープを貼った。のちに捜査員がガムテープを剥がすと、最大で縦一五センチ、横七センチ、深さ三・五センチの穴があいていたという。

ドアはベニヤのような木製で、中は空洞になっていた。反対側にも縦四センチ、横一・五センチの亀裂が入っており、つまりヘラ先がドアを突き破るほどの強さで突いたことになる。杉本恭教が麻子の腹部を突いたのは、ヘラとは反対側のT字型の柄のほうだが、こちらも硬いステンレスでできている。杉本夫妻の「言い分」だと、「どーんと腹部をちょっときつくやった」「ポンポンと二回ほどついた」暴行で加藤麻子が死に至ったということになる。

腹腔部内の出血の可能性

裁判所の「文書開示命令」で唯一、開示を命じたのは、法医学者・勝又義直（かつまたよしなお）医師の「意見メモ」（平成二十六年二月作成）である。検察審査会の「不起訴不当」の議決を受けて検察官が再捜査をおこなう過程で、司法解剖を担当した石井晃医師の解剖所見などを参照してあらためて作成されたものである。

すでに触れたように、「不起訴不当」という議決を出した検察審査会の意見の中には、解剖を担当した法医学者・石井晃医師以外の法医学者と救命医師の所見の内容に注目しているくだりがある。それは勝又医師の調書のことを指すと思われる。というのは、勝又医師はすでに事件当時に、警察からの依頼に協力して所見を述べていたからだ。その所見も麻子の死はなんらかの外形的なちからによって引き起こされた可能性に言及したもので、「意見メモ」はそれとほぼ同じ内容だ。

勝又医師は「意見メモ」に、「通常の高度腐敗ないし死蝋化の死体とは違う所見」として、「子宮の着染（ちゃくせん）の状況」と「腹腔内（ふくこうない）の着染」に次のように書いている。

「子宮の所見としては、特に子宮後面において紫褐色調が強くみられる。一方、子宮全面でみられる子宮膣部に当たる部は、淡緑褐色のように見え、子宮の部分によってかなりの色調の違いが認められる。

腹腔内の着染状況であるが、腹部臓器を取り除いた後腹部膜全体の写真では、ほぼ淡褐色ないし淡緑褐色であるのに対し、ダグラス窩（腹腔の底部のくぼみ）と右上腹部に強い赤褐色ないし紫褐色の着染がみられ、やはり色調の違いが明確に認められる。よくみると右側腹部もある程度の着染が見られ、全体的に腹部のくぼんだ部分に濃い着染があり、深くくぼんだ部分に強い着染があるように見える。」

勝又医師は初期の腐敗変色のメカニズムについて昭和六十年（一九八五年）に論文も発表しており、この領域のスペシャリストでもある。勝又医師の意見メモから「腐敗着染」について説明をしておく。

腐敗変色のメカニズムを簡単にまとめると、ヘモグロビン（全ての脊椎動物や一部のその他の動物の血液中に見られる赤血球の中に存在するタンパク質。酸素分子と結合する性質を持ち、肺から全身へと酸素を運搬する役割を担い、赤色を帯びている）に酸素や硫黄が結びつくことによって起きる。硫黄は腸内細菌により産生される硫化水素から供給され、酸素は空気から供給される。この腐敗着染の観点から肝臓を観察すると、「失血ならば考えやすい」色調であると前置きする。

そして総合的に考えると、〔死亡時点で腹腔内にかなりの出血があった公算が大きい。そうであればダグラス窩に存在している子宮部分の濃い着染と腹腔外の子宮膣部の着染の違い、後腹膜の淡褐色の色調、また、溶解しつつある肝臓の淡褐色の色調なども説明できる。〕とし、〔ご遺体は死蝋化などの死後進んだ死体であり、このようなご遺体を私自身が数多く経験したわけでもない。したがって、私の違和感を解消するような説明がありえないとまではいえない。しかしながら、ヘモグロビン緑色化の研究、いくつかの死蝋化死体の解剖、また数多くの出血以外に法医学的にしっくりくる説明を思いつかないのが実情である。私はこの事例は死亡時に腹腔内の出血があった公算が大きいと考える。〕と指摘している。

しかし、〔出血源については情報が乏しく明示はできない〕、〔何らかの損傷による腹腔内出血は当然考えられるが、内因による出血もありうる〕とし、肝臓癌破裂等いくつかの稀な病態を挙げているが、「**この年齢の女性としてはいずれもかなり稀な病態のように思われる。**（中略）**腹腔内出血があったとした場合、何らかの損傷があったことは考えやすいが、根拠は明確ではない。**」と結んでいた。ともあれ、解剖をおこなった石井晃医師よりも踏み込んだ意見を述べていて、暴行により、腹腔内出血を起こして死に至った可能性があると指摘しているのだ。

医師を秘密漏示で告訴する

じつは、この勝又医師の「意見メモ」が検察官から開示されるより前に、被害者の代理人弁護士の平野好道は検察官に問い合わせ、勝又医師ともう一人の救急専門医について名前を知らされていた。そこで、平野は勝又医師と連絡を取り、「意見メモ」とほぼ同様の意見書を書いてもらい、それを証拠として提出するという手段を探っており、かつ証人として出廷してもらうことも検討していた。

しかし、この戦術にもやはり、被告弁護人から激しい横やりが入っていた。被告弁護士は、勝又医師らが民事裁判の法廷に意見書を提出することに応じることがあれば、秘密漏示罪（刑法一三四条一項）で告訴することを示唆し、原告代理人がこれをおこなおうとするのも同罪の教唆罪にあたる、とまで主張してきた（平成二十七年六月五日）。

〔（前略）本件専門医らは捜査機関の依頼を受け、関連する捜査記録の提示を受けるなどして加藤麻子の死亡機序について専門意見を述べたものと思われる。〕として、〔医師が、医師として知識、経験に基づく、診断を含む医学的判断を内容とする鑑定を命じられた場合には、その鑑定の実施は、医師がその業務として行うものといえるから、医師が当該鑑定を行う過程で知り得た人の秘密を理由なく漏らす行為は、医師がその業務上取り扱ったことについて知り得た人の秘密を漏示するものとして刑法一三四条一項の秘密漏示罪に該当すると解するのが相当である。このような場合「人の**秘密」には、鑑定対象者本人の秘密のほか、同鑑定を行う過程で知り得た鑑定対象本人以外の者の秘密も含まれるというべきである。**〕という最高裁決定（平成二十四年二月十三日）を引用している。

この最高裁決定は、平成十八年六月に奈良県で起きた十六歳の少年による自宅放火殺人事件（継母と異母弟妹が焼死）で、フリージャーナリストの草薙厚子が、少年を精神鑑定した精神科医から鑑定書を入手して本を出版したことに端を発した「事件」についてのものである。本が出版された直後、加害少年の父親——同時に被害者遺族でもある——らの告訴を受けて、奈良地検が精神科医を刑法第一三四条の秘密漏示の容疑で逮捕、起訴するという前代未聞の事件に発展したのである。判決文の中にある「鑑定対象本人以外の者の秘密」とは、加害少年の父親のことを指している。鑑定書の中には父親のプライバシーも含まれていた。

少年の鑑定医師は、刑法第一三四条の秘密漏示の罪で起訴され、一審・二審とも懲役四カ月、執行猶予三年の有罪となった。最高裁は被告の上告を棄却、さきの決定が導き出されることになる。杉本夫妻の代理人弁護士の金岡が引用したのはこの最高裁決定の一部である。

この少年は家庭裁判所で非公開の審判を受け――検察官は逆送致の意見を付けたが――家裁は医療少年院送致の保護処分をくだすことになる。精神鑑定では、先天性の発達障害とは異なる虐待による後天性の広汎性発達障害と診断されたことや生育環境などが考慮された結果だった。この事例は少年事件で家裁で審判を受けた事例であり一般的にはより秘密性が高い。それを同一に論ずることに私は若干の違和感をぬぐえないのだが、医師としての業務で知り得た秘密という点では理論的には同一なのだろう。勝又医師は証人として出廷することを内諾していたが、平野は万が一を考え、勝又医師にリスク――被告側弁護士から秘密漏示罪で告訴される――を取らせるべきではないと判断するしかなかった。

しかし、状況が変わった。さきにも述べたように保管検察官が勝又医師の「意見メモ」を開示したことにより、それが公の公開文書に「変身」したからだ。ゆえに、それを勝又医師を秘密漏示罪で告訴するという被告代理人弁護士らの「脅し」は効力がなくなった。勝又医師の「意見メモ」は原告から民事裁判の証拠として提出され、裁判所は採用することになる。

それに対して被告代理人弁護士は、解剖を担当した石井鑑定を文書送付嘱託——死体遺棄事件の証拠として採用されていたものは、正確には抄本だったため、正本を取り寄せた——で裁判所に申し立て、認められたうえ証拠として提出するという対抗策を取った。

石井医師は唯一、遺体を直に鑑定した法医学者だが、「死因不明」の根拠になった鑑定である。被告代理人らはこれまでの民事裁判の過程でも、しょせん勝又鑑定は石井鑑定の資料を見て書いたものであり信憑性に欠ける等と主張していたが、勝又医師の「意見メモ」が証拠として採用されることを前提に、それにぶつけるかたちで石井鑑定の「正本」を用意したのである。文書の一部である「抄本」より「正本」のほうが説得力があるという判断なのだろう。

命日の前日に「満期出所」

四回目の加藤麻子の命日がおとずれた。

平成二十八年の四月十四日だ。なぜこの日が麻子の命日なのか。正確に記すならば、夫婦が自らが経営するラーメン店の厨房で麻子を「死なせてしまった」と判断した日である。杉本智香子が「死なせてしまっ」たことを遺族に詫び、償いを誓う手紙の中にも、四月十四日が麻子の命日だと思って毎日手を合わせているという記述がある。

私はその日、麻子の父親である加藤義太郎・江美子らと遺棄現場をたずねた。平成二十八年二月にも訪れているから二度目になる。風は強かったが、初夏を思わせる陽気だった。

現場に着いた私たちは一瞬、我が目を疑った。

遺棄現場の夏みかんの木の下では、二月にはあった五〇〇ミリリットル用のペットボトルに活けられた仏花がなくなっていたのだ。

江美子はそのことに驚きながらも、深くため息をついたあと、ただ雑草だけが生い茂る地面にペットボトルから水をまきはじめた。

「麻ちゃん、喉が渇いたでしょう。あっちゃん、あっちゃん」

江美子は泣きながら水をまき、私はいっしょに手を合わせた。風が木々をざわつかせる音しか聞こえない。遺族と私たちは夕刻まで現場に居たが、花を手向けに来る者はなかった。

その直後、麻子の遺族あてに検察庁から通知が届き、四月十三日に杉本夫妻はそろって満期出所したことがわかった。

奇しくも、麻子の命日の前日であった。そのことを知った江美子はすぐに私に電話をかけてきた。

「加害者から届いた手紙には、月命日には親族に花を手向けてもらうと書いてありましたが、最初に藤井さんと（遺棄現場に）行ったときは今年の二月十日でしたから、あのときにペットボトルに活けてあった仏花は、花弁のしおれ具合からして数日前に活けられたものですよね。

この四年間、親族による献花が一度でも実行されたかどうかは確かめようがありませんが、さすがに命日には、（謝罪の言葉を書いた）手紙にあったように、親族が花を手向けているのではないかと思いましたが、何もありませんでしたね。

本人らの出所が前日の十三日で驚きましたが、翌日十四日の日中には献花に来ようとすればできるはずです。杉本夫妻に詫びたいという気持ちが少しでもあれば、そうするのが人間として当たり前だと思いませんか。でも、少なくとも私たちが現場にいた夕刻までは、誰も来ませんでしたよね。杉本夫婦は出所したら、それでもう終わりで、あとは弁護士に任せておけばいいと思っているのでしょうか……」

私は黙って聞くしかなかった。民事裁判は係争中だが、杉本夫妻本人の言葉は、代理人の弁護士を通じても何も伝えられてこない。その時点でわかっていたのは民事訴訟の本人尋問も拒否する、つまり「黙秘」を続けるという意思だけだ。

出所後の加害者夫妻と人生の「断片」

杉本夫妻の周辺の取材を進めていくと、杉本夫妻の刑務所出所後の様子をおぼろげながら掴むことができた。

平成二十八年六月、つまり満期出所から二カ月ほどあと、杉本恭教と智香子は（恭教の）父親の葬儀に参列していた。最前列に座っていたという。葬儀が営まれたのは杉本恭教が生まれ育った出身地の香川県内だった。香川県大川郡内の某地域が、恭教が生まれ育った場所だ。

二年二カ月の懲役を終え、出所したのは平成二十八年の四月十三日。娑婆（しゃば）に戻った夫妻は夫の郷里に戻り、しばらくは実家で生活をしていたのだという。亡くなった父親の妻、つまり恭教の母親は、嫁の智香子がしばらく実家にいて、何かと世話を焼いてくれることを喜んでいたという。弁護士費用を出したとされる母親は詳しい事情を知らされていない可能性が高い。

加害者がどのようなルーツを持ち、生活を営んできたのか、娘を殺された加藤義太郎と江美子はいまだに皆目わからないでいた。通常は、被疑者・被告人の情状面を説明するために、その一端でも刑事・民事裁判であきらかにされるケースが多いのだが、杉本恭教と智香子は「黙秘」をして何も語らなかったし、とうぜん弁護人からも何の情報も出されることはなかった。

恭教には二人の兄がいる。長男はK、次男はT、三男が恭教だ。長兄は関西に出てアパレル関係等の商売をし、成功させた。次兄は名古屋の私立大学に進学して結婚、フランチャイズの弁当店を始めていた。さきにも触れたが長男Kが末弟の恭教と智香子のために刑事弁護のエキスパートを付けるために奔走した人物である。

恭教と智香子は最初、大阪にいた長兄Kを頼って大阪に出たが、その後は次男Tを頼って名古屋に移り住み、同じ弁当店の系列に加わった。その弁当店の次に始めたのがフランチャイズの漫画喫茶「B」である。次男は結局、弁当店をたたみ中古のゴルフ道具販売などに手を出したがどれも続かず、いったん郷里に戻り、恭教が出所後に郷里にいたとき、次男Tもいっしょだったらしい。

恭教・智香子は「死なせてしまってすみません」という内容の「謝罪」の手紙を弁護士を通じて、加藤麻子の遺族のもとに送っているが、この中で「親族が月命日に遺棄現場に花を手向けにいく」というくだりがある。恭教の兄弟で名古屋に住んでいたのは次兄のTなのだが、仕事も順調にいかず郷里に戻らざるを得ないような生活をする中で、知多半島の山中まで毎月行ける余裕があったかどうかきわめて疑わしい。そもそも杉本夫妻の親族は一人でも遺棄現場を知っていたのかどうか。

恭教の若かりし時代の評判を取材すると、地元では警察沙汰などを起こすなどして、地元に居づらかったのではないかという声も親族筋から聞かれた。ちなみに小豆島（しょうどしま）出身の智香子は十代半ばのときに恭教と、知り合っている。智香子の家族は離散状態に近いとも聞いたので、智香子にとっては杉本家がほんとうの家族のようなものだったのかもしれないと私は思った。


父親の葬儀に参列した親族の中には二人が名古屋で起こした事件のことを知っている者もいれば、知らない者もいた。「知っている」と言っても「正確」な情報がもたらされていないようで、夫妻が経営しているラーメン店で加藤麻子がレジからカネを抜いていて、うっかり床のあぶらで足をすべらせて転倒、頭部の打ち所が悪く死んでしまったという話を信じ込んでいる者もいたようだ。この「ストーリー」を誰がでっち上げたかどうかは定かでない。

さらに私が驚いたのは、恭教夫妻が加藤麻子さんの墓に参っている。（謝罪したくても）遺族は会ってくれない――というデマ情報が出回っていたことだ。

すでに述べたが、遺族は麻子の遺骨は自宅の仏壇に置いたままで、納骨をしていない。さらに、恭教・智香子夫妻は愛知県東海市の自宅を売却したお金を加藤麻子の遺族に払ったという情報が出ていることも私は掴んだが、遺族が受け取ったのは、死体遺棄罪について杉本夫妻が法務局に預けたわずかな刑事供託金のみである。

「親族として恥ずかしく思います」

「私は南知多死体遺棄事件の被告人、杉本恭教・智香子夫婦の親族の一人として、加藤麻子さん、加藤さんのご遺族に対して、できることなら彼らに代わり謝罪したい気持ちです」

私の前で一人の若者が背筋を伸ばし、まっすぐに私の目を見て語りだした。私が月刊誌『潮』で連載した記事をすべて読んだ上で、長年にわたって押し殺すようにして胸のうちに抱えてきた思いを私に伝えることを決意したという。

取材の過程で私は杉本恭教の複数の親族と接触することに成功し、さきのような衝撃的な告白を得ることができた。この親族とは十数度会い、私の取材を受けてもよいという意思をじゅうぶんに確認をした。

杉本夫妻の親族が読めば、誰なのかわかってしまうだろう。そのことを私が心配していると念押しするように何度か伝えたが、「それでもかまいません。いや、そのほうがいいのです。私は彼らが加藤麻子さんやご遺族に対してやったことを人間として許せませんし、親族として恥ずかしく思います。そして、私自身も恭教と智香子からされたことを忘れることができないからです」と、迷いはとうに振り払っているようだった。私に語ってくれる決意をしたのは、彼自身が今後の人生を生きるための一つの「区切り」にしたいのだと私は解釈した。もし私の取材を受けたことが親族のなかで、仮にとやかく言われることになっても、それと「闘う」準備も彼の気持ちの中ではできていたのだ。

「私は、平成十五年から十七年の二年間、家庭事情のため恭教・智香子夫婦に預けられていました。この二年間は、私にとって地獄のような二年間でした。これまでも、私の頭の中から離れることはありませんでしたし、このさきもないでしょう。私は、この夫婦から虐待を受けていたのです。それも、暴力といった痕跡が残るようなものではなく、精神的暴力という限りなく卑怯な方法でした。このとき、私はこの事件の被害者である、加藤麻子さんと電話で話したこともあります。私への虐待と並行するかのように、加藤さんも当時勤務していた漫画喫茶『B』において壮絶な虐めを受けておりました」

自身が受けた「傷」も、加藤麻子が身内である杉本恭教・智香子の暴力によって命を落とした事件を知ったときに受けたショックも、そして、そのあとに杉本夫妻らがとった態度がどうしても理解できなかった苦悩も、すべてが彼にとっては生々しい記憶なのだ。

「自分の二人の子どもにだけ新鮮なお茶を渡すのですが、私にだけ直射日光があたって腐りかけたお茶を与えたり、すこしでも夫妻の機嫌を損ねると、なじられたり、一時的に暗闇の道路に放置されたこともありました。私はもともと喘息持ちで病弱な体質で、二二回も入院をした経験がありましたが、気をつかってもらえず、喘息が悪化して肺炎を発症し、救急車で搬送されたこともありました。

それから私の星座は蠍座だったのですが、そんなどうでもいいことでバカにされたり、私の母親のことをひどいやつだと侮辱をしたりしました。小学生である私にとっては耐えがたく、心の中では悔しさや怒り、悲しみがいつも渦巻いていました。

恭教や智香子からも何かにつけて、おまえは性格が悪い等と罵られていましたが、たまに様子を身にやってきてくれる母親が、一刻もはやく私を連れ戻してくれることを願ってひたすら我慢をしていました。私をそこに連れてきた、父親も様子をたまに見に来ましたが、帰ると、『余計なことを言ってないだろうな』と、杉本恭教は私に脅すように聞いてきました」

その親族は子供時代に行き先も告げられずに父親にクルマに乗せられ、愛知県東海市の恭教・智香子の家に連れて行かれた。なぜ拉致に近いようなことを父親が実行したのかは、夫婦間のトラブルに自分が巻き込まれたとしか考えられない。今に至っても、そのことを父親はきちんと説明してくれたことはないからである。

じつは、彼の母親すら、我が子が遠く離れた愛知県東海市へ連れて行かれてしまったことを知らされていなかった。とつぜん我が子が姿を消したことに驚愕したが、夫に聞いても取り合わなかったため、母親は住民票をあたるなどして、懸命に我が子の行方を捜し、居場所をつきとめたという。

当時、恭教はすでに「B」を経営していた。店のレジを監視できるネットワークカメラのモニターがリビングに設置されていたから、そこに働く加藤麻子の様子も映し出されていたことを彼は昨日のことのようにはっきりと覚えている。麻子が眠そうにしていると、押し殺したような声で「できそこない」などと脅すような言葉を吐いていた恭教の声も姿も覚えている。

「加藤さんを寝させないように、モニターで監視をしていたのだと思います。この寝かさないという虐待はじつは私も受けていたことがあります。ほかにも加藤さんはおそらく、様々な辱めを受けていたはずです。一度、電話を代わられ、加藤さんと話したことがあります。恭教は加藤さんをダメ人間呼ばわりし、『おまえと同じようにダメなやつがいる』と言って受話器を渡されましたこともありました。加藤さんは『私もがんばるから、○○君もがんばって』と言いました」

加藤麻子はダメなやつだ。そう恭教は自分の息子二人にも口癖のように吹き込んでいたという。預けられていたその親族も同じことを言われ続けた。

杉本夫妻の家で脅えて暮らした二年間で心に負った傷は、今も疼いている。それは、杉本夫妻が加藤麻子の命を奪っておきながら、何も語らないまま、たった二年二月の服役で終えて社会に出てきてしまったことが、その疼きをいっそう深いものにしている。そういった杉本夫妻の態度は、当時の様子からするとさもありなんともその親族には思えるし、だからなおさら、加藤麻子の命を奪っておいて「逃げ得」を決め込む姿や、それを支える人々も含めて、どうしても許容することができないのだ。

「もしかしたら自分も加藤麻子さんのような目に遭っていたかもしれません。どうしても、そう考えてしまうのです。もし、あの頃の私に、その（加藤さんの）状況を誰かに伝えられるような力があったならば、このような結果にならなかったと思うことが今もあります。この先もこの思いは抱き続けると思いますが、願わくば加藤さんの御遺族の痛みや悲しみを少しでも取り除くことができる方法はないだろうかとも考えてしまいます」

その親族は私にそうも語ったのだ。背筋を伸ばしたまま座り、静かに語る杉本夫妻の親族の「正義感」に私は感謝しながら、この若者が親族の不作為によっていかに苦しまされているかを思うとやりきれない気持ちになった。

「加藤麻子さんの埋められていた場所で手を合わせたいのです。どんなところに長い時間、埋められていたのか知りたいのです」

彼はそう唇を噛みしめた。私はその思いに少しでも応えたいと思い、名古屋で軽自動車を借りて、知多半島の山中へと彼を乗せて走った。途中、自分が預けられていた愛知県東海市の杉本夫妻の家——すでに売却されている——にまず立ち寄ってみたいと言った。子どものころの記憶を頼りにその場所に着くと、家は建て替えられ、別人の表札が出ていた。彼は軽自動車の助手席からその家をしばらくの間、見つめていた。

そして死体遺棄現場に近づいた。幹線道路を山中へ分け入り、大雨が降ったあとだったので何度もタイヤをとられそうになった。人の背丈ほどもある雑草が生い茂り行く手を邪魔した。昼間でも薄暗い未舗装の林道から遺棄現場に入る小道には、人間が両手を広げたぐらいの大きさの蜘蛛の巣が私たちを遮るように風に揺れていた。クルマから降りて歩く私たちを蚊がいっせいに襲ってきた。

麻子が埋められていた夏みかんの木の根元に、彼は用意していた数珠を手にして合掌した。線香を焚いて、深くこうべを垂れた。無言だったが、私は彼の深いため息を聞いた。

巨大な一匹のスズメバチが夏みかんの木の周囲を飛び回っていた。その場に私たちが佇んでいると、突如、一直線に向かってきて、私たちは思わず身をかがめた。

漫画喫茶「B」の常連客の証言

漫画喫茶、それも二十四時間営業の店は常連客が多い。東京などの都心部の店ではホームレス化した若者が宿泊していることも見慣れた光景になっている。

麻子がつとめていた「B」の周辺を丹念にあたっていくと、店がオープンした直後ぐらいから仕事が休みの日は朝から夜まで入り浸っていた常連客の何人かと連絡をつけることができた。彼らの共通点は「B」が生活圏にあり、「B」で週末の時間を過ごすことが生活の一部になっているということだった。

だから皆、麻子のことはよく覚えていた。一人の四十代の男性は事件のことは知っており、その後の報道がぱったりとなくなってしまったことを気にしていた。加藤麻子の名前は記憶しておらず、「亡くなった女性」と形容した。

「事件が起きる直前まで一〇年間ほど、家族で毎週日曜日は必ず行っていました。ぼくが通いだしたころから、亡くなったその女性は、ほぼ一日中、店にいるかんじでした。いつも眠そうで、ふらふらになって働いていて、ヘンな短い毛足のかつらをかぶっていました。そして、腕に痣がありました。あと、包帯を首や手首、腕、肘あたりに巻いていました。みすぼらしい服を着ていて、目も伏せがちで、愛想がない印象でしたね。支払いのときもこっちを見ないでお釣りを渡す。おかしい人だなあ、挙動不審な人だなあとずっと思っていました。オーダーをするときぐらいしか話はしたことはありませんでしたが」

オーナーらしき人物はほとんど店にはいなかったという。

「レジのほうへ向けて監視カメラがついていましたが、食い逃げ防止用に付けていたと思っていました。レジの裏に区切られた個室のような空間があって、亡くなった女性が誰かと電話しながらアタマを下げているのをよく見ていたのですが、不自然な行動だなあと思ってました」

別の四十代の男性常連客も同じような証言をしてくれた。

「二の腕に痣があるのはよく見ました。夏場になると半袖になるので目立つのです。腕に包帯を巻いていることもありました」

麻子については常連客の中では「有名」で、いろいろな類の噂が流布（るふ）していたという。たとえば、アパートを引き払って一度店を辞め、実家に戻ったところ、漫画喫茶のオーナーに連れ戻されて殴られたのではないか、といったものだ。麻子は一度も実家に逃げ戻って――食事をするために一時的に立ち寄ることはあっても――いないから、これは間違った情報だ。

しかし、常連客たちは麻子の顔にできた痣のことはしっかりと記憶していた。ということは、麻子も「B」がオープンしてまもなくアルバイトとして働きだしているから、かなり以前から暴力を誰かから受けていた可能性がある。そして寝る間もないほどに働いていた。それは杉本恭教の親族の証言とも符合する。具体的にどのようなシフトで麻子が働いていたかはわからないが、取材できた証言を総合すると、ろくろく睡眠をとれないような、立ちっぱなしの過重な長時間勤務をしていたことが推測できる。

麻子はさすがに体調がすぐれないことを自覚していたのだろう、平成二十三年六月に近隣にある複数の病院を一人でたずねている。事件に遭う一〇カ月前のことだ。麻子が受診した病院の一つには警察も事情を聞きにやってきた。麻子の捜索願が出された直後、通院していたか否か、既往歴、投薬状況などの照会も求めたという。警察は医師に「家出人の捜査をしている」と説明したという。

麻子の愁訴は両足（大腿部より下）が痛み、歩くのがやっとになってしまっているというもので、血圧や血液検査をはじめレントゲン検査などをおこなったが特段の異常は見られなかった。

別の総合病院では一カ月近く通院し、投薬治療などを受けて、だんだんと膝も曲がるようになり、歩行しやすくなったという。

ある病院の医師は麻子のことを覚えていた。

「一人で歩くのが難しくふらふらしていました。疲れ果てているというかんじでした。両足がすごくだるくて痛みがあり、しかし、なんとか歩けなくはない、と言っていました。両足はたしかにむくんでいましたが、麻痺はなかった。症状のはっきりした原因はわかりませんでしたが、ただ採尿検査をしたところ、飢餓状態になると分泌される可能性が高い物質が検出されましたが、あとは異常はありませんでした。店のユニフォームだと思うのですが、白いシャツを着ておられましたが、油のにおいがして、汚れもついていました。ここまで疲れはてていても仕事をするのかと不思議に思った記憶があります。髪は無造作に後ろで束ねていました」

医師たちの話を聞いていると、足元もおぼつかない足どりで街を歩く麻子の姿が浮かんできた。彼女は何を求めてこの街で生きていたのだろうか。

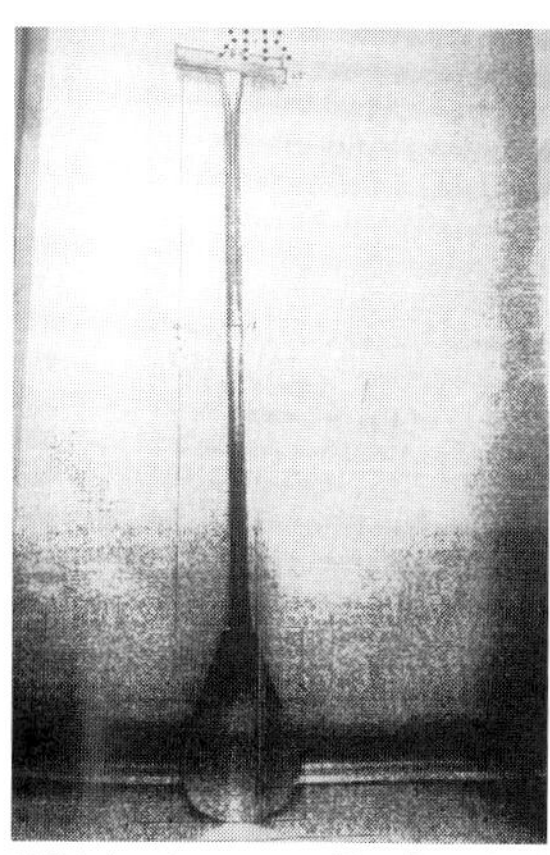
凶器となったステンレス製の「しゃもじ」

第八章　法律は誰を「守る」ためにあるのか

加害者代理人らの激しい反発

原告である麻子の遺族の次の行動はおのずから決まった。

マスキングが施してあった「傷害致死」に該当する杉本夫妻が書いた「上申書」や供述調書類について検察官が「説明」した内容を平野らは正確に聞き取り、それに勝又医師の「意見メモ」の主旨を加味して、書面（以下、甲二六号各証）にまとめ、裁判所に提出。証拠として採用し、証拠調べをするように裁判所に求めたのである。

杉本恭教の代理人である金岡繁裕弁護士らは、マスキングされた「上申書」や供述調書、検察官のメモ等の全容が遺族らの知るところになり、その内容が民事裁判に提出されたことに対し、今までにもまして激しい憤りを書面にして裁判所に提出してきた。

金岡らは直ちに、甲二六号各証は、刑事訴訟法四七条に違反——四七条は起訴されなかった事件の情報の開示を原則禁じている――していることを繰り返し主張し、民事訴訟法二条の信義規則に反するから証拠として採用されることは却下されるべきで、平野弁護士はすみやかに撤回をせよと主張してきた。

彼らに言わせると麻子の遺族のとった行為は、〔**法治国家において、現行法が公開を禁じ、それにより入手し得なかった資料を、内容的に開示を受けていることを奇貨として、公開することは、違法にも自力救済を試みるものであって、許され得ない**〕、〔**原告らは**（中略）**種々の手段を駆使して、法治国家による法律適用の下に入手を訴え続けたのであり、このように都合の良いときは法律による保護を求め、法律による保護が果たされないとみるや法律を無視して実力行使に訴えることは、背信的であると言うほかない。**〕（平成二十八年＝二〇一六年四月十一日付）とまで書き、平野はむしろ原告の「実力行使」を阻止しなければならない立場にあるとまで主張した。証拠調べの請求を取り下げないときは、代理人の平野を弁護士会に対して懲戒請求するとまで迫った。

私は、根拠のない批判の矛先が遺族に対して向けられていることに私は法律家の傲慢を感じ、唖然とした。そもそも「実力行使」や「自力救済」とはいったい何を指して言っているのだろうか。

「実力行使」は読んで字のごとく、法的ではない方法で情報を入手することであり、

「自力救済」も同様の意味合いである。例えば誰かにモノを貸して返ってこないとき、裁判を起こして、返すよう裁判所の命令をもらう。相手が応じないときは、最終的には強制執行等の方法もある。そういう手続きを踏まずに、無理やりに力ずくで取り返してくる方法が「実力行使」や「自力救済」で、むろん近代法では原則、不当な行為である。

加藤麻子の遺族は「実力行使」や「自力救済」で、隠匿されていた杉本夫妻が麻子に暴行をはたらく状況を自ら記した「上申書」や調書類などを――たとえば保管検察官を脅すなどして――説明や開示をさせたとでもいうのだろうか。私は金岡らの悔し紛れとしか思えない物言いにあきれ返った。これは暴論というほかなく、遺族の名誉を棄損していないか。

言わずもがな、検察官がそれまでの態度を変えて、事件記録について説明をするという行為は検察官（検察庁）の判断でおこなったものである。だからこそ、被害者遺族は情報を知り得た。繰り返すが、検察官はそれが杉本夫妻に対する損害賠償請求の証拠として裁判所に提出されることを前提に「説明」をした。金岡らはこの「事実」を認めたくないらしい。

金岡らはさらに同年四月十四日付の「証拠意見」（補充書）では、何度か検察官が開示を拒否してきた経過から、〔保管検察官において甲二六号証の二以下を公にすることが刑事訴訟法四十七条に反していると判断することは明らかであり、甲二六号証の二以下を「ほぼ正確に」再現し、証拠提出しようとしている平野弁護士の諸行為が、（中略）検察官の裁量権を侵し、違法であることは明白である。〕と攻撃してきた。

さらに検察官が態度を急変させたことがどうしても解せないらしく、〔刑訴法四十七条は公益的な要請から規定されており、保管検察官としては、法律を尊重し、かつ倫理的判断の期待できる原告らの代理人弁護士に対し、殊更に同条違反を犯さないよう注意を与えるまでもないと判断したに過ぎないと解される。〕と、つまり、検察官は民事訴訟の証拠として公開されることを前提にしておらず、平野らが検察官が了解していると勝手に推量して証拠化したはずだと一方的に決めつけてきた。

そして、民事訴訟に提出してよいかを保管検察官に確認をせよと迫ってもいる。何度でも繰り返すが、加藤麻子の遺族や平野弁護士らは、民事裁判に証拠として提出することの了解を検察官に得た上で、資料の「説明」を受けている。それほど言うなら、金岡らは自分で検察庁へ確かめに出向けばいいではないか。そう私は思った。

平成二十八年五月、麻子の遺族が杉本夫妻を相手取って起こしている損害賠償請求裁判の打ち合わせの席で、被告の代理人の弁護士らは——裁判官三名の合議体で進められている——裁判官に対し、捜査資料担当の保管検察官が「甲二六号各証」を民事裁判に提出することを本当に認めたのかどうかを、裁判官自らが直接確認するべきだと口頭で主張した。

裁判官はいったん退席をして協議、その必要なしという結論を出し、証拠採用をすぐに認めた。

すると被告代理人らは、裁判官を忌避するという申立てをその場でおこなうという戦術をとったのである。

民事訴訟法第二四条一項は、裁判官が裁判の公正を妨げるべき事情があるとき、当事者がその裁判官を忌避することができる旨を規定している。忌避の申立てがあったときは、その申立てについての決定が確定するまで訴訟手続を停止しなければならない。

しかしその後、高裁で忌避申立は棄却された。さらに最高裁に特別抗告等がなされたとしても訴訟手続きは再開される。

杉本恭教と加藤麻子の「関係」

麻子の遺族が検察官から聞き取った、それまではマスキングが施されて隠れていた暴行の様態について、杉本夫妻自らが任意で記した上申書のすべての内容を、私は江美子の口から伝え聞いたわけだが、平成二十四年十一月十四日付の夫の杉本恭教の「上申書」のうちの一通を見てみたい。以下は検察官が遺族に「説明」をする以前のマスキングが施された状態のものである。

「■■■■■■■■■■■■■■■■■■■■■■■が加藤さんの方から私のマンガ喫茶に勤めたいと言われ私いやでしたので、ことわりましたが仕事がないと言われたのでかわいそうと思い、店の電話番号を教えて面接に行くように言いました。私は口ぞえも妻にはしませんでした。妻が面接をしてさいようをきめ、やといれることにしました。その後、加藤さんは私が店をあけわたす二月末まで働いていました。」

この「上申書」からは恭教は麻子がアルバイトを始める以前から何らかの接点があったことを読み取ることができる。このマスキングがされた部分も今回、遺族は検察官から「説明」を受けている。この部分はある意味では、遺族が最も聞きたくない内容だった。それでも江美子は顔をしかめながらも気丈に私にこう語った。

「ある程度は予想していましたが、聞くのが辛かったです。そのマスキング部分には加害者の杉本恭教と麻子がどうやって知り合ったかが書いてありました。杉本の言い分だと、暇つぶしで読んでいた雑誌の男女の出会いページのようなところに連絡先を登録して、そこで知り合ったのが麻子だというのです」

つまり、加藤麻子が「B」で働く以前から杉本恭教は麻子と面識があり、その延長で麻子は「B」に勤めることになったらしいが、あくまでも恭教との関係は黙ったままで杉本智香子の面接を受けた。つまり、杉本智香子は夫と麻子の関係を知らないまま麻子を雇い入れたということになる。恭教は「ちょっとした遊び感覚」だったと記述していて、さも一時期だけ親密な関係にあったふうに読めるが、はたしてそうなのだろうか。

謎の引き落としと二軒のアパート

私は、江美子が銀行から入手をした麻子の預金通帳一〇年分の記録を見せてもらった。

出入金をつぶさに見ていくと、遺族も思い当たらない家賃らしき金額約七万五〇〇〇円が約半年間にわたり、引き落とされていることがわかった。

麻子が愛知県豊田市の実家を出て、母親の江美子が保証人となり名古屋市中川区内にアパートを借りたのは平成十四年十二月からのことなのだが、平成十八年にその謎の引き落としがあり、二重に住居を賃貸していたことになる。

私は遺族らといっしょに、家賃を引き落としていた大手不動産会社と、仲介した不動産業者をたずねたところ、麻子名義で借りていたアパートがあることが判明した。借りたのは平成十八年四月で、解約したのが同年九月だった。つまりたった五カ月あまりとはいえ、事件が起きる六年ほど前に二軒のアパートを同時に借りていたことになる。

驚いたのは、保証人の名前が「杉本恭教」となっていたことだ。続柄は「義兄」となっていた。

何のためにこのアパートを借りていたのだろうか。私はアパートに行ってみた。こぎれいな、四世帯が入るアパートだった。住人に聞くと広さは四〇平方メートルの1LDKだという。二人のことを覚えている住人はいなかった。

また、私が取材した麻子の高校の同級生たちの証言によると、平成十一年までは、麻子は同級生らとよく会っていた。じつはその頃、複数の友人たちは麻子から、親密にしている男性の存在を聞かされている。しかし、麻子が時々「彼」というふうに呼んでいた、その相手が誰を指すのかわからない。

「豊田市のA町にある漫画喫茶で麻子がアルバイトしていたときに、別の地域にある漫画喫茶に、その男性が助っ人で入るというようなことを言っていました。『彼は名古屋で漫画喫茶を経営している』『彼には妻と子どもがいる』とも言っていました。

名古屋に一人で買い物に行ったときにナンパをされたと聞いていたのですが……」

そう麻子の元同級生の一人はとまどった表情で私に語った。

きっと麻子はもがいていた。両親に頼らずに何とか自分の未来を描こうとしていた。しかし、その懸命さにつけこまれ、杉本恭教の甘言密語に弄されるうちに蟻地獄のような生活から抜け出せなくなり、自分自身を見失っていったのではないかと私は想像するしかなかった。彼女は見えない鎖につながれてしまっていたのだろうか。

「死体遺棄事件」の〝真相〟

遺族がこれまでに入手した「死体遺棄」の事件記録と、不起訴になった「傷害致死」について検察官から「説明」を受けた秘匿されていた情報、そして私が取材した情報等——検察官が遺族に読み聞かせた杉本夫妻の「上申書」には若干の食い違いや意味不明な箇所があるが——最大公約数的な情報をもとに、加藤麻子が杉本夫妻に命を奪われた平成二十四年四月十四日当日と遺棄に至る過程をあらためて整理・検証してみたい。

当時、杉本恭教・智香子夫妻はそれまで経営していたフランチャイズチェーンの漫画喫茶「B」を売却しており、夫妻は平成二十三年十月にオープンさせていた博多ラーメン店を息子とともに経営していた。「B」を売却した平成二十四年二月末以降も麻子から、ラーメン店でも引き続き雇ってほしいと言われ続けていたが、杉本夫妻は認めなかった。麻子は「B」の近くの漫画喫茶「I」や牛丼店などでアルバイトをしていた。

当時の麻子の一〇年分の銀行通帳を見ると、「B」から勤務当初は十数万円の給料が毎月同じ日に振り込まれているが、平成二十一年夏頃から一〇万円を下回るようになり、月に数万円となっていく。警察は杉本恭教の通帳全てを押収して調べているが、閉店の数年前からほとんど給料は支払われていなかったと捜査担当者は遺族に伝えている。

恭教の「上申書」等の供述によれば、「数日前」に売り上げ金をごまかしていたということを麻子から聞き、怒りを抑えきれずに激しい口調で文句を言ったり、ときには殴ったりしていたという。私は麻子と共に「B」でアルバイトをしていた元店員に会い、話を聞くことができているが、「B」が人手に渡る数年前からたびたび麻子がひどく顔を腫らしているのを見ており、その顔の腫れが杉本恭教の暴力と関係があるものなら、数日前から暴力をふるっていたという恭教の供述には疑問が残る。

すでに紹介したが智香子の「上申書」には、夫とタメ口をきいたり、店の食べ物を勝手に食べたりしたという理由で、注意をしても直らないので麻子を叩いたり蹴ったりしていたという供述もある。一方で、売り上げ金の管理をごまかしていたとも供述しているが、証拠は提示されていない。先述したが、一方で恭教が麻子から借金をしてトラブルに発展したという情報も私はつかんでいる。

杉本恭教は麻子を厨房にある倉庫の前に連れて行き、麻子を威嚇するために、厨房から豚骨を砕きながら攪拌する金属製のしゃもじを持ってきて、二回ほど床を叩きつけた。そして、さらに威嚇するために倉庫のベニヤ製のドアをその金属製しゃもじのシャベル状の先端で強く突いたところ、ドアを突き破った。

しかし、麻子はそれに動じずに鞄を持って立っていたため、恭教は持っていた金属製しゃもじの柄のほうで麻子の腹部を数回強く突いた。麻子は「うーっ」と言ってかがむようなかっこうをした。恭教は芝居だろうと考えた。

智香子も暴行に加担し、普段から麻子に腹を立てていたこともあり、最初は顔を平手で叩いたり、手で押したり、突いたりした。途中で麻子が「ぼーっとする」と言ったため、「そんなの芸だわ」と智香子は決めつけ、夫をけしかけた。

恭教が今度は「力一杯三回」突くと麻子は「うーっ」と声を出してしゃがみこみ、「ちょっと待ってください」と言った。麻子の様子がおかしくなったため、大丈夫かと声をかけながら体をゆすったりしたが、「大丈夫です」という麻子の声はだんだん小さくなっていった。

麻子は床に尻をついたので、夫妻は床に麻子を横たえ、心臓マッサージを始めた。智香子は麻子の太股部分をさすっていたとき、麻子が「水をください」と言ったので上半身を起こして水を飲ませようとしたが、飲むことができなかった。

脈も呼吸もあったのだが、だんだん弱くなった。「息をしていない」と夫妻は言いながらマッサージを続けた。横たえてから四〇分〜一時間ぐらいで息をしなくなり、「死んだと思った」。しかし、警察や救急車を呼ぼうとは思ったがけっきょく実行しなかった。

なかったことにしよう、絶対に見つからないようにしよう、と智香子は夫にもちかけた。警察にバレたら、子どもや兄弟、親戚たちは犯罪者を身内に持ってしまうことになる。麻子の死体を隠そうと合意した夫妻は、おそらくは麻子の衣服か鞄から、麻子のワゴンRの鍵を取り出し、後部座席の床に遺体を横向きにして足をくの字に曲げて寝かせた。服は着たままだった。死体が外から見えないように毛布をかぶせた。毛布は麻子のアパートの鍵を使い侵入、持ち去ったものである——。

「未必の故意」

遺棄する場所を決めるまでは、死体を乗せたままにしたワゴンRを愛知県東海市の名和交差点近くの駐車場や、名古屋市緑区大高付近のボーリング場などにキーをロックして停めていた。十日間近く、遺体をクルマの中に放置しておいたことになる。

事件直後から遺棄場所を探す間、発見されない遺棄方法を「絶対に見つからない死体の隠し方」などのキーワードでインターネットなどで調べた。

知多半島の山中に遺体を埋めたのは、平成二十四年四月二十三日の深夜だ。麻子のワゴンRに遺体を乗せたまま、恭教が運転をして、智香子は自家用車のフィットを運転して、暗闇の中を走った。

遺棄場所には灯りはないため、途中の量販店で懐中電灯を買っている。埋めるときに夫妻が履いていた靴や軍手も同じ量販店で買った。軍手は麻子のクルマや遺体に指紋がつかないようにするためにはめた。

杉本恭教の「上申書」によれば、麻子が身につけていたのはベージュのセーター、白いカッターシャツ、黒のスラックス、黒色の靴、黒の靴下、ベージュの下着だった。埋めるときに衣服を脱がしパンツ一枚にした。セーターやスラックスは簡単に脱がせられなかったので手でひき破ったという。脱がした衣服は可燃ごみに出した。夫妻のDNAが衣服から出ないようにするためだったと恭教は供述している。

埋めた穴はスコップを使って掘った。深さ四〇センチほど、長さ一五〇センチほどの楕円状。麻子の遺体は右を下にして横向きにし、足はくの字のようなかっこうにした。スコップは名古屋市南区にある金物屋で買い、国道二四七号線沿いにあるコンビニエンスストアの裏手の海に捨てた。

そして、その足でワゴンRを名古屋港の埠頭から海に落とすことを計画。しかし、埠頭の岸壁のクルマ止めにひっかかり失敗した。かつ、釣り人に見つかり追跡されたために自分たちのクルマで逃走。杉本夫妻は事前に麻子のクルマのフロントガラスに貼られた検査標章などを剥がし取り、エンジンのナンバーも削り取った。さらにナンバープレートも用意していたドライバーで外し、五センチ角ぐらいに折り曲げながら切り刻み、知多市にある佐布里（そうり）池に投げ込んだ。車内も清掃し、徹底的な証拠隠滅をはかった。

この麻子のクルマが名古屋港の埠頭で発見されたという情報が、事件に関する有力な情報として発見から約三週間後に遺族にもたらされる。杉本夫妻が警察署で任意に「上申書」を書くのは、この約半年後のことになる――。

これが、今回の死体遺棄事件と不起訴になった傷害致死事件のおおまかな「実相」だろう。上申書では杉本夫妻の一方的に麻子の人格を悪者に仕立てるような供述が目立ち、麻子にも非があったのではないかと思われる向きもあるかもしれない。しかしそれは被害者への冒涜と偏見だ。殺された被害者は何も語ることができないのだから。

杉本夫妻の一連の行動から「殺意」を読み取ってしまうのは私だけだろうか。とくに検察官がメモにしていた杉本恭教の供述メモに、威嚇をするために、金属製の攪拌スコップでベニヤ製のドアを突き破っていることが記されている。これは検察官の供述メモにしか記述がない事実なのだが、警察はじっさいに現場検証をおこない、ベニヤ製ドアを突き破る物理的な力とはどれほどのものなのかを測定していることからも、あきらかな事実だ。

殺す「故意」はなかったにせよ、救護活動はしたと記述しているが、救急車すら呼ばなかったのは「死んでもかまわない」という「未必の故意」があったからではないか。

ある弁護士からの手紙

この事件についての『潮』誌の連載ルポを読んだ一人の弁護士から届けられた批評を許可を得て紹介をしたいと思う。加藤裕治（ゆうじ）弁護士は自動車総連会長、連合副会長などの要職につき、労働界を牽引してきた一人である。内閣府参与・行政刷新担当をつとめたこともあり、法曹界以外の社会のキャリアを長く積み、年齢も重ねてから弁護士に転身した苦労人でもある。

まず〔黙秘権の本質〕として、〔（藤井の書いた）ルポでは、犯罪の全容解明に対し、黙秘権が大きな壁になっている現実を訴えている。黙秘権は、被疑者の防御権として最大の武器である。強大な国家権力の前で、事実が曲げられないよう戦うには、黙秘するのが唯一の防御となる場面は多々ある。弁護士からすると、とりわけ、否認、一部否認の事件では、被疑者の弁解の脈絡が検事にとってありもしないストーリーにされてしまうと感じたら、「黙秘」を勧めるのが常道である。」と前置きして、「金岡弁護士は愛知県弁護士会のなかでも「戦う弁護士」として地位を築いている。描いたストーリーを完成させるため、権力を背景に被疑者に襲い掛かる検察、あるいは、弁護士を時にないがしろにする裁判所と「戦う」姿勢を貫くためには、かたくなに法律論をかざす必要性がある。歴代このような人たちが検察の横暴、不正を暴いてきた。」と、鋭く国家と対峙する弁護士の重要性を説いている。

そして、いわゆる「困難事件」は主にベテラン弁護士が担当する一方、昨今弁護士が増えたために、国選弁護士として検察に向き合うのはほとんどが若手弁護士という状況であり、突出するかたちで検察や裁判所と闘う金岡弁護士のような存在は、より貴重になっているという。

さらに加藤弁護士は言う。

「それは、それとしても、黙秘権は一介の市民が権力と戦う武器としてほぼ唯一ともいえるなか、それが、理屈を超えて強すぎるゆえに弊害のように見える部分が出ることも事実。しかし、権力対国民の構図がある以上、一市民の人権を守るためには、藤井氏が弊害と考えているような事態も甘受せざるを得ないと考える。〕

黙秘権がときとして、ある種の「濫用」状態になっている現状についても、弁護士として加藤自身が認識していることも私に伝えてくれた。こうしたバランス感覚は、法曹界以外から弁護士に転身した加藤ならではの幅広い視点ゆえだろう。

被害者の知る権利と犯罪者の喋らない自由

そして、肝心の〔被害者の知る権利と犯罪者の喋らない自由〕については次のように指摘をしている。

〔被害者の権利擁護という面では昨今は相当程度法制面で整備されてきた（泣き寝入りが少し減ってきた）。しかし、そうなればなるだけ、それでもあきらめきれない無念をどうして晴らすか、心の問題はむしろ極大化してくる。とはいえ（中略）犯罪者の側にも守られるべき権利がある。犯罪の背景は、感情面に至ると、法の支配を超えて、道徳的には受容不可能な事態が生じる。しかし、被害者感情は所詮法の枠内では受け止めきれない。したがって、本件で言えば、被害者が、刑事手続き上で、喋らぬ犯人たちから真実を引き出すことはできない。それは、イスラム法のように「目には目を」を許さない文明人の英知であり、道徳の問題としては扱えても法はそれ以上個人の心には迫ってはならない。たとえば、公訴時効があるように。それでも、法の世界では、損害賠償請求訴訟という道を残しているので、刑事ではだめだったとしても、民事訴訟の中で、被告本人尋問の機会もあるわけで、それを最大限活用するしかないのでは。」

つまり残されたのは民事訴訟しかなく、その場で徹底して疑問を解明して闘うしかないのではないかということだ。しかし、本事件では民事裁判でも加害者夫妻は証人として尋問を受けることを拒否すると、初めから明言してきた。刑事裁判から民事裁判まで、最後まで「黙秘」を貫く姿勢をとり続けた。さらに付け加えれば民事訴訟を起こし継続させていくためには、弁護士費用など多額の経費を被害者の側が負担しなくてはならない。

今回の事件のように民事訴訟で、刑事裁判では非公開になっていた傷害致死罪についての事件記録があきらかにされたとしても、それが新証拠となり、夫妻が再び逮捕をされる可能性はきわめて低い。もし仮に証言することに応じることがあり、そこに新たな客観的な犯罪事実が含まれているのであれば、別の展開になる可能性もまったくゼロではないだろう。

さらに言えば、仮に将来的に損害賠償額が原告（被害者遺族）の請求どおりに認められ確定をしたとしても、加害者はそれを支払うかどうかはわからない。逃げてしまっても、裁判所も誰も追いかけてはくれない。金銭という「懲罰」はあくまでも裁判所の命令という紙切れにすぎない。

さらに加藤弁護士から、〔弁護士の誠実義務と真実義務〕という点については、〔弁護士の誠実義務と真実義務の衝突は最も難しい問題。否認を続ける被疑者が、接見で「実はやっていた」と告白したとしても、真実は明かせないのが弁護士の職務。この葛藤部分は、法曹関係者以外には理解しにくい部分であり、それは、弁護士が、被疑者と一体とならなければ職務を果たせないこととのバーゲニングの関係にある。このことを道徳的に攻められたら弁護士は回答に詰まる。〕と率直な意見をもらった。

被害者遺族の無念は現行制度ではなかなか晴らせない

そして、日本の裁判は裁判員制度が導入されたといっても、所詮は職業裁判官が「裁く」ものでしかなく、その限界を超えるものとして陪審制度をとるしかないのではないかと、加藤弁護士は制度自体の改革を提案する。

市民の参加により判定されたものは、仮に常識的に見て誤判だったとしても、国民の側が「制度的な限界」として受け止められるからだ、という。ただし、市民の判定であっても誤判は避けられないので、陪審制度と死刑廃止はパッケージであると思うと付け加えてもいる。

［本件の被害者両親の無念は、現行法の下では、なかなか晴らせないと考える。そうなると、加害者に対し、それを訴える手段は、藤井氏のようなジャーナリストのペンの力しかないのではないか。日本には年間数万人の行方不明者がおり、死体で見つかる者も何十件かある。そのうちのかなりの部分は「犯罪」がらみであろう。とするならその数だけ被害者、家族、関係者の無念がある。全く日の当てられない事件も多い。国家としての限界、組織としての限界、法の限界の中で残ってしまう無念は、市民、国民の集団的コモンセンスで、事実上裁かれるしかなく、それを促すのがジャーナリストの役割のような気がする。］

私は加藤弁護士とは立場も考え方も異なるけれど、現在の日本の司法をめぐる重要な指摘で、肯首できる点も多々あると思った。法や制度には限界があることは、今回の取材を通して嫌というほど実感させられた。いや、何よりも被害者遺族にとっては神も仏もないというものだった。

法や制度の中でいくつかの「条件」がたまたま揃ってしまうと、加害者を守る――完全犯罪のようなこともできてしまう――ことだけに機能して、殺された側は放置されることになる。その悲惨な状況を社会に訴えるのはむろん、被害当事者なのだが、彼らを全力で応援するのがジャーナリズムやメディアの仕事なのだと思う。今回の私の取材や文章は、加害者側から見ればそれこそ「不当」なのだろうが、加藤弁護士の言う被害者の「無念」を、私が「回路」となりえて、社会に伝えることができただろうか。そういった自責の念のような思いが私から離れることはなかった。

当然ながら、メディアはあらゆるレベルでの国家権力を監視をする役割や責務がある。それは一般的には、冤罪事件などに対する「国家」の姿勢を糾弾するものと捉えられているむきがあるが、個別の事件を検証することも同様の意味を持つと思う。

しかし、メディアがいくら努力をしたところで、加藤麻子のようなケースや、加藤弁護士が指摘をする、見逃されている犯罪絡みの行方不明者のすべての問題等は解決には向かわない。

罰せられるはずの事件が罰せられないだけでなく、事件に関する「事実」の断片すら知ることができない制度を変えていかない限り、泣き寝入りを強いられる人々はいなくならない。

メディアが伝えられるのは、ごくごく一部のケースにすぎない。今回のケースも検察審査会が「不起訴不当」の議決を出し、再捜査をおこなったが再び不起訴処分になったというあたりから、地元紙もテレビのニュース番組もまったくといっていいほど報道してこなかった。

私が主張しているような犯罪被害者の権利を拡充していく改革は、被疑者・被告人の「権利」を削ることにつながるという批判を必ず招く。こちらを立てれば、あちらが立たずという構図になる。しかし、メディアも、司法に関わる者も、社会もそこを腫れ物に触るように扱ったり、見て見ぬふりをしてはならないと、メディアの末席に居る私は強く思う。

あらゆる可能性を鑑みながら、犯罪の被害を受けた側が一方的に諦めるしかない現状を生み出す「陥穽」はひとつずつ埋めていかなくてはなるまい。加藤麻子が陥ってしまった陥穽は、私たちが作り出したシステムに機能不全ゆえにできてしまったものなら、そこから目を背けないことだ。

被告側からの裁判官忌避により中断していた損害賠償請求訴訟は高裁の棄却により再開され、証人として誰を呼ぶかを裁判所と被告側で話し合い、最終的に裁判所が判断する段階に入っていった。

一方で、やはり杉本恭教と智香子は「黙秘」を続ける意思は変えていない。つまり証人として裁判所が認め、仮に出廷することがあっても、法廷では何もしゃべらないということである。黙秘はするが、法廷に出廷する可能性はあるかもしれない。ということだ。杉本夫妻は訴えられた側の「当事者」なので、出廷しなければ裁判所の心証もすこぶる悪いものとなり、不利益にはたらくことが多いからだ。もし出廷だけはするという意思が杉本夫妻にあれば被告代理人らは同道してくるという。

「悪いことしたと思ってるよ」と加害者は言った

事件直後からしばらくの間は、地元の新聞やテレビ記者は杉本夫妻の居所をつきとめて取材をかけようとしていたが――裁判所を出る杉本夫妻の乗ったクルマを追跡した記者もいた――どこのメディアも割れずにいた。裁判記録に記載している名古屋市北区の住所にはいないことはわかっていた。私も直接取材をかけることは半ばあきらめていたのだが、こつこつと取材を続ける過程で、名古屋市郊外でラーメン店を始めた長男のもとに身を寄せているという情報がはいってきた。私はその店の住所を割り、事前の調査でその店で杉本夫妻が働いていることをつかんだ。

店の前に着くと、リニューアルオープン直後のようで、店先にはそれを祝う花輪がいくつも置かれ、華やいだ雰囲気だった。入店するとほぼ満席。私はカウンター席に座り、とんこつラーメンを注文して、店内を見回していた。

厨房ではたしかに、杉本恭教と妻の智香子が忙しそうに立ち働いている。夫妻が加藤麻子の遺体を「遺棄」した事件で逮捕されたとき、ニュースで流された映像や新聞記事で夫婦の顔を私は何度も見ていたから、すぐにわかった。二人ともいくらか、当時よりはふっくらしている印象を受けた。カウンターの中で、店内と対面する位置でラーメンをつくっているのが長男だろう。三人とも店のユニフォームなのかお揃いの真新しいポロシャツを着て、次々に入店してくる客をさばいていた。清潔感のある店内は活気に満ちていた。

私は注文したラーメンをあっと言う間に食べ終え、セルフサービスの水を取りにいき、立ったまま飲んだ。そして、そのままレジに向かった。対応したのは杉本智香子だった。お釣りを受け取るときに私はちいさな声でたずねた。

「杉本恭教さんはいらっしゃいますか」

智香子は一瞬、顔をしかめたが、「ここにはいません」と答えた。私は、「でも、そこにいらっしゃるのが恭教さんで、こちらにおられるのが息子さんですよね？」と厨房の中に目をやりながら伝えると智香子の表情と動きが固まり、一瞬間を置いて、「今は忙しいので外で待っていてください」と店の外に出るように促された。言われた通り、私はすぐに店の外に出た。

店の正面は駐車スペースになっている。私が数分そこで待っていると、店の裏口へつながる、店の横にある通路から一人の男性があらわれた。

「恭教さんですか？」

「はい、そうですが」

私は近づき、名刺を差し出した。店の中からは通路付近は死角になっていて見えない。

名刺を見た瞬間、その男性は大きく顔を歪め、ウワッという声にならないような声を発した。間違いなかった。この男性が、平成二十四年四月に経営していた漫画喫茶のアルバイト従業員だった加藤麻子の死体を遺棄した罪で実刑二年二月の服役を終え、平成二十八年四月に出所したばかりの杉本恭教、当人だった。

「刑務所に（私が）手紙を出しましたが、読んでもらえていましたか？」

まず私がそう告げた。

「ああ、あの、きったない字の……」

そう不快きわまりないという表情で言い返された。私は「字がきたなくてすみませんね」と返した。

私は恭教が収監されていた半官半民の短期刑務所を二度訪れて、面会を申し込んでいるが、施設の面会ルールにそぐわず叶わなかった。しかし、手紙は交付されていることだけはわかっていた。しかし、本人が開封していたかどうかはわからなかったのだが、こちらの取材意図は少なくとも目にしていたことがわかった。

「で、なんの用？」

「ずっと黙って（刑事裁判でも民事裁判でも黙秘を続けている）おられるから、お話をうかがおうかと思って」

「そりぁ、俺も悪いことしたと思ってるよ。でもいまはこうやって息子も頑張って、生きようとしているんです。何しに来たんですか？」

「ラーメンを食べにきたんですよ。それで、お話もうかがおうと思って」

すると、恭教は「あなたは（事件とは）関係ないでしょ。こんなの営業妨害だよ。来ないでほしい。マスコミが来るだろう」とさらに不機嫌を露にした。わなわなと震えているようにも見えた。

「お手紙をお出ししてもご連絡がいただけないかと思いまして（直接来たのです）」

私は招かれざる訪問者だ。こんなやりとりを五分もしただろうか。いくつか質問をしようとしたら、とつぜん恭教が、「ちょっと待ってくれ。人を呼ぶから」と言い出し、店の裏口のほうに戻ろうとした。

「ほう、誰を呼ぶんですか？」

「いま、金岡弁護士呼ぶから」

杉本恭教は携帯電話を操作しようとしている。金岡弁護士の番号をさがしているように見えた。

「（呼ばなくて）いいですよ。では、帰ります」

「こんなの営業妨害だ。なんで来るんだ」

「帰りますし、ぼくはもう来ませんから」

そう言い残して私は踵（きびす）を返した。店内では複数の取材スタッフが、私の行為が客に迷惑をかけるなどの営業妨害になっていないか、ラーメンを食べながら店内外の様子をつぶさに観察していた。

取材スタッフによれば、恭教はさきほどまでとは打って変わったような険しい表情で店内に戻ってきたという。すぐに厨房にいた長男に何やら耳打ちをして、厨房の奥に連れていった。智香子は客に接するときは笑顔だったが、それ以外は眉間にしわを寄せて険しい表情を変えなかった。顔色が紅潮し、目がつり上がったような形相になっていたとスタッフの一人は報告してくれた。私が店を出たあとも客足は途絶えなかったようだ。

悪いことをしたと思っているよ、か……。私はラーメン店をあとにして、住宅街を歩きながら、杉本恭教の言葉を反芻し、彼の慌てぶりを思い返していた。とっさに出た言い草に人間の本性が出るのだとしたら、杉本の物言いはあまりにもかるすぎた。かるい、あまりにもかるすぎる。そして「悪いこと」というのが、自らの手で加藤麻子の人生を終わらせ、隠蔽工作を重ね、遺族を地獄に叩き落としたという赦されることがない犯罪を指していたのか、どうか。

この取材からしばらく経ったあと、杉本恭教の代理人弁護士・金岡繁裕から私に申し入れ書が送られてきた。一つは、ラーメン屋の場所を特定する記述を行わないでほしいというもので、私は最初からそのような情報を暴露するつもりは毛頭なかった。

杉本夫妻に直に当たることを厳に控えるようにとも書いてあった。

〔杉本恭教は、刑務所収容当時の貴殿の面会申し入れを2度とも拒否し、また、本年10月22日（筆者注・私がラーメン店を訪問した日）に貴殿が前記ラーメン店を訪問取材された時にも取材を拒否する意思を明確にしております。法の定めた刑罰を受け終え社会復帰を果たした杉本恭教には、平穏な生活を営む権利があり、貴殿の取材はこれを害するものですので、杉本恭教は、今後も取材は一切、拒否します。（中略）親族も同じ意向ですので、親族を含め、取材のための接触は一切、行わないで下さい。〕

親族の取材とは、かつて杉本恭教が預かっていた親族らが私の取材に応じたことを言っているのだろうか。親族は大勢いるが、誰のことを指しているのかわからない。申し入れ書には〔杉本恭教本人、配偶者、実子、その他の親族〕と書かれているが、そもそも金岡は親族の代理人ではないはずだ。杉本恭教の取材をやめろと抗議してくるのはわかるが、誰かとも特定していない「親族」について取材の中止を求めてくるのは筋違いだ。複数の親族が積極的に自らの意思で私の取材に応じているのであって、代理人でもない者にそれを止める権限はないし、私の行為は報道の自由の実践であり、事件の問題点を「社会化」する公益性に叶っている。

名古屋地裁一一〇一号法廷

加藤江美子さんが亡くなりました――そう彼女の近しい人から一報を受けたのは、平成二十八年が終わろうとしていたときだった。

平成二十八年十二月末、江美子は操作ミスと思われる交通自損事故で死亡した。その一報を受けたとき、私は青天の霹靂にうろたえるしかなく、江美子の笑っていた顔が去来するばかりだった。亡くなる数日前に私は江美子と焼酎を酌み交わしながら、裁判の今後の行方について話していたばかりだった。江美子はふだんは沈痛な面持ちを変えないが、根は笑い上戸で、好きな焼酎が入るとよく笑顔も見せた。

加害者夫妻はすでに平成二十八年四月に満期出所して、その後は名古屋市郊外のラーメン店で夫婦揃って働き「社会復帰」を果たしていた。しかしその一方で、被害者遺族である母親の江美子は事件についてほとんど何も知らされる術がないまま、時の流れから取り残されていく激しい喪失感と疎外感に苦しめられていた。それでも、事件の断片を少しでも集め、麻子が命を奪われた背景を知りたいという気持ちを変えなかった。

娘がなぜ殺されるに至ったのかを少しでも知りたい。すがるような思いで自身を支え、日常をやっとのことで生きてきた麻子の遺族の思いに少しでもこたえたいという気持ちで私も取材を続けた。そして、これから裁判に新しい展開が期待でき、わずかな光が差し込んできたときに、江美子はそれらを見届けることなく、とつぜんに娘のもとへ旅立ってしまった。

平成二十九年七月三日。名古屋地裁一一〇一号法廷。私は開廷の一時間近く前に着いて廊下の椅子に腰掛けた。廊下に人の姿はなく、しんと静まり返っていた。開廷時間の三〇分ほど前になると、原告の被害者遺族を支援する人たちや、司法記者クラブの記者などが三々五々集まりだし、傍聴席を埋めた。

娘の麻子の命を奪われた加藤義太郎と江美子が、加害者の杉本恭教と智香子に対して損害賠償請求訴訟を起こしてから、すでに三年半近くが経過していた。平成二十六年一月と同年四月におこなわれた口頭弁論のあと、十数回に及ぶ裁判所と代理人弁護士同士の非公開の弁論準備を経て、やっとのことで第三回の口頭弁論が開かれる運びになった。法廷では原告（麻子の遺族）と、被告への本人尋問がおこなわれ、初めて弁護士以外の人々が傍聴席を埋めたことになる。遺族の親族や支援者、事件を担当した警察官、地元メディアの記者らがじっと法廷を見つめていた。

開廷すると、杉本夫妻は裁判官席の脇にある入り口から、うつむき加減に誰とも目を合わさないようにして入廷、裁判官にうながされて、まず恭教が証人席に着き、虚偽の証言をしないという宣誓ののち、代理人弁護士の金岡繁裕がこう切り出した。

「刑事裁判では黙秘しましたか？」

恭教は「はい」とだけ答えた。すると、金岡は「自己の刑事責任について話す気はないですか？」と続け、また恭教は「はい」とだけ返事をした。金岡は「被告の（黙秘の）意思が固いので尋問は終わります」と言い、席に着いた。

すぐに原告代理人弁護士の平野好道弁護士が反対尋問をしようとして、被告の横に進み寄ると、金岡は「証言拒絶権を行使する」と強い語調で抗議の声を発した。

それでも平野はかまわず、謝罪を誓う手紙を指し示して「あなたは平成二十五年五月ころ、原告加藤義太郎あてに手紙を書きましたか」と聞くと、恭教は「黙秘します」とだけ答えた。さらに平野が、「手紙の内容は覚えていますか」と質問を重ねると、金岡は質問をやめるよう、また声を出した。

それでも平野は止めない。「刑事事件で調書を作成しましたか」。そう平野は問いながら、調書の写しを恭教に見せる。すると金岡は痺れを切らしたように「被告人に圧力をかけるな！」と、なぜかノートパソコンに目を落としたまま、声を上げた。恭教は「黙秘します」とだけ答えた。

智香子の番になった。鬼頭治雄弁護士の「話すことはありませんか」という質問に「ないです」。間を置かず、平野が恭教へした同様の質問をする。が、「黙秘します」とだけ答えるだけだった。それが二人が民事の法廷で発した言葉のすべてだった。すぐに二人は退廷していき、休廷後におこなわれた被害者遺族の言葉は聞くことはなかった。

私はこの日、杉本夫妻の弁護人全員を初めて見た。主任弁護人の金岡は小柄で大学生のような風貌で、飄々とした態度を終始崩さない。原告側の主張についていつも強硬で激烈な批判をぶつけてくるイメージと重ならず、私は少々驚いた。休廷中、廊下で電話をしている金岡に、私は電話が終わるのを見計らって、「金岡先生！」と声をかけて近づいていくと、「取り込み中ですっ」と言って小走りで法廷の中に入ってしまった。

被害者の父親の証人尋問

平野弁護士の隣に座っていた加藤義太郎が証人席に着いた。

娘も妻もなくした加藤義太郎は、渾身のちからをふりしぼって証言席に立った。そして江美子の様子を法廷で、「夜になると飲んで、ぼくに当たり散らす状態でした。私自身も対応のし難い、もう半狂乱だった」と語り、「被害者自助グループに関わってからは少しは改善したが、夜になると麻子の仏壇の前でいつまでも泣いていた状態は変わらなかった」と切々と訴えた。そして、事件当時の家族の状況、被告への怒りなどを、平野からの尋問に答えるかたちで訥々と裁判官のほうを見ながら語った。

「黙秘で（被告が）何も語ってくれなかったこと、事件の流れにおいて、麻子が苦しんでいる状態のときに杉本たちが救急車を呼んで対応してくれなかったこと、もし呼んでおれば命をなくすこともなかったんではないかと思ったり、また、命がなくなったとしても死因がはっきりして、こんな五年の余、苦しい思いをしなくて済んだと思うと、あとは死体を遺棄した場所を素直に吐いておれば、死体の状態が悪いということで前に何も進まなかった状態、非常に杉本たちのやってきた行為は許されることでなく、怒りが出てたまりません」

その姿を杉本夫妻は直視するべきだった。そう私は傍聴席で思った。閉廷後、義太郎は裁判所の地下にある記者クラブで会見を開き、長椅子に座って、あらかじめ用意してきたマスコミ向けの文書を読み上げた。

「（前略）黙秘をしたことや、遺体が白骨化していたこと等の理由で、被告が娘を殺したことについては刑事事件で起訴されることはありませんでした。被告は、麻子の遺体を遺棄しただけの罪にしか問われず、たった二年二カ月という短い刑期で、社会に戻ってきました。こうしたことは被害者遺族からすれば理不尽きわまりなく、「逃げ得」としか言いようがありません。

加害者は弁護士を介して私たちにあてた手紙で謝罪を申し出ていますが、被害者遺族にとって、加害者が詫びる気持ちを持っているのならば、真実を包み隠さず話すことがその第一歩です。それすらしない被告と、それをさせない弁護士の態度は、愚劣としか言いようがなく、ぜったいに赦すことなどありえません。人を殺しても罪をまぬがれ、のうのうと生きている被告を私は憎み続けます。

結果的に加害者を守る法律とはなんなのか、激しい疑問を禁じ得ません。被害者や被害者遺族は泣き寝入りをせよということなのでしょうか。裁判官にはこのような遺族の現状をくんでいただき、賢明な判決を出していただけることをのぞんでおります。」

それまでは江美子のほうが前面に立って、被害者遺族の「知る権利」がかなえられない法律や制度のあり方と闘ってきた。しかし、今は義太郎ひとりだ。娘と妻の遺影を膝に抱きながら思いを読み上げた父親の悲壮な訴えを、十数人の若い記者たちは無言で聞き入っていた。

原告側代理人の平野好道弁護士は、検察官から「説明」を受けた杉本夫妻の書いた「上申書」や供述調書等の「現物」の開示を求めて、再び「文書送付嘱託」の申し出(平成二十八年九月)を名古屋地裁におこなっている。

遺体鑑定人の法医学者の証言

さきに触れた勝又義直医師の遺体鑑定の「意見メモ」と同様の「意見書」を民事法

廷に証拠として出すことを平野好道弁護士は探っていて、勝又医師も応じる用意があったことはすでに述べた。しかし、被告代理人弁護士は、その医師が民事裁判の法廷に意見書を提出することに応じることがあれば、秘密漏示罪（刑法一三四条一項）で告訴することを示唆してきた。原告代理人がこれをおこなおうとするのも同罪の教唆罪にあたるとまで言ってきた。勝又医師は意見書の作成も証人としての出廷も了承していたが、平野は勝又医師にリスクを負わせることはできないと判断し、見送ることにした経緯があった。

しかし、状況が変わったことはすでに触れた。検察官が勝又医師の「意見メモ」だけの開示に応じたことにより「公」の文書となり、勝又医師を秘密漏示罪で告訴するという被告代理人弁護士らの「脅し」は効力がなくなったのである。勝又医師の「意見メモ」は原告から民事裁判の証拠として提出され、裁判所は採用した。

平成二十九年十一月一日（第四回口頭弁論）、勝又医師は民事裁判に原告側の証人として出廷した。平野弁護士から、解剖時の死蝋化した遺体の写真を指し示されながら細かく受け答えをする勝又医師は慎重で物静かな語り口だが、事件について強い疑問がこもっていると私は思った。氏の証言を要約すると次のようなことになる。

「腹腔内は全体的に同じ色合いなのですが、右の奥の方が黒くなっている。とくにその下方の部分が黒いのが違和感がある。これは血液が溜まって変成すると着染するので、出血があったと思う。出血があれば死因につながったと思う。子宮にも普通ではない着染がある。病気の可能性は考えにくい。病気以外で外部から圧力が加わると、血管が損傷して大出血するケースが。検察官から意見を求められたときは、暴行時の状況は詳しく聞いていなかったが、今になって（凶器となった）T字型の棒であったことなどを知ると、突いた（力の）程度にもよるが、腸管膜や腸管が損傷を受けて大出血をして、失血死した可能性が高いと思います。腹部は柔らかいので、強い衝撃を受けると簡単に破れてしまうのです。一・五〜二リットルの出血が考えられる」

傍聴席でメモを取っていた私は一瞬を手を止め、勝又医師の背中を見た。勝又医師は暴行についての十分な説明を検察官から受けていなかったのだ。つまり民事裁判の証人になるにあたって初めて事件の記録等の情報を（原告の弁護士から）教えられたということだ。もしかしたら検察官は、はなから起訴をためらっていたのだろうか。私はそう訝しく思った。

私は傍聴席の二列目の被告側に近い席に座って、被告代理人らを見ていた。勝又医師が証言している間、杉本恭教の代理人二人はノートパソコンとタブレットで何やら入力をしていて、証人をまるで見ていない。関心がないかのような素振りにしか見えない。

裁判官が反対尋問をふると、恭教の代理人弁護士は前回同様に「ありません」と答えた。智香子の代理人弁護士二名は顔を上げて尋問を聞いてはいたが、同じく「ありません」と答え、閉廷となった。前回同様、一貫して証人尋問をいっさいしなかった。結果、法廷での立証は原告だけでおこなうことになったのだが、これも被告側の法廷戦術の一つなのだろう。それにしても被告弁護人の心ここにあらずとしか見えない態度は看過できないという声を、傍聴していた麻子の遺族を支援している人々から私は聞いた。

勝又医師の「意見メモ」についてはすでに第七章で引用をしたとおりだ。私は公判後、個別に勝又医師にあらためて話をうかがった。氏はふだんは担当した個別の事件について取材は受けないのだが、特別にインタビューさせてもらった。「見ていて納得できないケースでした」と言って、静かに私を見た。

「新聞でも、凶器で突いたということが載っていた。それがどういうわけか、私の意見を聞きにきた検察官からは具体的に暴行の詳細が出てこなかったのです。証拠として示されない限り、我々法医学者は新聞報道に基づいて推測することはできないのです。刑事事件のときには証拠として（麻子の腹部を突いた話は）上がってなかったんですか？　検察官からも現場の様子とかディテールはまったく聞いてなくて、ご遺体の写真を見せられて、どういうことが起こったんでしょうか、原因はなんですかと聞かれても、何らかの損傷があったとしか言いようがなかった」

もちろん、「突いた話」は捜査段階でわかっていた。打突実験の現場検証までおこなっている。その詳細が伝えられていなかったことに私はあらためて驚いた。

直接、遺体を見ていないから（勝又医師の意見は）正確性に欠けるのではないか。そんな批判が過去に被告人の弁護士からは出ていたが、それについて話をふると、

「専門家なら写真で見れば十分にわかります。私がじっさいに解剖したのは、ここまで（腐敗が）ひどい御遺体は五〜六体ですが、その手前の腐乱状態のご遺体は数えきれないほどしてきた経験があります。今回のは写真を見てすぐにヘンだとわかりました」

ときっぱりと言った。

「平野弁護士から、凶器などの暴行の記録類を見せていただき、確信は上がりました。（検察官から）情報をもっといただいていれば、（暴行と遺体の状態の）矛盾がありませんかと聞かれたら、まさにぴったりですと答えることができました。一発でも強く突けば腹腔内で出血してショック状態になることはありえます。とくに女性は筋肉が少ないので非常に危険です」

杉本夫妻は「上申書」で、下腹部をラーメンのずんどうを攪拌する鉄製の棒の反対側のT字になっているほうで突いたところ、加藤麻子さんは倒れてしまい、しばらくすると呼吸をしなくなったので死んだと判断したと供述していた。

「たとえば、ある刃物で腹部を刺され太い血管を切られて、腹腔内に二リットルぐらい出血して一時間後に亡くなったケースがありました。刺された人が近くに助けを求め、警察に連絡をして、病院に運ばれる間に警察から誰にやられたのかとか状況を聞かれ、病院で亡くなった。受傷して一時間です。出血性のショック症状には体が自然に反応して血圧を上げるのですが、ある段階になるとストンと落ち、意識もなくなります。ですから素人が、死んだと判断することはきわめて難しい。ショックになってからも死に至るまではすこし時間がかかるので、いつ死に至ったのかは判断が難しいのです」

そして、勝又医師はもう一つの疑問も口にした。それは、黙秘をしたあとでも、任意で供述した内容を否認していないのに、マスキングされていない上申書のすべてが死体遺棄の刑事裁判で証拠採用されなかったことに納得がいかないということだった。

民事裁判でいっさいの証言を杉本夫妻本人たちが拒否したため、名古屋地検は、原告側の不起訴記録の送付嘱託に応え、暴行の模様等を供述した「上申書」をすべて開示した。前回のような検察官による被害者遺族への内容の「説明」というかたちではなく、「現物」がすべて出てきたのだった。杉本夫妻が民事でも「黙秘」することは以前から弁護人を通じて伝えられてはきたが、それまで保管検察官は刑事訴訟法四七条の趣旨（不起訴事件記録の非開示）を理由に不起訴事件の事件記録の「現物」の開示を拒否し続けてきた。

開示の理由を推測するに――　――原告代理人弁護士が保管検察官に伝えたことであるが――法廷で被告本人たち自身が黙秘することを宣言したこと、そして、すでに検察官から被害者遺族が不起訴事件の事件記録の内容について「説明」を受けているので、プライバシー云々という問題は生じない、ということなのだろうか。

不起訴記録を検察官が開示する〔当該供述調書の内容が、当該民事訴訟の結論を直接左右する重要な争点になるものであって、かつ、その争点に関するほぼ唯一の証拠であるなど、その証明に欠くことができない場合〕等の要件を満たしたと判断されたのだろうか。

そして、裁判官の面前で証言拒否をしたことが、不起訴記録内の供述書の開示要件の一つである「供述者が死亡、所在不明、心身の故障若しくは深刻な記憶喪失等により、民事訴訟においてその供述を顕出することができない場合であること」に該当したとも考えられる。というのは、じつは「証言拒否」は、刑事訴訟法の伝聞例外とパラレルに考えれば、この「供述顕出不能」の要件に含まれていると解することが可能なのである。ただしこの解釈は法務省のウェブサイトには明記はされていない。だが、これで不起訴記録内の供述書の開示要件を満たしたと保管検察官は判断したと思われるのだ。

保管検察官が開示した事件記録の中で重要な記録があった。

それは検察官が救命救急医師からとった調書である。要約すると、その医師は、勝又医師と同様に腹腔内出血によるショック死の可能性が十分に考えられると指摘していた。そして、詳しい暴行の状況を検察官から受けなかったため、軽く叩いただけだという推測をしていたことも語っている。さらに、脈拍を正確に把握するのは医療従事者であっても難しいことであるとも指摘していた。つまり素人が脈拍を取ったり、呼吸の有無を判断して「死んだ」と思い込むのはいかに危険なことなのかがわかる。

平成二十九年十二月に最終的な弁論が書面でやりとりをされたあと結審することが確認された。麻子の代理人の平野好道弁護士は、(一連の情報の開示や勝又医師の証言によって)杉本夫妻が麻子に対してふるった暴行から死に至るまでは、杉本夫妻の関与以外に考えられないとの主旨の書面を最後に提出した。

一方で、杉本恭教の代理人弁護士・金岡繁裕と二宮広治が書いた最終準備書面のポイントを要約すると――彼らが従来主張してきたように、①加藤麻子の死因が高い蓋然性を持って証明されておらず「仮説」にすぎない、②勝又医師の主張も仮説の域を出ない。解剖医(石井医師)は「子宮外着染」に言及していない、見落とすはずもない、③麻子の死について杉本夫妻の責任があるならば必ず起訴される事案であり、それが（検察審査会の議決を受けて）再度起訴されなかったことは因果関係の立証が不可能であったと断じてよい、といったものであった。

犯罪被害者遺族が事件について知ろうとすること自体が、加害者当人はもちろんのこと、加害者の「権利」を防御する弁護士や現行の法律や制度との「闘い」でもある。犯罪被害者等基本法以降、日本の犯罪被害者や遺族の権利は広がりつつあるが、まだまだ緒についたばかりで、実際の被害者や遺族の置かれた「現実」に沿えているかというと、そうではない。

一つひとつの事件は複雑なかたちをしている。そのかたちに社会の側が合わせていく必要がある。被害に遭った側が泣き寝入りを強いられるケースを一つでもなくすために――もちろん冤罪被害もなくすために――絶えず法や制度は変化をしていく必要がある。日本という国は何かと変化を嫌う社会だが、司法に変化をうながすのは専門家だけでなく、私たち社会の側に課せられた責任でもある。

民事裁判の判決

平成三十年三月十四日。名古屋地裁（民事第一〇部・福田千恵子裁判長）は、加藤麻子の遺族が求めた、杉本恭教・智香子が麻子に加えた暴行と、麻子の死亡の因果関係を「高度の蓋然性がある」と全面的に認める判決を出した。

加藤麻子の遺族の実質的な勝訴である。被害者の「正義」が認められたのだ。開示された不起訴記録＝「上申書」のマスキング部分に書かれていた「事実」を裁判所は全面的に取り入れた。それらはすべては麻子の遺族側が法律や制度、被告側弁護士等の「壁」との、幾度も絶望的とも思えた闘いを経て手に入れ、民事裁判に提出した証拠類である。

判決文から引用する。

〔被告恭教は、平成二十四年四月、麻子が本件喫茶店の売上金を横領していたと聞いたところから、同月十四日未明、被告恭教が経営するラーメン店を訪れた麻子に対し、横領の件を激しく問いただした。そして、被告恭教と麻子のやりとりに、途中から被告智香子も加わったが、被告らは、麻子に反省している様子がないと感じたことから苛立ちを募らせ、麻子に対して暴力を加え始めた。被告らは、当初は、平手で麻子の顔を叩くなどしていたが、被告恭教は、怒りがおさまらず、本件ラーメン店の店内にあった本件金属棒を持ち出し、本件金属棒のT字型の取っ手部分を先端として、麻子の腹部を数回叩いた。これにより麻子はうずくまったが、演技だと感じた被告恭教は、更に腹を立てて、力一杯に複数回、麻子の腹部付近を突いた。（中略）被告恭教が上記暴行に用いた本件ラーメン店において、豚骨を砕くために使用していた器具（全長約120センチメートル、重さ約1・16キログラムののステンレス製）であり、片側がヘラ状で、もう一方の片側が取っ手状となっているものであった。（中略）麻子は、本件暴行を受けると、その直後にその場で床の上に倒れ込み、うなり声を上げたが、その反応は徐々に小さくなった。その後、麻子は倒れ込んだまま呼吸をしなくなり、心停止して死亡した。被告らは麻子の脈をとったり、人工呼吸をしたり、心臓マッサージをしたりしたが、麻子が蘇生することはなかった。（なお、被告らは、本件暴行と上記の麻子の挙動等との時間的間隔が不明であると主張するが、麻子は、本件暴行の直後に、暴行現場において倒れ込み、比較的短時間の間に死亡に至ったものと認められる。）」

裁判所は杉本夫妻が黙秘をした暴行の一部始終を認定し、死亡と結びつけた。杉本夫妻の暴行によって麻子は死んだのである。マスキングされ、「なかったこと」にされそうになっていた事実が初めて、裁判所という公的な第三者によって認められた。死因についても、証言をした勝又義直医師の主張通り、遺体から「死因」が導き出せると結論づけた。

〔遺体の腐敗変色の主体はヘモグロビンであるから、遺体の臓器の変色は血量に依存することになる。このため、血量の多い肝臓や脾臓は、腐敗着染が高度になり、緑色から進んで黒色化することが多い。他方、子宮は平滑筋が主体であり淡褐色を示し、それほど血流が多い臓器ではないから、死蝋化した死体でも、通常は淡緑色の腐敗着染を示したままかなり長く保たれる。また、腹腔内も、通常は淡黄色の透明な液が少し存在する程度であるから、出血がなければ、黒い着染が生じることは通常ない。」

請求額は慰謝料等で大幅に減額されたが、杉本夫妻は認定された賠償額に加え、事件が起きた日から支払い済みまでの利息等を合わせると九千万円ちかい、自分たちの犯罪加害行為による負債を背負うことになった。被告側の主張各論はほとんどと言っていいほど退けられ、杉本夫妻は民事裁判では、傷害致死について「有罪」となったわけである。

民事裁判の判決言い渡しには通常、被告側は誰も出席しない。原告席には平野好道弁護士一人が座った。傍聴席は遺族の支援者や親戚、記者たちで埋まった。加藤義太郎は麻子と江美子の遺影を足元に置き、ものの二〜三分で終わった主文の読み上げを聞いた。

すぐに判決を検討するために別室に移動した。平野弁護士は歩きながら判決文を読む。部屋に着くと、平野が内容をかみ砕いて説明を始めた。

平野が裁判所の判断を一つずつ読み上げながら、「(認められた)慰謝料は少ないですね」「被告の言い分は退けられてますね」等と言葉を足していく。すると、その途中で義太郎は堪えきれないように言った。

「勝ったということでええんですね、平野先生。二人に対していい報告ができるいうことですね」

そう噛みしめるように言い、何度も眼鏡を外してハンカチで涙や鼻水を拭った。

妻と娘の遺影を手に、名古屋地裁で記者会見する加藤義太郎さん

終章　裁判の「公開」と「知る権利」の狭間で

「犯罪被害者保護法」の意義

加害者の本当の罪を塗り込めていたマスキングだらけの上申書などは、杉本夫妻に対する「死体遺棄罪」をめぐる刑事裁判の証拠として採用されたものであることは序章で述べたが、平成十二年（二〇〇〇年）に成立した「犯罪被害者等の保護を図るための刑事手続に付随する措置に関する法律」（犯罪被害者保護法）にもとづいて、刑事裁判係属中に、犯罪被害者「等」に当たる被害者遺族の加藤義太郎と加藤江美子が代理人の平野好道弁護士を通じて入手をしたものである。

第三条には「**刑事被告事件の係属する裁判所は、第一回の公判期日後当該被告事件の終結までの間において、当該被告事件の被害者等若しくは当該被害者の法定代理人又はこれらの者から委託を受けた弁護士から、当該被告事件の訴訟記録の閲覧又は謄写の申出があるときは、検察官及び被告人又は弁護人の意見を聴き、当該被害者等の**

損害賠償請求権の行使のために必要があると認める場合その他正当な理由がある場合であって、犯罪の性質、審理の状況その他の事情を考慮して相当と認めるときは、申出をした者にその閲覧又は謄写をさせることができる。」と定められている。

かつて一部のジャーナリストが刑事裁判係属中に証拠資料の公判記録類を入手していたのは、弁護側と協力関係を築き、裁判資料等の謄写版を入手していたからで、私もじっさいそうして事件のノンフィクション作品を書くための資料を手に入れてきた。それによって弁護側に有利な報道を期待する弁護士もいただろうけれど、多くは公開の法廷でやりとりされている証拠類を第三者の眼で検証し、それを社会に伝えることでさらなる検証をしてほしいという狙いがあったと断言できる。それは裁判をパブリックなものとして扱うという、憲法にも定められた裁判の公開の精神にそぐうものだったと思う。

被害者保護法が成立・施行されるまでは、係属中の刑事事件についての訴訟記録等は入手する法律が存在せず、通常は、判決確定後に刑事訴訟法五三条に基づき、検察庁に対する閲覧申請をするしか方法がなかった。刑事訴訟法五三条一項は〔**何人も、被告事件の終結後、訴訟記録を閲覧することができる。**」と、判決が確定したあとは誰でも訴訟記録等は閲覧できると定めている。刑事確定訴訟記録法も第四条で同様の規定がある。

日本国憲法には「裁判の公開」が決められている。憲法は国民から国に対しての命令である。それが立憲主義の原則の一つだ。そして、確定した訴訟記録については誰でも見ることができると、この刑事訴訟法五三条は規定している。

しかし、この五三条の運用については「空文」と呼んでさしつかえないほどに、実際は「閲覧」（謄写が含まれることもある）に保管検察官（確定した裁判の訴訟記録等を保管する検察官）の強い制限がかけられている。

通常、刑事裁判が終結したあとに損害賠償請求訴訟を提起するときは、さきの刑事訴訟法五三条にのっとって、訴訟当事者や関係者（原告・被告共）の代理人弁護士が、一審の判決を出した裁判所に対応する検察庁の保管検察官に対して、この条文をもとに検察庁に対する閲覧・謄写申請をおこない、訴訟記録を取り寄せる手続きが取られる。申請書には、当事者（原告・被告）の委任状を添付し、事件番号や罪名、送致警察署名、相手方の名前等を明記して、記録の一切合切の謄写を申請すると明記する。そうすると、実況見分調書や公判記録、採用された証拠類等の事件記録が開示される。しかし、証拠採用されていない記録類はその範疇に含まれない。加藤麻子の死体遺棄事件についても、実況見分調書などはその手続きで開示がなされた。

これは刑事訴訟法五三条の本来的な運用なのだが、麻子のケースも実況見分調書や一部証拠類の中にある、個人名やいくつかの箇所がマスキングで隠されていたとはいえ、ほぼ「死体遺棄」事件関連の大半の事件記録が出てきた。

では訴訟当事者ではない者が五三条にのっとり閲覧申請をしたらどうなるのか。私たちのような職業ジャーナリストだけでなく、裁判に関心を持つ人が閲覧を請求した場合等だ。

じつはその場合、保管検察官に真っ向から拒否されるか、保管検察官は一部の限られた判決文や公判記録しか出してこない。これは過去に幾人ものジャーナリストがおこなってきた前例があるが、拒まれるか、閲覧許可を求める訴訟を起こした末にようやく判決文程度の資料しか出てこなかったケースばかりなのだ。また判決文や公判記録などが閲覧できても、その大半が黒塗りされている。つまり、本来的かつ一般的運用がなされないのだ。

この落差はなんなのだろうか。

じつはその根拠は「刑事訴訟確定記録法」という法律にある。刑事訴訟法五三条四項の「別に訴訟記録保管に（中略）ついて法律で定める」とはこの法律のことを指す。そもそも具体名が書かれていないのがきわめて問題があると思うのだが、「刑事被告事件に係る訴訟の記録」は、「第一審の裁判をした裁判所に対応する検察庁の検察官」（保管検察官）が保管・管理し、閲覧・謄写についても裁量があると定められ、閲覧についてはこう定められている。（第四条二項）

〔2　保管検察官は、保管記録が刑事訴訟法第五三条第三項に規定する事件のものである場合を除き、次に掲げる場合には、保管記録（第二号の場合にあっては、終局裁判の裁判書を除く。）を閲覧させないものとする。ただし、訴訟関係人又は閲覧につき正当な理由があると認められる者から閲覧の請求があった場合については、この限りでない。

一　保管記録が弁論の公開を禁止した事件のものであるとき。

二　保管記録に係る被告事件が終結した後三年を経過したとき。

三　保管記録を閲覧させることが公の秩序又は善良の風俗を害することとなるおそれがあると認められるとき。

四　保管記録を閲覧させることが犯人の改善及び更生を著しく妨げることとなるおそれがあると認められるとき。

五　保管記録を閲覧させることが関係人の名誉又は生活の平穏を著しく害することとなるおそれがあると認められるとき。

六　保管記録を閲覧させることが裁判員、補充裁判員、選任予定裁判員又は裁判員候補者の個人を特定させることとなるおそれがあると認められるとき。〕

条文（2項）を見てほしい。――**〔訴訟関係人又は閲覧につき正当な理由があると認められる者から閲覧の請求があつた場合〕**という規定がある。これが、訴訟当事者や利害関係者（保険会社等）には閲覧させる根拠がここに具体的に書いてある。刑訴法五三条第一項に「何人も」という表現が掲げられているのに実際は異なるのだ。

そして、当事者や利害関係者以外の閲覧をつっぱねたり、著しく制限するのは「2項三号」～「五号」の規定を理由にしていると思われる。

共同通信の澤康臣記者は著書『グローバル・ジャーナリズム』（岩波書店）の中で、こうした法務省・検察の姿勢を厳しく批判しながら、平成十一年（一九九九年）四月に法務省大臣官房参事官の勝丸充啓（その後、広島高検検事長などを歴任）が「私見」を学術雑誌『刑法雑誌』に書いた論文を引用している。「行き過ぎともいうべき情報の氾濫あるいはいわゆる知る権利や取材の自由という言葉に名を借りた人権侵犯が頻発している」「毎日多くの人が直接の迷惑を被っている」「マスコミ関係者、文筆家からの閲覧請求は一般に悩ましい。その閲覧の目的が一般に公表することにあるならば、それは関係者のプライバシーを侵害するそれが大であり極めて慎重に判断せざるをえない」。澤は引用した上で、「お役所の言葉で『原則として断る』という意味ではないかと思われる」と指摘している。

つまり刑事訴訟法五三条の運用が曖昧で、これまで実際に閲覧申請した訴訟当事者やジャーナリストらへの保管検察官の対応がまちまちであったことから考えても、厳格なマニュアルめいたものはないと思われる。澤記者によれば、「ある記者が検察庁で確定刑事記録の閲覧を申請をしたところ、〔関係者の身上・経歴等に関する部分を除く〕と書き込むように言われたそうで、また過去の確定記録閲覧についての判例などを見ると申請の内容が〔プライバシー部分を除く〕というケースもあり、これもまた検察庁の求めにより書いた（書かされた）可能性があると気になっている。検察庁により対応に違いがあると思う」ということだった。

裁判記録を「パブリック」なものに

では、憲法で保障されている裁判の公開についても触れておきたい。たしかに法廷は原則公開だ。非公開でおこなわれる場合もまれにあるが、傍聴席には誰でも座ることができ、メモを取ることもできる。非公正な裁判がおこなわれていないか傍聴席で市民がチェックをするというのが日本国憲法八二条に定められた「裁判の公開」である。

ちなみに「メモ」を取ることは「レベタ裁判」（アメリカの弁護士ローレンス・レベタが傍聴席でメモを取る許可を七回申請したが認められず精神的苦痛を受けたとして国家賠償訴訟を起こした）の最高裁判決により、「特段の事由がない限り傍聴人の自由にまかせるべき」とされた結果である。しかしレベタ事件の判決では、憲法八二条は裁判の公正の制度保障により裁判に対する国民の信頼を確保するもので「メモ」を取る権利まで保障したものでは「ない」とされている。あくまで憲法二一条の1項の表現の自由の精神に照らしてメモを取ることが尊重されるとされただけである。

私もこの判例が出る前までは、事前に裁判長に対していちいちメモを取る許可を申請し、仰々しい許可文書を得ていた経験がある。当時、記者クラブ加盟の記者だけは記者専用席に座りメモを取っていたのを疑問に感じていたが、外国人が訴訟を起こし、初めてメモを取ることを「勝ち取った」ことを、どれほどの人が認識して傍聴席に座っているだろうか。私自身も含め、いかに日本が裁判情報の公開性について消極的であるか、疎かったと思う。情報はお上が独占するものだという意識が、この国の社会にはいまだに染みついているような気がしてならない。

刑事裁判でやりとりされる膨大な証拠類の内容を全面的に公開されるのだろうか。たとえば速記者が証人尋問などの公判記録をほぼ正確に記録することはできたり、法廷でやりとりされている採用された証拠類については、何について話しているか概要ぐらいはつかめるかもしれないが、実物そのものの内容を知る術はないのである。さきにも述べたとおり、確定後に刑訴法五三条にのっとり閲覧を請求しても、全訴訟記録を入手して検証することは絶望的に近い。これでは裁判の「公開」とはいえないのではないか。

この議論は長らく法曹専門家の中で続けられているし、弁護士会の公式見解でも相違がある。憲法八二条〔**第八二条裁判の対審及び判決は、公開法廷でこれを行ふ。裁判所が、裁判官の全員一致で、公の秩序又は善良の風俗を害する虞があると決した場合には、対審は、公開しないでこれを行ふことができる。但し、政治犯罪、出版に関する犯罪又はこの憲法第三章で保障する国民の権利が問題となつてゐる事件の対審は、常にこれを公開しなければならない**〕は記録の閲覧まで保障するものではないとか、「傍聴の自由」に限られるといった意見はすでに古典的なもので、大方の専門家は裁判の公開には裁判記録の公開も含まれるといった正反対の考え方が主張されるようになってきている。

だが、法曹界からは「変革」へ向けた具体的なアクションはなく、弁護士は法理念上は「公開」がふさわしいと言っていても、自分が代理人をつとめる事件の当事者の訴訟記録や情報はできるだけ非公開にしておきたいというのが本音なのか。

〔**裁判が公開である以上、その経過と結果を記録としてまとめた訴訟記録も公開の対象とされなければならない。これは当然の帰結であって、その間に特別の倫理を要するものではない。（中略）国家刑罰権の行使が適正に行われたか否かを国民が検証する際、法廷で傍聴して事の始終を自分の目で直接確認するか、それとも後日その記録を閲覧するかというのは、事の本質において差異を見いだすことができないからである。**〕

こう刑事弁護のプロたちの手による『刑事裁判と知る権利』（中村泰次・弘中惇一郎・飯田正剛・坂井眞・山田健太の共著）は書き、むしろ記録の閲覧の方が法廷傍聴より検証として有効だと指摘している。要約すると、一つ目は「法廷の傍聴は時間的・空間的制約があり参加できるのは少数に限られ、謄本を閲覧すればその問題は解決される」、二つ目は「法廷傍聴では聞き逃してしまったことも閲覧では納得のいくまで検証が可能である」、三つ目に「刑事裁判の法廷では供述調書等の朗読が完全になされる場合が極端に少なく、事件の全体像を詳細かつ明確に認識把握するのには閲覧の方がすぐれている」として憲法二一条〔**第二十一条①集会、結社及び言論、出版その他一切の表現の自由は、これを保障する。②検閲は、これをしてはならない。通**

信の秘密は、これを侵してはならない」は国民の知る権利として公開の法廷で情報収集することを保障し、同八二条は訴訟記録を閲覧する憲法的権利を保障していると考えるべき」と述べている。まことに真っ当な見解であると私は思う。

しかし、まさにこの弁護士たちの記述の中にある「納得がいくまでの検証」を逆に大きく阻害する動きが進んだのが、平成十六年の刑事訴訟法の一部改定で、いわゆる「目的外使用の禁止」である。裁判で検察が弁護側に開示した証拠（検察側）を裁判以外の目的で使うことが禁じられたのである。

〔第二八一条の四一　被告人若しくは弁護人（第四四〇条に規定する弁護人を含む。）**又はこれらであった者は、検察官において被告事件の審理の準備のために閲覧又は謄写の機会を与えた証拠に係る複製等を、次に掲げる手続又はその準備に使用する目的以外の目的で、人に交付し、又は提示し、若しくは電気通信回線を通じて提供してはならない。〕**

これによって弁護士からの訴訟記録の提供は制限され、私たちジャーナリストや研究者が冤罪について調べたり、適正な手続きで捜査や裁判が進められたか等を検証することが、弁護士の犯罪行為に値することになってしまった。自らが被告人となった暴行事件裁判の証拠書類をブログで公開したところ「目的外使用」だとして逮捕されるケースも出ている。これでは記録類を読み込み、社会全体で検証することが難しくなり、ますます検察による情報の寡占化が進むことになる。

刑事記録は原則的に本来パブリックなものであるべきであり、社会の検証に常にさらされねばならないと私は思う。これを社会の合意とした上で、命を理不尽なかたちで奪われた被害者、人生を壊された被害者遺族の存在が、よりリアルに私たちの前に立ち現れると思う。冤罪被害者も同様である。事件の全体像がわからなければ、事件がなかったことになってしまいかねない。奪われた命がどこか法や制度の隙間に紛れ込み、さも何もなかったかのようになってしまいかねない。


本書の取材執筆にあたっては、加藤麻子の御遺族、そして遺族代理人の平野好道弁護士はじめ、多くの遺族を支え、支援してきた方々にひとかたならぬお世話を受け、かつ、ご迷惑をおかけした。私の書くものが御遺族を何度も傷つけたことは、私自身、自覚をしている。取材し、「社会に伝える」行為はときとして当事者を傷つける性格をあわせ持っている。開き直るのではなく、それをすまいと誓っていても、「伝える」という行為の業のようなものに常にぶちあたり、私は激しく懊悩し続けた。

それから本書には多くの弁護士や現役の行政官、法律の専門家、同業者からの助言や協力を得た。そして誌面を提供し続けてくれた月刊誌『潮』編集部の岩崎幸一郎編集長と末松光城副編集長には心から感謝したい。

なお、本文中の敬称は略させていただいた。

民事の判決から二週間後の三月三十日、杉本夫妻は控訴せず、判決が確定した。そして、確定を受け麻子の遺族は検察庁に再捜査をおこない、殺人罪または傷害致死で起訴することを申し入れた。

また、確定後に平野好道弁護士は加藤義太郎の代理人として、賠償金を支払うよう杉本夫妻の代理人に催告書を送付したが、両代理人からすぐに「お支払いの予定はありません」と返答がきた。今後も支払いの連絡には対応しない、とも記してあった。これは杉本夫妻が、加藤麻子の命を奪った代償としての負債の支払いを拒否するという意味である。

加藤麻子と、母親の加藤江美子の無念に静かに手をあわせて、筆をおきたいと思う。

平成三十年四月　　藤井誠二

松原拓郎弁護士との対話

「黙秘権」の意味が読者に伝わったか

藤井　松原さんには、まず、『黙秘の壁』（親本のタイトル）を読んだ批評をいただきたいです。

松原　批評というほどではありませんけれど。「潮」連載段階から藤井さんの質問に答えていくつか話をしました。そのときから、はたして藤井さんの意図の通りにとくに弁護士には伝わるかな、とは心配していたのですが、たとえば本文の中で、「私は黙秘権を否定したり軽んじたりする立場ではない。刑事弁護人が国家と対峙するために云々」というあたり――「私」というのは藤井さんのことですが――とありますよね。このあたりの藤井さんが言いたいことがちゃんと読者に伝わるかな、とずっと思ってきました。出版されて、いろいろな方の反応を見ていると、藤井さんのこれまでの仕事を評価している読者の方々には、元々、黙秘権の存在自体がおかしい、という方も多いから、また法律家側は「黙秘の壁」という言葉自体に反応してしまう。刑事事件を考える上で、社会における現実の複雑さを考えなくちゃいけないわけです。単に黙秘権が正しいとか、間違っているとか、黙秘を行使するとかしないとかとは別次元に複雑な問題が、実態として発生してしまうわけです。本書はそこをきちんと考えようよっていう問題提起で、その問題提起自体は、ぼくは正しいと思うし、この本はそれを伝える意味があるとは思います。

藤井　法律家からしたら、ぼくは地雷を踏んでしまったみたいで。ネットの紹介記事だけを見て、こいつは黙秘権についてわかっとらん、けしからんみたいな反応が大半でした。そういえば、弁護士ということでちゃんと本名でツイートを書いてきた人の意見は参考にしようと思ったけど、弁護士と名乗ってハンドルネーム本名ではない名前で来るやつがあって、そこには「つられて買ってたまるか」とか「アホって言われたいのか」とあった。

いま松原さんが指摘されたことは本全体を読んでもらわないと伝わらないかもしれないと思うけれど、野田隼人弁護士という日弁連の刑事法制などに取り組んでいる方からのご指摘は踏み込んだもので参考になりました。ツイッターから引用させていただくと、「黙秘権については、「黙秘権の権利たる所以は、誰もが直感的に真実を希求する場において、被疑者被告人にその義務を負わせないという、直感に反するという点にある。お気持ち表明されても、黙秘権を理解してねというほかない。気持ちは否定しないが、その気持ちが危険であるという点がまさに出発点である」、「黙秘権を否定して真実を解明しつつ冤罪を生まないデザインがあるなら理想的だが、未だいずれの国も成功していない。」と書かれています。

松原　批判する気持ちはわかりますが、まず表現の仕方には気を付けてほしいな、とは思いました。立場の違う人と議論するためにはまず最低限の土俵作りが必要で、最初から攻撃的では議論もできませんし溝が深まるだけです。それ以外にもネット上では、仮名で藤井さんをディスっている人もいましたよね。もし弁護士でそのような仮名のディスりがあるとすると、弁護士は肩書と知識とプライドがある分、逆に厄介だなあ、と思います。

藤井　正確にいうと「既読だが、やはり歴史的経験に対する敬意を欠くアレな人以外の評価はない。真実を供述させる自白剤でもあれば話は別だが、残念ながらそんなものはない。」です。拙著を読んでいただいたので感謝しています。

　それに重要な指摘もあって正確を期すために全文引用すると、「真犯人が確定できない段階で、すなわち知不知を問えない段階で法的に何をどのように問うのか？少なくともその点は明確にされなければ机上の空論である。有罪確定の先行手続きを前提としての供述過程を想定するならば、「冤罪を絶対にないようにしなければならない。」」、

〔先進国における人権保障水準を維持するならば、有罪の認定手続きと被害者のための真実探求手続きとを別に定めるべきだろう。後者における供述インセンティブをどのように設定するかは問題なのであるが。〕、〔事後のインセンティブとしてもっとも機能するのは減刑であると思われるが、減刑をインセンティブにすることは、公判段階での供述を妨げるし、その難を避けるため公判段階での供述を事後のそれと同程度に考慮することは、黙秘権の保障に反する。おそらく教育や説得によるほかないが機能するか？〕、〔また、公判段階で証拠によって認定し得なかった事実の真偽を誰がどのように判断するのかも問題になる。被告人が語った内容が残虐であったり、侮辱的だった場合は特に、何らかのインセンティブを認定する場合、このようなときでもインセンティブを与えることになるが、遺族はそれでもよいのか〕と、「被害者の知る権利」をつくるためには何らかのインセンティブが必要だという案も提示されていました。ある種の司法取引的なアイディアかもしれませんが、遺族にとってはとても飲めないでしょうね。

松原　これは重要な問題を提起されていると思います。冤罪の防止は本当にそのとおりです。単純にやった・やらないという意味での冤罪防止だけではなくて、実際にやったこと以上の責任を問われるような事態の防止も同様です。そして、語るためには、安心して語れる状況、語れる前提が必要です。語った後の被告人がそれ見たことかと総攻撃されかねない、または公正な裁判を受けられないかもしれない、語った後の正当な扱いが保障されていない現状で、ただ一方的に被告人なのだから語れと言っても、それはいろいろな意味で酷だと思います。

藤井　ぼくは、現実としてこういうこと――人の命を奪っておいて、黙秘等の理由で不起訴――が起きてしまって、どう考えましょうかという問題提起だったのですが、黙秘権そのものの議論になっちゃった。野田弁護士も、亀石倫子弁護士の反応もそうだったのですが、「被害者の知る権利」というものがそもそも存在するのかどうかという意見が提出されたことは、なるほどと思いました。黙秘権というものと、被害者の知る権利を対立させているのは良くないという批判です。亀石弁護士はそもそも弁護士の真実義務、捜査側も「被害者に真実を明らかにする必要、義務はない」と指摘していました。刑事裁判についてもそういう義務はそもそもないのだと。

この前、ジャーナリストの青木理さんと対談しましたけど、彼は拙著を高く評価してくれている一方、刑事裁判というものは罪の立証の場であって、その立証が正しいかどうか判断するところだと。さきほどの野田弁護士もそういうふうに言っておられる。松原さんどう思いますか。

犯罪被害者の「知る権利」について

松原　藤井さんの本は事件の「現実」を書いた本で、理論的にどうかというところとは別の視点で書いているものだと思うのです。なので、理論的におかしいっていう批判や、「対比させるのはおかしい」とかそういう切り口でこの本を批判するのは違うと思います。ただ、現実にこの問題の解決を考えるときに、じゃあどうあるべきかと考えるときに、やっぱり理屈は必要です。それは藤井さんの本の役割ではなく、次の段階の話です。そこをちゃんと分けないと議論がぐちゃぐちゃになっちゃう。

理屈の話でいうと、青木さんや、またはさきほどの刑事弁護人がおっしゃっていることと、ぼくの意見は多分同じです。刑事法廷はやっぱりあくまで刑事法廷であって、そこでやるべきことと、法廷が現実にもつ社会的な効果とはやっぱり別です。そこをごっちゃにしちゃうと、社会も法廷もどっちもおかしくなっちゃう。だから、そこは理屈でちゃんと整理しなくてはいけないだろうなとは思うのです。そして刑事法廷について言うと、弁護士も真実発見に協力するという立場になっちゃうと、おかしなことになるという歴史的な流れがあります。それで刑事弁護人が生まれて、また黙秘権が法律で定められてということになったわけで、ここは藤井さんも同じだと思うのですが、黙秘権は否定されるべきじゃないと思う。

藤井　全く同意です。

松原　あとは、弁護人とかまたは被告人側にも、積極的な真実を明らかにする「積極的真実義務」というふうに言いますが、それはやっぱりないだろうと思います。それをありにすると、法廷に検察官何人いるのですかっていう話になっちゃうから。

藤井　両サイドから追求されることになりますね。検察官と検察官と裁判官みたいな。被害者参加人の弁護士もいる。

松原　そうそう。古代や近世の刑事裁判みたいになってしまう。そこは弁護士が、きちんと守らなくてはいけないところはあります。それは、真実義務は弁護士にはあるかという今の話で言ったら、積極的真実義務はない。そこはぼくも疑ってないです。

藤井　刑事弁護の教科書的な本にも書いてある。

松原　「弁護士に真実義務はない」と教科書的に書いてあるからその字を読むとムカつくだけで、実際に刑事裁判で弁護士はどうあるべきかと考えて出てくる結論は、やっぱりそういうことなのかなと思います。裁判所や検察官の怖さとか、そっちに流れがちな人間の感情に対する怖さみたいなものをずっと法廷で経験していると、やっぱりそうなのだろうなと思う。

謝罪をするなら口をつぐむなと被害者や遺族は言う

藤井　本書で書いた事件のように、法廷の作戦として謝罪文を刑事弁護人が被告夫妻に書かせて、「これからも謝っていきます」とアピールする。じゃあどうやって謝ってくれるんだってなると、犯罪被害者としては、謝罪の手紙まで出すのだったら、真実を包み隠さず言えという感情になるのは当然です。つまり黙秘するなということなのだけど。でも、そこはそもそも議論が違いますよという松原さんの理論になるのだけど、実際に被害にあったと人たちからすると「そこは議論が別ですよ」と言われても理解できないし、刑事弁護士は嘘つきだというふうになる。任意で書いた「上申書」でも罪の告白をしていて、強制されたものであるとか、任意性については争ってない。

松原　今の話は難しくて、刑事裁判とか弁護人とか黙秘権をどう考えるかというのとは別に、この「上申書」というのが実態はどうなのか、ですよね。弁護士側から見た上申書は、正直言うと上申書を本人がきちんと書いているかというと、まったくそんなことはないです。いってみれば捜査側の作文ですから。それは手書きで書くとすごくホントっぽくなるから、最初に下書き通りに書かせて、それを今度は供述調書の形にとる。ご遺族とか被害者から見たら、上申書は自筆で書いているから謝っているじゃないかと思うのは当然ですが、実際はどうかといったら――ぼくはこの事件のことはわからないですけど――一般的に言ったら上申書というのは信用できないのです。

藤井　捜査手法の第一段階であることはわかります。ところで、犯罪被害者等基本法ができて、被害者の知る権利は広い意味で認められたとぼくは解釈をしているのですが――細かく定められたわけではないけれど――刑事裁判へのアクセスも大きく変わりました。しかし、黙秘権は強いから、取り調べに応じませんとなったら限られた情報や証拠しか被害者は得られなくなり、「知る権利」は後回しになりますね。

松原　刑事裁判のためという目で見たらそうなのでしょうね。なぜ（被疑者や被告人が）率直に話せないのかという、結局、率直に話した時に検察官とか裁判官に対する信頼がないからですよね。正直に話したことが、むこうが認定したい、主張したいことに引き寄せて使われてしまいます。例えば今回の手紙では、「死なせてしまった」という、殺意を認めない表現にたぶん注意して書いているのでしょうけれど、一般的には、過失致死や傷害致死の事案で、たとえば謝罪の手紙を書こうと思って、そこに自分の贖罪的な気持ちの表れで「殺してしまった」と書いた場合は、一般的な感覚で言うと、読む側は「殺されて」しまったと思うわけじゃないですか。検察官もそのように利用してくる可能性が高い。手紙一つでも、利用されてしまう可能性が高いのです。書いた本人にはそのつもりがなくても、殺意を認めているじゃないか、みたいな感じに取ったりとか、引用したりだとかされてしまう危険があるんです。

藤井　裁判官や検察官に、ということですか。

松原　そう。ここでこう（被告人が）書いていると、悪い方向に使われたりだとか、またはその複雑な心情というものをくみとった形で裁判を進行してくれないだとか。結論がもっともらしい外形をつけて、安易なストーリーで出ちゃったりする。そういうケースはたくさん見てきているし、経験もしてきているから、リスクがあるときはやっぱり（被疑者・被告人は）語れなくなります。だから、法廷にどこまで期待できるのかという話で、裁判全体の質を、弁護士だけじゃなくて裁判官や検察官も上げていかないと、問題は結局解決しないと思います。

裁判員裁判になったら印象が違ってくる

藤井　それは大いに賛成だけど、質を上げるという言い方もそれぞれの立場で意味がちがってきてしまうと思います。例えば、今回のケースで、傷害致死で起訴されたら、上申書とか供述調書も弁護士から裁判員裁判になりますから、法廷や公判前整理手続きで突っ込まれたでしょう。その場合は黙秘をしたかどうかはわかりませんが。ですが、殺意があっただろうって検察官は主張しまし、弁護人はこれは事故だっていう。裁判員裁判になったら、もし黙秘していたら裁判員に印象悪いでしょう。

松原　悪いでしょうね。ところで世間一般には殺意があるとないというのは、全く違う二つに分かれるれるみたいなイメージを持っていると思うのです。被疑者・被告人も殺意がある自分と殺意がない自分とは、別のものだみたいなイメージを持っている人は多い気がするのです。でも、自分が何か行動して最悪の結果が出ちゃった時に、その自分はそんな風に二つのどちらかに分類できるのか。もちろん明確な殺意がある人もいますが、殺意の有無がきちんと仕分けできているのか、実は本人もわかってないというケースも多いと思います。そんなところで「殺意があったのか」と本人に問い、答えさせるというのはどうなのでしょう。僕にはとても危険に思えます。

藤井　ぼくも何百という法廷を見てきたけれど、殺意とか動機というものは、あってないようなものだということはわかります。とてもグラデーションがある。裁判官も検察官も殺意の認定に苦労していると思う。

松原　でも、すごく曖昧なところを、殺意ありとなしに分けられたときには、法廷での結論（量刑）ではずいぶん差が出てしまう。犯罪をやってないのにやったというのが冤罪と言われているけれど、例えば責任という意味で言ったら、本当は、責任は量では表せないけれど、本来はここまでの責任だったはずなのに、余分にここまでの責任をとらされたってなったら、この部分では冤罪じゃないのかと思います。本人ですらこの仕分けが分かっていないかもしれない状態で本人が語ることには、やっぱりリスクがあることは、刑事弁護人としては職務上踏まえなければならない、ということは説明しておきたいですね。

藤井　なるほど。刑事被告人とまったくコミニケーションすることを拒否したり、嘘をついてきた被疑者・被告人もみてきましたが、難しいですね。

「被害者の知りたいという思いは当然だと思います」

松原　被害者の知る権利、被害者に限らず人はみんな自分に起きていることを知る権利はみんな持っているわけで、要するに自分の人生に起きたことを知る権利は持っていると思います。被害というのは、特にそれがすごくひどい形で出ているわけだから、それを強く知りたいと思うのは当然だし、それが法的にも担保されなければいけないというのは、一般論として、ぼくもそう思っています。

それは刑事裁判の今まで話してきたこととは別の、被害者の人生の中から出てくる権利です。だから、対立させるとか、被害者の知る権利を根拠に疑問を呈するとかじゃなくて、やっぱりいつまでも交わることができないものなのでしょうね。現実的にそうなってしまっている、永遠に続く悩みをどう考えるかの話と思うのです。そこは被害者の側からしたら、知りたいのに知ることができない、その恨みとか苦しさをぶつける対象が弁護士とか被告人になるだろうから、それを受け止めるというのは、弁護士はつらいだろうけれども仕方がない。そこで言い訳できないですよね。

藤井　被害者参加制度とか被害者参加弁護人の制度ができてから、刑事弁護人の仕事は増えたのですか。

松原　増えましたね。

藤井　被害者遺族とか被害者当事者はときに、被告人以上に対してより、刑事弁護人に腹を立てるわけです。刑事弁護人は被害者の感情をもろにかぶることもある。罪を犯した者とグルになって、敵だというふうに映ってしまうわけです。そういう意味で、「敵対関係」になるのはしょうがないと思っています、現実には。今回、ツイートで市橋耕大弁護士から、〔「犯罪被害者と刑事弁護人が敵どうし」などという間違った考えを広めないで欲しい。弁護士はあくまで、国家権力の発動としての捜査や刑罰の適用が適正になされるように、国家権力である警察・検察・裁判所と対峙する。被害者とは敵ではない。被害者の救済を望まない弁護士はいない」という意見をもらい、木下裕一弁護士からは〔加害者と被害者が対立するとすれば、被害弁償請求などの民事訴訟であって、刑事事件ではない。刑事事件は被告人と国家の刑罰権の対立であって、被害者と対立するのではない。被害者は国家権力ではない。」というツイートも来ました。

そうしたら、たぶん犯罪被害者のご遺族の人だろうと思うけど、「いや、敵以外なにものでもない」という主旨のツイートが来ました。たしかに法律的には敵同士ではありませんし、敵対関係になるのも決して望ましいとはいえないと思います。しかし、多くのケースの場合、被害者側にとって刑事裁判で被告を防御し、罪を軽減する存在と見られています。それは現実です。そう思われていることを、市橋・木下弁護士はわかっておられるはずなのだけど、もし自覚がなくて理想論を書いておられるのであれば、被害者の思いをもっと理解されるようにするべきですね。被害者遺族の集まりなどに行くと、刑事弁護人への苦情や恨みがほんとうに多く出ます。

松原　被害者の思いを否定する弁護士はもちろんいないと思うのです。それと、弁護士も人の子だから悪く思われたくない気持ちも当然あります。いろいろ批判されて、ボロクソに言われて、たとえば自分の親からもこんな事件弁護しないでしょうね？と言われたりとか、そんな状態でずっと日々生活しているわけです。だから、言い訳もやはり、ついしたくなるものです。しかし、それを一切しない、徹底的に刑事弁護に徹するというのは一つのスタンスだと思います。あと、先ほどの方がおっしゃっていたみたいな「弁護士は被害者の敵じゃありません」みたいなことは、弁護士がいくら言ったって、被害者が置かれている実態からしたらうそくさく聞こえてしまうし、言い訳っぽくなって、たぶん正確には伝わらないですよね。それに、被害者の置かれた現実の状況や心情を考えても、弁護士側からはあまり安易に発言はできない、しちゃいけない部分じゃないかなとも思います。「正論」だとしても、それを言うのは本来、刑事弁護人以外の人であるべきで、社会全体の仕組みで解決すべき問題です。

藤井　ぼくも、被害者や遺族のことをどうでもいいと思っている弁護士がいるとは思いたくはありません。だけど構造上そう「見られている」ことを、刑事弁護をやっている弁護士は前提として知っておいたほういいと思います。これは被害者遺族が加害者を相手取った（民事）損害賠償請求訴訟民事では、加害者の代理人弁護士はもっと露骨に被害者遺族を攻撃しますよ。だからより恨まれる。

松原　一般的に言って現実に被害を受けている人とかの感情に対して、もうちょっと想像したほうがいいのではないかとは思います。

藤井　これは被害者代理人の弁護士の話だけど、参加人ある集まりで槍玉にあがっていたのは、被害者参加人の弁護士が、新聞か何かで法廷での似顔絵を描かれた。その弁護人は交通死亡事件の被害者遺族の代理人で来ていたのだけれど――法廷の似顔絵を描かれるぐらい結構大きい事件だった――それについて「描かれたのは初めてでラッキー」とかツイッターで書いていた。遺族や支援者たちは愕然としたそうです。検察官も裁判官も同じですけれど、法廷にどういう人が必死の思いで立っているのかという想像力の問題が欠落している。弁護士は立場的に目立ってしまうのです。

松原　信じられない。そんなことがあるとすれば、本当に、あまりに幼稚ですね。

民事は「再審」になりえるのか

藤井　本書の事件では民事が事実上の再審になりました。その過程で不起訴記録も検察官にあけさせた。が、不起訴記録を開ける方針に法務省はずっとなっているのに、実際には何度も拒否されて、二年近くかかりました。不起訴記録の開示についてどう思いますか？

松原　まず刑事弁護の立場からいっても、まず被害者がいろんなことを知りたいというのは当然の気持ちだっていうのは前提としてあります。しかし、刑事弁護の側に立つ人間として自分の中に生じる気持ちで仕事をしてしまうと、刑事弁護の自殺になってしまうと思うから、弁護士として反対すると思います。それを、被害者の知る権利を冒涜している、というのは違うと思います。被害者の知る権利と開示をどうするかという問題で、刑事弁護とまた別に考えなくてはいけない話で。

藤井　本書のケースでは不起訴記録も今回、粘り強くやって開示されたわけだけれど、そこに書かれている内容が本当かどうかはわからない。真偽性がわからない。真実をさがす行為は、不起訴記録の開示ということだけでは限界がある。民事でも証拠拒否でしたから。不起訴記録が開いたから万歳という話ではない。

松原　難しいですね。仮に真実というものがあるとしても、そう真実をどうしても被害者は知りたいのに、どうしてもわかりきらない限界がある。それを一〇〇パーセント知るのは、残念ですが、実際には、たぶん無理です。

藤井　その問題と同時に、仮にもし黙秘をしなくて自供したとしても、それが本当かどうかという問題も含めて、一口に犯罪被害者の知る権利、遺族の知る権利といっても、様々な壁とか障害がある。せめて懲罰的損害賠償請求を求めるわけだけど、今回のケースは被害者遺族が勝ちましたが、「払いません」とすぐに加害者の代理人から返事が来た。そうすると何のための民事だったのかという。強制執行できる財産もないということを向こうもわかっている。現実問題として大半の加害者が賠償命令から逃げているし、無期懲役とかで刑務所に入っちゃったら取りようがない。だから、刑事で満足がいかなかったら、民事で反撃したらいいという方は多いけど——それしか方法がない——そんなにうまくいくはずがない。

松原　加害者はもちろん、その家族も、事件のことがわかると仕事を失うことが多いのですよね。加害者側も社会に居場所を失うことが多い。生活できない。被害者側が払われないことに傷つくのは当然です。ただ、払えないことを社会が批判するその前に、社会としてはやることがあるのではないかと思います。

藤井　支払う努力すらしていないという人も多いけれど、間に誰か人が入らないと——専門職的な人が——実際には難しいだろうなと思います。今のところ救済の手立てとして有効なものがないですよね。仕組みがつくられていない。「逃げ得」です。

松原　そのあたりは解決していないですね。それでいいとはもちろん思わないし、ただこうすればいいな、とも言えないから辛くなります。

藤井　そうですね。

松原　弁護士とか法律の学者が、理論や理屈を勉強して、本来は被害者と加害者の関係は法律で決められていて、こうあるべきだということをいくら強く言ったところで社会との溝は広がるばかりです。そういう話は、子どもの頃からきちんと考える機会を提供されるべきだと思っています。そうならないと社会には根付かないし、自分が加害者になる場合も被害者になる場合も、いざその時までにバックボーンがあってから考えるのでは、全然違うと思います。実態としては、対立構造は消えないと思うけれど、それをどういうふうに、少しでもましなものにしていくために。

藤井　被害にあってしまったほうにも早い段階で、この問題で経験を積んだ弁護士がついてちゃんとアドバイスを受けながら進めていくことが大事だと思います。

松原　そうですね。被害者側にもそのような体制がより一層充実すべきだと思います。そしてその被害者側につく弁護士も、今日議論されたような問題について、立場は違っても悩みを抱えながらそれぞれの現場に取り組んでいくのだと思います。今日話し合ったいろいろな問題はどれも難しい問題ですが、現場にいる者同士で意見交換を地道に積み重ねて、お互いが考えていることを知ることが必要だと思います。

最後に、今回文庫化にあたり改題されたタイトルには違和感を表明しておきます。このタイトルだと、黙秘は事情を問わず一切不可、と捉えられませんでしょうか。私は、この対談の最初にお話ししたように、黙秘権自体は必要だと考えていますし、行使される背景については、社会の側にも考えるべき問題があるとも思います。原題の『黙秘の壁』であれば、黙秘権行使が及ぼす社会的現実という意味で理解していたので納得していたのですが。

藤井　ぼくの感覚ではまったく逆です。本書で繰り返したように、黙秘権を否定する主張はしていませんし、松原さんの言うように検察や裁判所の在り方を見ていると、必要な「人権」だと考えています。私は「加藤麻子」さんの事件のようなケースもあり得るのだという現実を提示したまでですが、そこを掘り下げていくといろいろな課題があった。文庫版のタイトルは、「殺された側」の心の叫びだととらえてほしい。むしろ「黙秘」云々の法律の問題を超越した、被害者や被害者遺族が望む、大きな傷を負ったまま生きていくためのせめてもの「願い」であり、「声なき声」です。御鞭撻いただき、ありがとうございました。

松原　そのご説明であれば理解できました。ありがとうございました。

（まつばら・たくろう　弁護士）

髙橋正人弁護士との対話

「黙秘」が目的化していないか

藤井　『黙秘の壁』（親本のタイトル）に対して、主にツイッター上で一部の弁護士から間接的・直接的に批判をいただきました。テレビなどコメンテーターをつとめる亀石倫子弁護士、野田隼人、木下裕一、市橋耕太弁護士らからの批判を参考にしながらお話をしたいと思います。本書はネットでもたくさん紹介されたのですが、「ハフィントンポスト日本版（当時）」にインタビュー記事が出てから急にきました。主に本名で批判をくれた方の意見を取り上げて、参考にしたいと思います。

髙橋　発言、見ましたよ。炎上していますね。

藤井　まあプチ炎上レベルです。でもいただいた批判には今後も議論していく必要がある視点も含まれていると思ったので、長年、全国犯罪被害者の会（あすの会・平成三十年解散）に関わり、副代表幹事として活動され、また、数十人の弁護士から成る犯罪被害者支援弁護士フォーラムの代表代行兼事務局長として活動を続けておられる髙橋さんにお話をうかがおうと思いました。不起訴記録を開示してほしいと保管検察官に遺族が交渉を続けていてもにっちもさっちもいかない。どうしたらいいものか、本件の取材中にも髙橋さんに電話して意見をうかがっていました。

髙橋　不起訴記録については、法務省の通達で一部開示することになっており、実況見分調書などの客観的な証拠は開示されます。しかし、被害者が最も見たいと思っている一つの、加害者や目撃者の供述調書などは開示されていないので実情です。

藤井　ええ。長年にわたって犯罪被害者問題、被害者の司法参加に関わってこられた弁護士として、こういうケース——想定はできると思うのですけど——を読んで、感想といいましょうか。どういうふうに思われましたか。

刑事裁判への被害者参加も反対した

髙橋　たとえば（元教祖の麻原らオウム真理教幹部七人の）死刑執行に関して、全員に死刑を執行したら、真相が明らかにならないという批判もありました。しかし、二三年間もあったのですから、真相を明らかにする機会は十分にありました。今更、執行を先延ばしにしたところで、新たな真相が見えてくるとはとても思えません。そういう言い方をされる方は、死刑制度それ自体に反対のお立場か、あるいは賛成であっても、被害者家族の苦しみを共有されていない方々だと思います。それから、真相究明を阻んでいる一つの原因として、黙秘権の濫用もあるのではないでしょうか。死刑相当事件について、最初から一律に黙秘させるという弁護方針が背景にあります。死刑

藤井　日弁連が平成二十七年に打ち出しました。死刑事件は黙秘するべきだという指針を。

髙橋　死刑弁護の手引きというのを出しています。分厚い冊子です。実際の弁護活動でも、何が何でも黙秘させようという姿勢があるとしたら、そのこと自体が事件の真相究明を妨げていることになります。

藤井　死刑事案、死刑の可能性があるものはとにかく黙秘。今回の事件の名古屋の金岡繁裕弁護士も、「刑事弁護」という専門誌の「黙秘は武器になる」という特集で是が非でも黙秘せよと書いています。今回の事件の刑事弁護人は、被疑者・被告人はとにかく黙秘という主義の人たちで、それを公にして弁護士業界にも訴えかけています。

髙橋　「黙秘は武器になる」という言い方は、一歩間違えれば、真実を知りたいという被害者の守られるべき正当な利益をないがしろにすることになりかねないです。

藤井　黙秘が重要な権限であることはもちろん知っていますし、今回の本でも黙秘権の説明についてページをかなり割きました。なんでも黙秘という流れというのは、髙

橋先生から見てどう思われます。

髙橋　被害者参加制度を導入した改正刑事訴訟法が平成十九年に成立する前に、法制審議会が平成十八年に開かれました。その時、刑事訴訟法の大家の、ある教授が、興味深い発言をされていました。要するに被害者参加制度をつくるにあたって日弁連が教条主義的な反論ばかりする。損害賠償命令制度についても同様で、いわゆる「起訴状一本主義」（公訴提起の際、起訴状だけを提出して裁判官に予断をいだかせるような書類や証拠物などを出してはいけないという原則）に反すると言うのです。これに対して大家の先生が、起訴状一本主義がいつの間にか物神化してしまっていると。起訴状一本主義が、自己目的化し、本来手段のはずなのに、それがどんどん拡大解釈されてしまっています。

藤井　被害者の刑事司法参加は、いまだに弁護士や研究者、一部のジャーナリストなどに反対論が根強いですね。裁判官・検察・弁護人（被告人）の三者主義から、そこに被害者参加人を加えた四者主義を認めたくない。

髙橋　黙秘権は本来、黙っている権利であって、嘘をつく権利ではありません。しかも、黙秘権とは手段であってもそれ自体が目的ではない。黙秘権の目的の一つに、あるいはその効果と言えるかもしれませんが、冤罪事件を生まないことがあります。

　犯罪被害者からすれば、冤罪は真犯人がのうのうと生活している現実を突きつけ、いままで真実だと思っていたことを根底から覆すのですから、本当のことを知りたいと願う被害者はどん底に落とされます。被害者からすれば黙秘権は真実発見のために使って欲しいと思っているのです。

それを超えて、本当は犯人で、捜査の内容に思い当たる節があるのに、罪を軽くしたいだけの理由で黙秘権を利用したり、あるいは真実はどちらでも良いから、訴訟戦術として、とにかく黙秘しろ、などと指導する刑事弁護のやり方は、被害者からすれば我慢がならないのです。刑事司法は本来、社会秩序の維持や被疑者・被告人の人権のためだけではなく、犯罪被害者の権利利益の回復という被害者のためにもあるのです。このことは平成十七年十二月に閣議決定された第一次犯罪被害者等基本計画に明記されています。しかも、この閣議決定は、単に行政府の意思に止まらず、犯罪被害者等基本法第三条に根拠を持っています。全て犯罪被害者等は尊厳が保障され、尊厳にふさわしい処遇を保障される権利があると書かれています。なんでも黙秘しろという弁護方針は、この犯罪被害者等基本法に反するやり方であると私は考えています。

異論はあるかもしれませんが、日本人の悪いところの一つに、諸外国から制度を取り入れたとき、それが自己目的化することにあります。本来その制度がなんのためにできたかが脇に追いやられてしまい、思考を停止してしまうのです。これからの刑事弁護は、犯罪被害者等基本法も踏まえた、犯罪被害者の利益（真実を知りたいという利益）にも配慮した、バランスのとれたものでなければならないと思います。黙秘権の行使の可否についても、こういった視点が加味されるべきではないでしょうか。

頭が真っ白になって弁護士にまかせてしまった

藤井　なるほど。「やりました」と言っていても黙秘させる。黙秘が目的化しているというお考えですね。今回の事件で、加害者夫妻の肉声が出版後に手に入ったんですけど、この加害者も最初は取り調べに素直に応じてしゃべっていて、自白をして、反省の言葉を口にしています。しかし、弁護士がついてから頭が真っ白になって、（弁護士の説得に）任せきりになってしまって黙秘に転じたと本人が語っているんです。本人の意思というより、弁護士の意思だということになります。弁護方針は刑事弁護人がアドバイスするわけですから、身柄を拘束されていたら弁護士にすがりたくなるのは犯罪者の心理としては当然でしょうね。

髙橋　弁護士の中には、ご自身の主義主張を押し通すためだけに、被疑者や被告人の更生など考えずに、とにかく黙秘しろと迫ってくる人もいます。しかし、やったものをやらないものにするために黙秘権を行使させることは、犯人の更生に全く役立たないだけでなく、被害者の尊厳も踏みにじることになり、基本法違反だと思います。

時代は昔と変わってきているのです。被疑者や被告人の人権だけを守れば良いという時代は、平成十六年の基本法を境に終了しました。真相を知りたいという犯罪被害者の正当な利益もまもらなければならないのが今の法制度です。

従来から刑事弁護を熱心にやられてきた古い弁護士の中には、時代の変遷を受け入れることができず、思考が昭和の時代まま止まってしまっているひとが沢山います。犯罪被害者等基本法を認めることは、自己否定すると捉えてしまうようです。このような先生は、被害者からみれば、「生きた化石」にしか見えないのです。

藤井　先ほどの「手引き」が出る前から、黙秘こそ検察や裁判官などの国家権力と闘う最大の武器だと考えていた弁護士は多いと思います。

髙橋　そうです。「手引き」が出る前から刑事弁護人の中では主流にはなっていましたけど、出てからよりいっそう、そうなった気がします。「手引き」を作ったのは日弁連の中の刑事弁護を熱心にやられている先生方で、日弁連の名前で発行しています。

藤井　一部の人の主張を日弁連という看板を使って出すから、すごく権威付けされてしまうし、それが弁護士総体の意思だと世間には思われるのです。弁護士の中には迷惑がっている人も少なくないと思います。

髙橋　その通りです。

藤井　刑事弁護に熱心に取り組んでいる弁護士でも、積極的には黙秘させない方針を取る人もいます。やってないってことがはっきり分かればさせますけど、基本的に（被告人が事件について）言いたいなら言わせる方針。しかし、警察や検察に乗せられてやってもないことを言わされてしまう可能性があるときは黙秘をさせるそうです。頑なにとりあえず黙秘っていうのは、先生から見て（刑事事件を担当する）全体のどのくらいなのでしょうか。

髙橋　実際は事務所の中で刑事弁護の割合が圧倒的に多くを占めている、そういう人たちのことを母数にすれば、半数以上が、真相はともかく、とにかく黙秘をさせる派ではないでしょうか。こうした弁護士が増加した背景の一つとしてあるのは、冤罪事件が立て続いたことがあります。

藤井　かつての死刑事件や無期懲役事件が冤罪だったのが明らかになったのが相次いだこともあると思います。そして長年の懸案だった取り調べの可視化、録画ができるようになり、高圧的な取り調べができなくなったと同時に、黙秘がやりやすくなった。これはさきの「手引き」に関わった弁護士も一般誌の取材に答えています。

髙橋　なるほど。でも、私はあまり可視化とは関係ないと思っています。たまたま付随的な効果として、いまおっしゃった後押ししたとかがあるかもしれないけれども、あまり可視化と黙秘は関係ないように思います。

藤井　実際、貫黙できる人は少ないと思います。それに証拠が揃えば検察は黙秘していても起訴して有罪になるケースもあります。今回の『黙秘の壁』で書いた事件は、遺体も白骨化して死因がはっきり特定できなかったことも検察官が起訴を見送った理由の一つにあります。

国家（裁判官・検察官）は敵であるという思想信条

髙橋　国家が敵だという偏見を持っている弁護士が少なくないですね。冤罪をなくすという目的ではなく、国家に刃向かうことそれ自体が自己目的化していると思います。国家は敵だということを先輩弁護士からたたき込まれ、黙秘権を目的化することを教えられて、何も考えずにそれをやってしまうのは、非常に危険です。

刑事弁護の本質は、刑を軽くすることにあるのではなく、本人に更生させることにあると思います。やったものはやったと言っているのですから、それに嘘をつかせたら更生は遠のきます。更生が遠のけば当然、第二の被害が生まれてきます。社会をさらに悪くします。黙秘して罪が軽くなってあっと言う間に刑務所から社会に出てきた、今回、藤井さんが取材されたような事件の加害者は「社会なんてこんなもんだ」と舐めてかかることになります。それが社会のなんのプラスになるのでしょうか。社会を悪くしているのに加担しているのが刑事弁護人だと思われても仕方ないですね。

藤井　黙秘を推奨する弁護士たちは、「検察官ストーリー」を認めさせないためには一番強力なのは黙秘であると言います。国家は勝手なストーリーを作ってくると。九九パーセントの勝率を維持するために、被疑者・被告人も取り調べでストーリーに乗せられてしまうことが多いので、とにかく黙秘させるという弁護方針です。検察官は起訴して勝ちたいわけですから、その起訴内容に齟齬が出ないように矛盾が出てしまうことは問題です。そこと対抗する弁護士の役割というのは重要だとは思います。

髙橋　でも逆に、検察官のストーリーと被疑者・被告人のストーリーが概ね一致していることも多々あります。逆に、全く違うストーリーだというのであれば（冤罪）、黙秘させることも強力な武器になりますね。

「真実の発見義務」とはなんだろうか

藤井　拙著に寄せられた批判としても、「真実の発見義務」について、藤井はそれを取り違えているというものが目につきました。真実を探す義務は裁判官にあるのだと。刑事訴訟法の一条には、「事実の真相を明らかにする」と書いてあります。実際の解釈としては刑事弁護人の役割としては依頼者・被疑者被告人の人権を擁護することと。でも一方で公益性もあるということも書いてあります。

髙橋　弁護士法一条には被疑者被告人の人権擁護とは書かれていません。社会正義の実現と基本的人権の擁護です。そして、社会正義の実現とはまさに真実の発見であって、真実をねじ曲げることではありません。また、人権は、決して被疑者・被告人の専売特許ではありません。人権は、被害者のためにもあります。このことは犯罪被害者等基本法を見ても明らかです。同法三条には、全て犯罪被害者等はその尊厳が重んじられ、尊厳にふさわしい処遇を保障される権利を有すると明記されています。従来からのやり方しか知らない、ほんの一部の刑事弁護人らは、この法律を知らない、あるいは見たくない、無視したいのではないのではないでしょうか。

ところで、被害者の尊厳、特に刑事手続きにおける尊厳とは何でしょうか。それは、被害者にも刑事手続きにおいて正当に保護されるべき利益があるということです。その中身には三つあります。一つは、加害者に適正な刑罰を科して欲しい、一つは、名誉を守って欲しい、そして最後に、真相を明らかにして欲しいという利益です。

「私は罪を犯しました」と認めている被疑者や被告人に、弁護士の個人的な見識だけで、やみくもに黙秘を指導することは、被害者の正当に保護されるべき利益（人権）に対する間接的な侵害であり、社会正義の実現への挑戦だと思っています。

藤井　ツイッターでいただいた批判は、亀石倫子弁護士のツイートから火がつくようなかたちでしたが、何人かの弁護士が批判していたのは、「ジャーナリストは真実の追求が義務だが、弁護人・被疑者はおろか警察の職務ではない」というものです。それから、数少ない防衛権である黙秘権に対して、「被害者の知る権利」という副次的な価値を根拠に疑問を呈するべきではないというものです。野田隼人弁護士という方からはツイッターで――この弁護士はハフポスの記事だけでなく本書を読んでいただいたようで――「やはり歴史的経験に対する敬意を欠くアレな人以外の評価はない。真意を供述させる自白剤でもあれば話は別が、残念ながらそんなものない。」と「アレな人」認定されました（笑）。ぼくは本で黙秘権について否定していないし、現実に起きた事件を詳しくレポートをして、社会で考えてくださいというスタンスなのですが、何か触れてはいけないものに触れてしまったかんじです。

髙橋　犯罪被害者等基本法ができる前はそういう考え方が中心でした。しかし、第一条には「この法律は、犯罪被害者等のための施策に関し、基本理念を定め、並びに国、地方公共団体及び国民の責務を明らかにするとともに、犯罪被害者等のための施策の基本となる事項を定めること等により、犯罪被害者等のための施策を総合的かつ計画的に推進し、もって犯罪被害者等の権利利益の保護を図ることを目的とする。」とあります。国、地方、公共団体、国民すべてが犯罪被害者の施策のために協力しなければならないという意味です。その中から刑事弁護人と被告人を除くとは書かれていません。従って、刑事弁護人といえども、基本法施行以降は、被害者の尊厳に配慮しなければなりませんし、真実発見に協力していただかなければならないと私は考えます。

刑事弁護人と犯罪被害者は「敵」なのか

藤井　さきの野田隼人弁護士は、「先進国における人権保障水準を維持するならば、有罪の認定手続きと被害者のための真実の探求手続きとを別に定めるインセンティブをどのように設定するかは問題なのであるが」ともツイッターで書いておられて、それはごもっともなのですが、日弁連から被害者が納得するような新案提示がなされたことはないですし、現時点では被害者と加害者両方の権利の平等的な確立を主張するのはぼくからしたら寝言です。刑事でも民事でも「敵対」する関係にあるのが現状です。被害者参加によって、被疑者・被告人は防衛一方にならなければならないことが増えた。被害者側、あるいは被害者代理人を攻撃して、自分たちを防衛しようとする。それが現実じゃないですか。取材したら誰でもわかる。

そういう例も髙橋先生はいっぱい知っておられると思うけど、たとえば今回、市橋耕太弁護士という方もツイッターで、「「犯罪被害者と刑事弁護人が敵どうし」などという間違った考えを広めないで欲しい。弁護人はあくまで、国家権力の発動としての捜査や刑罰の適用が適正になされるように、国家権力である警察・検察・裁判所と対峙する。被害者とは敵ではない。被害者の救済をのぞまない弁護士なんていない」という意見をリプライしてきました。ぼくは「敵」というふうにカギカッコをつけて書いていたのですが、システム的には敵ではないけれど、現実としては「敵」になっているという意味です。そうしたら、ツイートで、「被害者側にとって刑事弁護人（民事でもそうなんですけど）は敵以外の何者でもありません」というリプライがすぐに来ました。たぶん犯罪被害者の御遺族からでしょう。

謝罪の手紙を出しておきながら事実は何もしゃべらない。遺族は黙秘権を認めたくはないが、権利としては法律に定められているというジレンマをかかえながら、加害者は事実のすべてを話すことが贖罪の第一歩だと考えておられたから、「謝罪」と「黙秘」を同時にやらせている弁護士が「敵」として見えるのは当たり前です。民事でも不起訴記録を開示することを保管検察官以上に激しい論理で反対、攻撃してきました。デマがいのことまで準備書面で書いてきたこともあります。これを被害者から見て「敵」と言わずしてなんと言うのでしょうか。本書のご遺族は、とにかく加害者の弁護人たちを恨んでおられました。

髙橋　刑事訴訟手続きとしては別に敵同士でもなんでもない。被害者の権限を認めたからといって被告人の権利が削られたわけではありません。むしろ被害者の権利がゼロだったのが、被告人と――完全に一致はしてないけども――近くなるぐらい被害者の権利が増えてきたということだと思います。私が被害者参加弁護士としての職務を遂行するときに、被告人や刑事弁護人を敵と思ったことは一度もありません。ただ、刑事弁護人が、被害者に法律上認められることになった様々な新しい権利について、これを潰そうとしたりしたときは、法廷で徹底的にやり返します。多くの場合、刑事弁護人は一言も反論できないことが多い。というのは、彼らは犯罪被害者等基本法や、被害者参加制度が創設されたときの法制審議会での議論についてまでは勉強していないことが多いからです。私なら、そこまで議論をさかのぼって発言します。

しかし、これらの反論も、相手を敵だと思ってやっているわけではありません。法律の土俵の上で、対等に闘っているという意識にすぎません。

藤井　なるほど。でも、被害者や遺族にとってはそうではないと思います。それは明らかに「敵対関係」にあると認識されていると思います。もちろん、加害者の弁護士が被害者や遺族をおとしめてやろうとは思っていないとは思いますが。

被害者参加人弁護士の発問まで封じ込められた

髙橋　被害者の権利に対しての妨害は多々あります。私が被害者遺族の代理人を務めた、小沢樹里さんが遺族になった悪質な交通犯罪事件では、包括的な黙秘権を行使すると刑事弁護人は主張した。そして、包括的に黙秘するのだから、被告人が黙っているだけでなく、そもそも、検察官も被害者参加弁護士も発問自体すべきではないと強弁してきたのです。即座に私から、「黙秘は黙っている権利であって、相手の発言を封じ込める権利ではない」と異議を述べましたが、裁判官は弁護人のおかしな論理に乗っかってしまいました。私は今でも、このような訴訟指揮は違法であると思っています。黙秘権をして、相手に発問自体を封じ込めるなどと曲解するのは、まさに黙秘権の物神化と同じことです。ここまでおかしな解釈をされると、さすがに私も、感情的には刑事弁護人を「敵」だと思いたくなりますね。

藤井　今回の事件では、民事でも刑事と同じ弁護団が付いて「証言拒否」でした。被害者の弁護人が質問しようとしたら、すごい剣幕で抗議をしていました。被害者の代理人弁護士の発問も許さない。質問をやめろと。

髙橋　裁判長の訴訟指揮はどうでした？　発問させましたか？　発問自体を裁判長が制限することはなかったですか？

藤井　なかったです。ずっと黙っていました。被告の弁護人たちが大声を出したけれど、それを裁判官が阻止することもなかった。静かにしなさいとも言わなかった。被告はずっと黙っていました。

髙橋　民事の証言拒絶権も、相手の発問を制限する権利ではありません。刑事弁護人の中には、本当に教条主義的でひとりよがりな人が一部におられる。そのような弁護人を相手にすると、ご遺族からすれば、敵以外のなにものにも見えないでしょうね。

「被害者の知る権利」は副次的なものか

藤井　拙著に寄せられた批判の中で、「被疑者や被告人の「黙秘権」は強大な権力を用いて捜査する警察・検察への数少ない防御手段であって、「被害者の知る権利」という副次的な価値を根拠にして黙秘権に疑問を呈するのはおかしい」というロジックがあります。副次的という言い方がいかにも従属物的な意味合いがして気になりますが、黙秘から生じる「被害者の知る権利」の阻害はそもそも関係がないのということなんでしょうか。それらを対立させて考えるなという意味だと思いますが。

髙橋　犯罪被害者や遺族の「知る権利」が副次的な価値だと捉えていること自体、大きな間違いだと思います。被害者、とくに遺族にとって、どうして息子が殺されたのか、娘の最期はどんな様子だったのかなど真相を知る権利は、副次的な価値ではなく、被害者の法律上正当に保護された利益の核心部分です。

ですから、裁判官も、もう少ししっかりして欲しい。被告人が黙秘しますと言われたからと言って、「はい、わかりました」で終わっていてはだめです。被害者の真相を知りたいという正当な利益に配慮して、強制にならない程度に、被告人に真相を話すよう促すことぐらいはするべきでしょう。たとえば、「この裁判は、あなたに罪が成立するかどうか、成立としてどのような罰が適切であるかを審理するためのものです。しかし、同時に、この裁判は、被害者のためにもあるということを貴方は理解できますか。被害者の事件の真相を知りたいという利益を守るためです。冒頭で述べましたように、貴方には憲法上、黙秘権が保障されていますから、誰からも供述を強制されることはありません。そこで、貴方の自由な意思で、貴方の考えている事件の真相について、この場で語ることはできませんか」というくらいのことは言うべきでしょう。

藤井　今回の事件の刑事裁判（死体遺棄）では、検察官は冒頭陳述で、黙秘していることに対して抗議することを書いていました。

髙橋　冒陳じゃなくてその場で言わないとだめです。小沢樹里さんの事件では私は加害者の弁護人に対してその場で強く異議を述べました。

検察官は高打率だけを狙うな

藤井　今回の事件では、検察官はどうすれば良かったと思いますか。

髙橋　検察官は打率九九パーセント狙うのではなく、こういう事件は起訴して、裁判員裁判に判断させないといけないと思います。

藤井　傷害致死だったら裁判員裁判になるけれど、死体遺棄はならない。打率が六割でもいいから法廷に委ねるということですか。

髙橋　六割～七割がいいのか、九九パーセントがいいのか議論はあると思いますが、少なくとも、今のようなほぼ一〇〇パーセントを狙うようなやりかたは考え直して欲しい。せっかく裁判員裁判制度を作ったのですから、もう少し一般市民の判断に任せてみるという勇気ある選択肢があってもいいと思う。

藤井　今回は検察審査会で不起訴不当という議決が出たけれど、検察は再捜査をして同じく不起訴にしました。民事の証人尋問で、鑑定医が検察官の説明が足りなすぎたと怒っていました。もっと状況を説明してくれれば、暴行と死の因果関係をはっきり書いた鑑定書を出せたのにと。

髙橋　検察にもメンツがあるのかもしれませんが、ただ、これはメンツだけの問題ではなく、そもそも、検察官としたら、法律家の立場から見て公判を維持出来るだけの証拠が十分ではないと判断したからこそ、不起訴にしているところに目を向ける必要があります。つまり、そこで言う「証拠が十分ではない」という判断自体が、果たして、本当に一般市民の常識にかなうものなのかどうか、その点をしっかりと吟味する必要があります。検察審査会で、強制議決にまで至らなくても、不起訴不相当という判断であったとしても、検察は、その重みを真摯に受け止めて、本当に自分たちの証拠評価が社会通念にかなうものなのかどうか、ひょっとしたら自分たちの評価は浮き世離れしていなかったのかどうか、謙虚に反省し、「真剣」に再捜査をすべきです。そうでないと、検察審査会を設けた意味がありません。

弁護士全体が社会から信用されるかどうか

藤井　髙橋先生が言われた、本来は日本の矯正行政は社会に戻すということを目標にしているのであれば、自分の罪についてまず真摯に向き合うことだと思います。しかし、嫌疑不十分で罪が罪と認められなければ、懲役二年ほどで社会復帰できてしまい、「弁護士先生、罪を軽くしてくれてありがとう」のように考えてしまう、モラルハザードが起きるのじゃないかと思いました。実際、今回の加害者も遺体をどうやって遺棄したらいいかインターネットで調べまくっている。犯罪者が真似をしようと思えばできてしまう。こういうのが当たり前になったら殺人マニュアルができちゃう。

髙橋　生の事件では確かに、被害者と加害者は敵同士かもしれませんが、刑事裁判の中では、敵同士という認識でやることではありません。ただ、「完全犯罪」を助長するようなやり方をするのであれば、たとえ刑事裁判の中でも、敵同士にならざるを得ないですね。

藤井　検察官が起訴すらしていない案件を、刑事弁護人がわざわざ持ち出すことはありえません。罪として立証されてないということですから。こういう例は、先生が今まで遺族の話を聞いてきた中でありますか。

髙橋　宮崎で起きた強姦事件で、刑事弁護人が被害者の代理人弁護士のところに電話をかけて、強姦の現場を撮影したビデオの原本を返してほしければ告訴を取り下げて、示談に応じろ、しかも、示談金はゼロだと交渉を持ちかけてきたことがありました。さすがに、検察も動いて、没収の対象とするよう主張し、裁判所もこれを認めて、犯罪供用物件として没収されることが最高裁で確定しました。こういう刑事弁護のやり方をしているようでは、一般市民から弁護士全体が信用されなくなります。被害者から弁護士が敵だと思われるのは当然でしょう。

藤井　ひどい弁護士ですね。レアケースだと思いたい。今回も、検察官が「傷害致死」の不起訴記録を民事の過程で「説明」しているのに、被告の代理人弁護士がそれはあり得ないと決めつけて、勝手に被害者が不当なやり方で取ってきたのだと、それを弁護人は止めるべきだった、みたいな書面が来るわけです。敵対関係を向こうから投げているようなものです。今回の反響では、民事については被害者と被告弁護人はたしかに敵対関係になると書いてきた弁護士もいました。刑事と民事は仕組みが違うけれど、被害当事者がどれだけ弁護士を恨んでいるかをもっと認識したほうがいいと思う。法律を駆使してゲーム感覚みたいにしてやっていても、当事者は生々しい感情を背負っているのですから。

支払う予定なし。何のための民事裁判なのか

藤井　民事で被告は「有罪」になりました。傷害致死の因果関係を認め、九〇〇〇万

円以上の賠償額の支払いを命じました。被告側は控訴せず確定しました。民事を通じて、刑事で不起訴になった傷害致死関連の不起訴記録もすべて、文書送付嘱託などの方法でオープンになりました。被告側の主張はことごとく退けられたわけです。それで賠償金を請求したら、すぐに代理人の名前で、払う意思はないと返事がきました。そのときはそう代理人に伝えたのでしょうが、あとで入手した加害者夫妻の肉声によると、こつこつと払っていくとか言っているのです。信じることはとうていできませんが、本来なら、たとえば支払いの予定を組むことを代理人が被告と相談をするのが筋で、それが倫理であり、社会正義だと思いますが。

髙橋　もし仮に、依頼者が払う意思があると言っているのに代理人が払う意思がないと伝えてきたのなら、それは懲戒事由でしょう。依頼者の意思に反し、その利益に背いているのですから。

藤井　民事では、暴行と死の因果関係が認められて、賠償責任が認められ、支払い命令が出ました。控訴をしなかった。そして、支払う予定がないと通告してきた。それがまかりとおってしまったら、民事の判決の権威もなんにもなくなります。

髙橋　おそらく、国家に楯突いているのでしょう。国家の秩序を否定しているわけです。代理人は判決が出た以上は依頼者に対して払うように説得しないといけません。もし、それでも、依頼者が払わないっていうのであれば、代理人を辞任するしかないです。逆に、本人が払うという意思を持っていて、代理人が払わなくても良いといったとしたら、とんでもない話ですし、そんな権限は代理人弁護士にはありません。

藤井　賠償金を支払わずに逃げる、無視するという、「逃げ得」がほんとうに多い。財産がないのなら、はたらいて支払いをする者はごくごく一部。賠償金を国が立て替えで払うという仕組みがずっと議論されてきましたね。

髙橋　立替払いという法的なシステムについては、私はあまり賛成できません。立替払いではなくて、犯罪が起きたということは、国が国民を守ってやれなかったということですから、国家固有の責任として補償してほしいと思います。加害者の負債を国家が建て替え払いするというのは、おかしな話だと思います。国が立て替え払いすると言っても、それは私たちの税金から払うのです。加害者でもない、被害者にもなってない、まったくの第三者の税金で、本来は加害者が払うべき負債を代わりに弁済してやるとなったら、国民も納得できない。やはり、市民を守れなかった国家固有の責任として補償すべきだと思います。

藤井　なるほど。国が加害者から取り立てるという議論もありました。

髙橋　加害者から何千万円ものお金を一生涯、取り立てようとしたら、加害者は自暴自棄になって、再び犯罪を犯す危険はないでしょうか。

藤井　刑務所に入っている加害者からは取れない。

髙橋　経済的な補償で加害者にダメージを与えるのではなく、本当は刑事罰を与えるべきです。刑事罰でうまくいかなかったことを民事でリカバリーしようとしても限界があります。だからこそ、刑事手続きの中で、検察官にはがんばってもらわないといけない。裁判所も、従来のような甘い判決を下すのではなく、思い切った判断を下して欲しい。今の刑は、応報刑という視点で見たとき、あまりにも軽すぎます。

国家＝敵だと考える弁護士の思想

藤井　多くの弁護士は、民事があるのだから、刑事の「再審」として民事でやればいいじゃないかと言います。意味はあると思いますが、かなり徒労に終わることも多い。被害者代理人として働く弁護士が、いろんなケーススタディを知って刑事裁判の前からついて、検察官の背中を押したり、意見を言うことが重要だと思います。

髙橋　その通りです。ただ、困ったことに、今まで、被告人の刑事弁護しかやってきたことがない弁護士が、たまたま被害者側の事件をなんらかのかたちで引き受けると、本当は検察官と十分コミュニケーションをとりあって、共闘関係を築かないといけないのに、検察官イコール国家、国家イコール敵だという頭が抜けなくて、検察官と喧嘩をし出す弁護士がおられる。依頼した被害者からすれば、迷惑千万です。そのような弁護士は直ぐに解任して、別の弁護士に依頼し直した方が良い。もちろん、着手金は全額、返してもらって良い。その弁護士は、被害者参加制度の趣旨を全く理解していない素人弁護士だから、プロとしての対価を払う必要自体がありません。

やはり、加害者の責任を追及する本拠地は刑事手続きです。あとで民事があるからと過度の期待をして被害者を支援するのは大間違いです。刑事の段階で、被害者、被害者参加弁護士、検察官の三者がしっかりと協力関係を築いて、それなりの判決をもらえれば、民事は、それに乗っかって、自動的に上手くいくことが多いです。

藤井　本書は、刑事弁護人たちの腫れ物に触れちゃった感じですかね。

髙橋　触れてしまいましたね（笑）。でもそれは、自民党や公明党の多大な協力によって、被害者参加制度を作るときもそうでした。あのときも、制度創設を訴えたときは、腫れ物に触れてしまったわけで、徹底的に攻撃され、批判され続けました。

でも、今では、被害者参加制度は当然のような制度になっています。検察官の隣に被害者が座っていることに誰も違和感をもっていません。

藤井　最後に、黙秘との関係で、何か付け加えたいことはありますか。

髙橋　黙秘と裏腹の問題ですが、被害者参加制度を創設しようとしたとき、日弁連などから、被害者が被告人の目の前に現れることで、被告人は言いたいことを言えなくなる、萎縮する、という批判を受けました。この制度が施行される直前の平成二十年二月十五日、スウェーデン弁護士連合会の理事が、都内のスウェーデン大使館で同国の被害者参加制度について講演をされたときのことです。「我が国では、被害者を目の当たりにすると被告人が言いたいことが言えなくなるとの理由で、ある団体が猛烈に反対しているがどう思うか」と感想を聞いたところ、なぜそのような質問をするのかと言わんばかりに困惑した表情になられ、少し間をおいてから、きっぱりとこう言い切りました。「そのような『フィクション』で反対する理由が私には全く理解できません」「刑事司法は全ての人のためにあるはずです。被告人のためにも、被害者のためにもあるものです」（髙橋正人他二名著、岡村勲監修「犯罪被害者のための新しい刑事司法（第二版）」明石書店一〇〇ページ）。

スウェーデンに限ったことではありませんが、欧州では、刑事裁判は被害者のためにもあるということは常識になっています。ところが、わが国の一部の刑事弁護人はそれを頑として認めようとしない。被害者のためにもあるという視点があれば、やみくもに黙秘させることはないはずです。刑事裁判は、被告人の人権のためであり、被害者のためではないという考え方は、平成十六年の基本法を前提にした場合、生きた化石のような考え方です。歴史的な進展についてこられないのです。

（たかはし・まさと　弁護士）

（協力・鈴木さやか）

杉本陸の手記

事件は、おうおうにして多くの周囲の人々を「巻き込む」ことになる。拙著では、加害者夫妻（杉本恭教・智香子）の親族として仮名で取材に応じてくれた青年が登場するが、文庫化にあたって彼の本名を、本人の希望により記そうと思う。杉本陸（りく）。平成七年（一九九五年）生まれ。彼は幼少期に、父親によってむりやり杉本宅に預けられた時期があり、さまざまな精神的な虐待を受け、その心的な外傷から立ち直れずにいた。そして、自分の父親と杉本夫妻を赦すことができず、そして夫妻が加藤麻子さんという女性を死に至らしめながら、黙秘権を行使して、遺族に対していっさいの口を拒んだことについて、彼は拙著の中で厳しく批判した。

杉本陸が自分の思いを手記にまとめ、寄せてくれた。文中の「叔父」とは杉本恭教、「叔母」とは杉本智香子を指す。本文と一部重複するが、要約して紹介したい。

父は日常的に殴っていた

一六年前、当時、父方の祖父母は、お父さんがお母さんを殴っていたらお前が止めるんやぞ、と車の中で私にそう言った。祖父母に言われたことを忠実に守り、父が母を殴っているのを見ると、何も言わず父の目を見ながら母の前に立つようになった。その時、私は七歳になっていた。私は、母のことが大好きであった。家庭内暴力が普通だと認識していた私だが、母が殴られているところを見るのは、嫌だった。今でこそ、一八一センチ・八五キロと大柄な私だが、幼少期は大変病弱であった。クリスマスや年末年始を、ほぼ毎年病院のベッドで過ごしていた。

小学校二年の春休み。私は、当時愛知県東海市にあった親戚の家に明日から二泊三日で遊びに行くことを、父から提案された。この東海市の家は当時、杉本恭教と杉本智香子家族が暮らしていた。父が長男の三人兄弟の末っ子のこの弟夫妻は後に恐ろしい事件を引き起こすことになる。

父の提案を、私は深く考えず、承諾した。東海市の叔父宅に着いた頃には、私はもう半ば諦めていた。父から、もうここに住むことでいいな？　と言われた時、私は、諦め半分、父に対する気遣い半分、で首を縦に振ってしまった。

殺された加藤麻子さんと電話で話した

加藤麻子さん――。預けられた当時の私は、まだ下の名前を知らず、加藤さん、としか知らなかった。加藤さんは、毎日の如く、叔父に電話で怒鳴られていた。

それは、昼夜を問わず行われていた。夜中の三時に怒鳴られているのを、聞いたことがある。ダイニングテーブルの上に、いつも置いてあるノートパソコンの画面には、当時叔父が店長をしていた漫画喫茶のレジ付近の映像が、リアルタイムで映し出されていた。漫画喫茶に設置された防犯カメラと、家に置いていたノートパソコンはリンクしていた。叔父と叔母は、毎日交代でその映像を見て、実際に店舗にいる店員たちに対して電話で指示を出していた。

主に、日中は叔母が、夜は叔父が、指示を出していた。私が、パソコンに映し出される映像を目にする時、彼女は決まってレジに立っていた。画面越しに見る彼女は、いつも眠たげであり、時折立ちながら寝ている時もあった。叔父や叔母は、彼女が眠たげにしているのを発見すると、店に電話をしていた。

叔母は、それまでの売り上げを聞いたり、レジの確認や店の掃除を指示するなどしていた。叔父は、必ず彼女を怒鳴りつけていたが、当時の私は、加藤さんが眠たそうにしているからワザと指示を出したり怒ったりしているのだな、と呑気に捉えていてしまった。

　ただ、その時から一つ気がかりだったのは、いつどの時刻に映像を見ても、彼女が映っていたことだった。ある日の深夜、寝させてもらえず二階の廊下に立たされていた私は、叔母からダイニングに呼び出された。

　叔父は、ノートパソコンの前に座り、画面を見ながら電話の相手を、夜中だからだろうか、静かに罵倒していた。叔父の電話の相手が加藤さんだということは、容易に想像できた。「あんたと同じくらい駄目な奴がいる」。そう叔母は、電話をしている叔父の方を見ながら、眠気を我慢している私に向かって、そう言った。叔父は、電話を耳から離すと、私に電話を差し出した。

「話してみろ」

　私は、無言で電話を受け取ると、耳にあてた。最初の言葉が出てこなかった。何て言えばいいのかわからなかった。それは、彼女加藤さんの方も同じに思えた。

「こんばんは」

　私は、何とか喉から絞り出し蚊の鳴くような声で、言った。

「こんばんは」

　私の小さな声に、彼女は返してくれた。

「陸君だよね？　話はよく聞いています」

「はい」

「私も、駄目な人間だから、よく叱られます。でも、それは私が悪いからしょうがない。陸君も、よく私と同じように叱られている、って聞いています」

「はい。よく叱られています」

「なら、同じやね。お互い頑張ろう」

「はい。ありがとうございます」

そこまで話すと、叔父が私が手にしていた電話を奪い、再び叱りつけていた。私が、加藤麻子さんと話したのは、これが最初で最後だ。時間にして、五分程度だったと記憶している。だが、そのたかが五分の会話の内容も、画面越しに見る彼女の姿も、一五年経った今でも鮮明に覚えている。

パソコンモニターの画面越しに、電話を持ちながら何度も頭を下げる姿も。電話越しに、彼女の眠たげな声も、申し訳なさそうに話す言葉も。一つ一つが、私の脳裏に焼き付き、決して朽ちることがない。


叔父と叔母が人を殺して埋めたと聞かされた

中学二年になった頃、私は学校にはほとんど行かず、フラフラと遊び歩いていた。理由は、中学の勉強についていけなくなり、学校に行くことがつまらなくなったからだ。俗に言う、不登校だ。反抗期だったこともあり、母には毎日のように楯突いていた。中学三年になった時には、学校には全く行かなくなっていた。勉強も全くできなかったので、当然行ける高校もなかった。そのため、進学することは考えていなかった。

中卒で働いて、母を助ける――当時の担任の教師に進学のことを聞かれた際、そう答えたこともあった。だが、こんな私でも入れそうな高校を、母が必死で探してきてくれた。周囲の説得や、父が学費を出す、という確約もあって、私はその高校に入学することになった。

高校二年になった平成二十四年の秋。始まりは、母からの一本の電話だった。とんでもないことになった、今から学校まで行くから詳細は会って話す――それを聞いた時、また父親関係のことかな、と私は想像していたが、遠からずともその想像は当たっていた。私の通っていた高校は、校則として通常校外に出ることを禁じていた。だが、その日は母が直接学校に連絡をしていたため、特別に校外に出ることを許可された。放課後、高校まで来た母の車に乗り込み、とんでもないこと、について尋ねた。

恭教と智香子が人を殺し、その死体を山に埋めた――。

しばらくは、母から返ってきた言葉が信じられなかった。というよりは、信じたくなかった。それと同時に、ある一人の女性、一回しか話したことはないが、画面越しで眠たそうにしているのを何度も見たことがある、彼女のことが頭に浮かんだ。

まさか、と思いつつ、頭に浮かんだことを母にぶつけてみた。

「その殺された人の名前は、加藤さん、って女の人やないか？」

私が口にした名前を聞き、母は運転中にもかかわらず、驚きの表情を私に向けてきた。

「何で知ってるんや？　前から知ってるんか？」

「俺が預けられている時、俺と同じように虐められていた人や」

母の問いに、私はそう答えた。学校から二〇分程のところにある喫茶店に入り、事件について詳しいことを母の口から聞いた。母が高校に来る数日前の夜中、父が血相を変えて母の部屋に飛び込んで来た。

「二番目の弟から連絡が入った、恭教たちが人を殺した」

父の口からそのことを聞いても、母は驚かなかったそうだ。

「いつかあの人たちはそういう事件を起こすと思ってた」

父に対して母はそう言い放ったそうだ。二番目の弟から父に連絡が入った時点で、恭教と智香子はその時点では逮捕はされておらず彼らに対して捜査の手が及んでいる、という段階だったので、当然ながらまだ報道はされていなかった。

父は、すぐに弁護士を手配すると同時に、〝ある人物〟に助けを求めた。この〝ある人物〟に関して私は多少知っており、何度か交流はあったが、今ここで詳しいことを書くことは出来ない。その〝ある人物〟は父に向かって、どのように解決して欲しいか？　と尋ねたそうだ。父がどのような返答をしたのかは不明だが、この事件がどのような結末を迎えたのか、それを考えると漠然とだが予想はつく。

俺のせいで彼女は殺されてしまったんだ

母は、事件が公になり、私が動揺する前に知らせたかったそうだ。

事件の詳細を聞き、私は呆然とした。私が誰かに彼女のことを話しておけば、彼女の命は奪われなかったのではないか。あのまま、父の言う通り高校卒業まで、あの家で生活していたら、私が殺されたのだろうか。母の車で再び学校に戻ってからも、寮の自分の部屋でも、ずっとそんなことを考えていた。

俺のせいで彼女は殺されてしまったんだ。俺が誰かに話しておけば命を奪われることはなかったんだ。もしかしたら死んでいたのは俺かもしれない——今でも時折そう後悔することがある。そう考えることがある。そして、これからも続くであろう。

私が実家に帰省した日の夜、父から、話がある、と部屋に呼ばれた。何の話か、容易に想像できた。

「お母さんから聞いてると思うけど、恭教の件で迷惑かけて悪いな」

父は、私に向かって頭を下げた。

「本当に殺したんか？　あいつらは」

「二番目の弟から聞いたけど、本当みたいや」

それを聞いた私は、かねてから考えていたことを、一言一句はっきりと口にした。

私が、高校生の私ができる、彼女に対しての最大限の償いを。預けられている頃から、加藤さんが理不尽に虐められていることを俺は知ってる。そのことが役に立つかは分からんけど、警察であろうと裁判の場であろうと証言したいと考えている――。

私の言葉を、父は目を閉じて聞いていた。時間にして一〇分程、父は目を閉じて黙っていたが、やがて、徐に目を開くと、口を開き、他言しないでほしいという意味のことを言った。私は、何も言えなかった。結局私は、何も行動することが出来なかった。

服役を終えた叔父と叔母がいた

平成二十八年六月十九日。上京して二年が経ち、東京の生活にも大学にも慣れてきた頃、母から「四国のおじいちゃんが亡くなった。明日帰って来て欲しい」と連絡が来た。

四国のおじいちゃんとは、存命中は香川県東かがわ市に暮らしていた、父方の祖父のことである。一年程前から、私と父の関係が急速に悪化していたことや、過去の因縁等も含め、私は他界した祖父のことを、正直あまりよく思ってはいなかった。また、通夜や葬式となると否が応でも親戚たちと会わなければならない。それらを考えると、あまり参列する気にはなれなかったが、おそらく同じことを思っているであろう母が、行く、と言っている手前、行かない、とは言えなかった。

平成二十八年六月二十日。新神戸の駅で母と合流した私は、母が運転する車で葬儀が行われる東かがわ市へ向かった。今思えば、一四年前に因縁がある新神戸駅から向かったことから、何かが始まり、ひいてはこの手記を書くことに原因となったのだろうか。

二時間後、式場に到着した私たちは、案内された親族席ではなく一番後ろの席に腰を下ろした。なるべく目立たないようにするためである。焼香の時間になり前に進むと、私にとって耐え難い光景が目に入って来た。一瞬で過去の出来事がフラッシュバックし、パニックになりかけた。

恭教と智香子が最前列の親族席に座っていたのだ。死体遺棄罪だけによる懲役二年二カ月の実刑判決を受け、出所したばかりの彼らが父たちと並んで、そこにいたのだ。

焼香を済ませると、私は一刻も早くこの場から去ることにした。彼らが参列するかもしれない、ということは事前に母から説明を受け、ある程度の心の準備はしてきたつもりだった。それでも実際に目の当たりにすると、まるでフルスイングした金属バットで頭を殴られたような、衝撃を受けた。一秒でも早くここから去りたい。彼らにつかまりたくない。そう思った。

だが、私のそんな思いは無情にも届かなかった。式場の外に出て、車に乗り込もうとした直前で、私たちは彼らに囲まれた。

「久しぶりやな」

笑みを浮かべながら近づいてきた恭教は、私に向かってそう言った。蛇に睨まれた蛙のように、車のドアノブに手をかけたまま私は一歩も動けなかった。そんな状態の私を、彼が発した次の言葉が、行為が、追い討ちをかけた。

「悪かったな」

そう言うと、手を出し私に握手を求めてきた。私は差し出してきた手を握ってしまった。

私の中にある最後の糸が切れた。何かが崩れ落ちた。

私を二年間散々虐待したこと。加藤麻子さんを殺め、その遺体を山林に遺棄した罪を犯したこと。どれも、わるかったな、の六文字で済むものでは、到底ない。その上、笑みを浮かべながら握手を求めてきた。

俺を馬鹿にしてるんか？　俺をなめているんか？　握手した後、私は拳を作り、強く握りしめていた。それからのことは、あまり覚えていない。いつのまにか祖母も加わり、何か私に話していたが、記憶がない。気が付くと、母の車の助手席に座っていた。膝の上に置いた拳は、強く握ったままだった。

膝の上で強く握りしめた拳の上に、雫が一滴また一滴と落ちていった。

葬儀から帰った後の私は、酷く荒れていた。心も体も。恭教や智香子と会ったことから、過去の光景が、起きている時も寝ている時もフラッシュバックすることが度々あった。山手線のような各駅停車する列車にすら乗れなくなることもあった。新幹線に乗ると理由もなく泣いてしまうこともあった。

私をこちら側に踏みとどまらせてくれた女性に、どんな時も私を支えてくれた女性に、無理難題をふっかけ、八つ当たりを、時には度を越したことをすることも多かった。

後悔、恐怖、憎悪、苦痛。その全てが私に襲い掛かっていた。それは、今でも続いている。

（平成三十年七月二十五日記）

文庫版あとがき

本書に掲載した杉本陸の手記は、最初に書かれたものはもっと長いものだった。また、その手記にもあったように、陸は、祖父（父方の父親）の三回忌の場（平成三十年六月十六日）で、杉本夫妻に事件について厳しく迫っている。そのやり取りは録音されており、杉本夫妻が陸に対して同じような「言い訳」を並べ立てる様を、私も聴いた。陸の最初に書いた手記と、杉本夫妻の空洞のような「言い訳」について私と陸が対話した全記録は、一定期間、インターネット上で陸の希望で公開した。

この文庫版あとがきでは、あらためて杉本夫妻の「言い訳」をいくつか記しておくことにするが、「黙秘」を理由に次のような言い分を陸に対して繰り返していることに注目したい。かつてネグレクトしていた相手に対して「君」付けしているところも、杉本夫妻の心境をあらわしている。

「おっちゃんのせいで辛い思いさしたなと……肩身の狭い思いさしたなと、それで謝ったんやけどな。おっちゃんもおばちゃんも、陸君からしたら憎いかもしれん、そやけどな、陸君聞いてくれるか？　な？　憎い人かもしれへんが、おっちゃん、おばちゃんからしたら、陸君を憎いと思ったことないんや」、「（陸が）ちいさいとき、ほんまに俺も、若かったいうか、ええ歳やけど、いろいろあったと思う。嫌いじゃなくて、アニキ（陸の父親）のひとり息子やったから、（陸が）心配でな、怒ってな、ほんまに悪かった。ほんまに心からそれは思う。」（恭教）

加藤麻子さんを死に至らしめたことについてや、「黙秘」したことについては次のように答えている。

「陸君に言ってもわかってくれへんというか、難しいと思うわな……。一般の世間の人からしたらぜったいにゆるされへんことと思う。でも弁護士と話して、そういう結果になったんやわな。」（恭教）

「それをおばちゃんの口から聞いても、黙秘しとる以上、な、ほんとはああやったこうやったということは、そうじゃなくて、陸君にしたら、おっちゃんとおばちゃんが黙秘をすると決めたのが納得いかんのかもしれん。相手の人に対しても、と陸君は言うかもしれん。そやけど、おばちゃんとおっちゃんの中では、黙秘と決めた以上はな、ほんとのことしゃべれと言われても警察の人にはしゃべれるとこまではしゃべっとるところがあるから」（智香子）

陸が、「何で黙秘しようと思ったのですか」と核心をつくような質問をすると、恭教が口ごもりながらも何かを話そうとするが、智香子が止めに入っていたという。〔陸君は聞きたいことかもしれんけど、それ自体がな、黙秘なんや。黙秘をした理由自体も、黙秘なんや。それを、陸君には分かってもらいたいんやわ。〕と智香子は言い、恭教は、〔分かりやすく説明すると、最初は（藤井の本に）書いてあった通り、喋ってもうてた部分もあるんやわ。〕と話したという。陸が、「あれ（最初に自供したこと）は、本当なんですか？」と聞くと、恭教は〔いや、だから、そこはちょっと……〕とごまかしたという。恭教も陸に対して何もしゃべらない理由について、〔細かいことは喋れんけど、殺人やらな、傷害致死とかなったり。〕と言っている。

智香子が、〔陸君にしたら、一番納得しないとこやと思う。黙秘を何でしたんか……〕と口を開いた。すると、今度は恭教が智香子の発言を遮るように、〔最初警察に連れていかれたやろ？　その時はいろいろ…そのあとに弁護士付いたわな、それで弁護士といろいろ相談したりして。もう、自分がやってしまったことで、弁護士頼りになってしまって、それで、もう言うた通りにせなあかん、思うて。一般の人は、絶対納得できんと思う。〕と言った。

陸が、畳みかけるように「簡単に言うと、弁護士の先生が言ったから黙秘した、ってことですか？」と聞くと、智香子は、〔まあ、短く言うたらな。深くは言えないけど、簡単にいうたらそうや。〕と答え、恭教は、〔何て言うの、あの時はもう、（警察に）引っ張られて頭が真っ白になって、何も全然分からんかったし、どうしていいのか分からんし、もう弁護士頼りになったんやな。もう、弁護士の言うた通り、言うた通り、で、なってしもうた、ってことやな。だから、もう、一般の人にも、ニュースにも、凄い叩かれて、白い目で見られてな。」と答えた。

さらに続けて、陸が「遺体は、何であの場所に埋めたんですか？　何で遺棄したんですか？　それも言えないですか？」とも問うた。「うん、それもな。悪いけど陸君、これが黙秘なんや。」と智香子は答えた。陸は、冷静に、「一応、黙秘自体は国から認められた権利なので、それ自体をとやかく言う権利は、（自分には）ないけれど、個人的には、卑怯だと思います」と伝えている。

智香子は、「おっちゃんやおばちゃんらも白い目で見られたり、その覚悟で黙秘になってしまったんや。それは、陸君にも分かって欲しいかな、と思う。陸君は納得いかんと思う。陸君以外でも納得いかんと思う。」と言って、恭教は、「弁護士と相談して、金岡（繁裕）先生はそのほうがええと言うことで、それでオッケーにしたけど、それは一円でも払う気はある。たしかに。ちょっとずつ」と賠償金についても答えている。しかし、本章でも触れたように、金岡弁護士は支払う意思はないということを伝えてきている。

智香子は賠償金の支払いについてさらに、「わるいけど、いまのおっちゃんとおばちゃんの立場ではな……すぐに全額というのはムリなんや。」、と言い、恭教も、「（賠償金を）返さんとかいとったやろ、弁護士からも。それはなくて、すこしずつでもいいから返していく。いっぺんは無理やけど。それはウソいわん。」と言っている。支払っていく気持ちがあるのなら、その時点で弁護士にそう伝え、支払い予定について双方の弁護士同士で交渉していくのが筋である。

智香子は、「陸君はわかってくれないかもしれないけど。なろうと思ってこうなったわけじゃないんや。」と言い、恭教も、「何言ってもわかってくれないと思うけど。なろうと思ってこうなったわけじゃないんや。」と弁解を重ねた。

本書には部分的に目を通したようで、「でたらめ。むっちゃくちゃなこと、書かれとるんやわ。漫画喫茶のアルバイト店員がやったことを全部、俺らのことにされて、そんなの俺らが悪いからいちいち弁解したって、おれらが悪いからできひんし。」、「信じてくれんと思うが、おおげさに書かれとるんやわ。ほんまに。金岡先生に相談したけど、言いたいことは山ほどあるけど、そやけど、ここでしゃべったら、まあ……わかってくれんと思うけど。」、「報道もぜんぶ知らんし。本やって全部読んでないし。本は出たのは知っとるし、（内容は）ちらっと弁護士の先生から聞いたけど、どっからどこまでとかは、ぜんぶしらんねん。」、「店の前で（被害者の加藤麻子さんが）寝泊まりしとったとかなかったっけ？　あんなもん、ぜったい、ない。おじいちゃん（位牌が目の前にあり、ここに）おるけど、うそいわん。言ったらいかんけど、アルバイトがしとったこととかも、いっしょにかかれとる。アルバイトが（麻子を）いじめとったりしたことはあったから。たしかに。そういうこともかかれとった。それはいちいち言わないし。」と、アルバイトが麻子さんをいじめていたと言っていたらしい。私からすれば、これがほんとうなら新しい「事実」である。ネット上に飛び交った真偽が入り交じった情報を私は紹介しているが、恭教は、「（加藤麻子さんが）駐車場で寝とったとか、エプロンとか、書いとったやろ。いろいろ。一部はちょっとはあったかもしれんけど、駐車場で寝さしたとか、エプロンでおかしなかっこうさせたとか、そんなもん、でたらめ。言いたかったけどな。」とネット情報を否定するようなことも言っていたらしい。

本書に間違いがあるなら、ぜひとも事実を語ってほしい。「断片」をかき集めるような取材だったため、「仮説」という表現しか取ることができなかった点はいくつもある。ぜひ反論してほしい。

とはいえ、智香子は、「おばちゃんからしたら、弁解したいことはいろいろある。それは黙っておくのがいいですよ、と弁護士の先生が言った」「本が出とるのは知っとるけど、（内容は）小耳にはさむ程度しかしらへんのや。」とも言っていたというから、熟読はしていないと考えるのが筋だ。

陸が夫妻の言い分を聞いたところによれば、遺棄現場には月に一回は行っていると も言っていたという。また、被害者遺族の加藤さんの自宅の近くにも二回行ったらし い。恭教は、〔相手は、黙秘しとるから憎いと思うけどな、影ではひとつひとつ、や っていくことは……。〕〔できることはしたいとそれはもう。〕と言い、智香子は〔で きることは数しれてるけどな。〕という言い方をした。

遺棄現場に行っているというならば、その証拠なりはあるのだろうか。日付入りの 写真を撮るなど、いくらでも方法はある。〔本当は向こうには（謝りに）行きたいん や。お墓参りもしたいんやけど、向こうも俺らのことが憎いんや。〕、〔本当に心から 行きたいけど、黙秘したりいろいろあったからな。〕という言い分と倒錯している。 そこを越えなければ贖罪の途にもつけない。陸が、「向こうの遺族の方は、一番は、 お二人の口から（本当のことを）聞きたいと思います」と言うと、智香子は〔そらそ うやと思う。〕と言ったという。

私がラーメン店をとつぜん訪問したことについてはそうとうショックを受けたらし い。〔急に（ラーメン屋の）オープンの日にきたんやわ。書いとったやろ。俺も動転 してな、びっくりして、もう、なんていうの、弁護士呼びます言うて帰ってもらっ た。それ書いとったよな。〕、智香子も、〔おばちゃんだけだったらよかったかもしれ ないが、ラーメン屋をしきっている子ども（長男）もいたし。事件についてはこの人

（藤井）がここまで来る必要はないと思っとるし、そこまで来ることは。」と怒り気味だったらしい。陸は、「（居場所は）バレないと思ってたのでしょうね」と私に言った。

陸は、「いきなりご遺族のところに行ったら、それは暴力ですよね。そんなことすら、彼らには思いも及ばないし、誰もアドバイスをする人もまわりにはいません」と私に言い、「こんな本に（『黙秘の壁』）嘘書かれようが、そこも黙秘する。それが、おばちゃんらの権利なんや。嘘書かれても弁解しない、それが黙秘なんや。自分たちの都合のいいことだけ弁解するわけにはいかんのや。」という智香子の言い分も私に紹介した。陸が「（藤井の本の）どこが嘘かも言えないですか？」と聞いても、「うん、それも、黙秘や。」の一点ばりだった。

恭教は、「警察とあれ（おそらく、藤井のこと）は通じてるやろ？　だから、そんなんから情報入れて、もう、な。それと、あれや、テレビ局やらが漫画喫茶に行って、従業員一人一人に聞いてたやろ？　いろいろな。だから、信じてくれん。言い訳にしか聞こえん、と思う。」とも勘繰っていたという。

智香子が、「細かいことは喋らんけど。おっちゃんもおばちゃんも、そうなろうと思ってそうなったんやない。」と弁明らしきことをしゃべっていたのを陸はよく覚えている。「まあ、自分がやったことやからおかしいけど。ほんまに、おっちゃんやおばちゃんは悪いと思ってんねや。ほんまにもう、心からな。せやけど、こういう本があるから、あいつら謝る気ないわ、と思われてるんや。だから、謝りにも行けないし。」と恭教は、事実を記録しただけの私に責任転嫁をするようなことも話していた。やはり、反省からは程遠い。

陸はこんなことを私に対して言った。

「素人の浅知恵ですが、ぼくが考えるに、罪を犯した者には、犯した罪に対して正当な罰を受ける権利と義務が発生し、黙秘権とは正当な罰を受ける権利に付随するものだと考えています。決して犯した罪から逃れるための権利でも、罪を軽くするための権利でもないと思う。ところが、その意味をはき違え、一生貝になっていれば、己が受けるべき罪から逃れられると思っている者たちがいる。こうなってしまえば、法廷など形骸化してしまいます。黙秘権の存在自体を否定するつもりはありません。罪を犯した者を罰するにあたって、犯した罪、背景等、それらを踏まえて罪の量刑を決めるべきです。当然、罪を犯した者にも、背景、動機がありますから、それも考慮する必要がありますが、まったく話さないとそれすらできない。刑事裁判における弁護士は、罪を犯した者が正当な罰を受けること、その者が更生すること、この二つを主として手助けする存在なのではないかと思いますが、今回の叔父と叔母についた弁護士たちにそういう責任めいたものはまったく感じません。罰を受ける義務がある者たち、責任ある立場の者たちが、義務、責任を放棄し己の行為の身勝手さを恥じることなく権利だけを声高々に主張している、そうとしか思えません」

マスメディアで「事件」は次々に報じられるが、同時に風化も進む。「事件後」の展開に加害者側の「本質」が見え隠れしても、それはめったに伝えられることはない。無数の「本質」が闇の中へと消えていく。私はかろうじて、加藤麻子の「死」の「断片」を拾い上げることができ、「本質」に迫ろうとする過程の中で、加害者の在り方はもちろん、裁判の在り方や、法制度の課題も浮きぼりにできたと思っている。それらについての賛否両論はもちろん胸に刻みたい。

幼いときに杉本夫妻からネグレクトを受けた杉本陸自身は傷みきった「心」を外に向かって吐き出したが、彼のトラウマは今も続いている。加藤麻子の御遺族の気持ちは踏みにじられたままだ。検察は民事判決後、捜査を再開していない。

文庫化するにあたり、親本に引き続いて『潮』副編集長の末松光城には全面的にバックアップを受けた。対談に応じていただいた松原拓郎、高橋正人両弁護士にも深く感謝したい。合掌。

令和三年五月　コロナ禍の東京にて

藤井誠二

本書は、二〇一八年に潮出版社から刊行された単行本『黙秘の壁　名古屋・漫画喫茶女性従業員はなぜ死んだのか』に加筆・修正し、再構成したものです。

藤井誠二（ふじい・せいじ）

ノンフィクションライター。1965年愛知県生まれ。ノンフィクション作品執筆以外も、ラジオのパーソナリティやテレビのコメンテーターもつとめたり、愛知淑徳大学非常勤講師として「ノンフィクション論」等を担当。『殺された側の論理 犯罪被害者遺族が望む「罰」と「権利」』『人を殺してみたかった』『光市母子殺害事件』（本村洋氏、宮崎哲弥氏と共著）『壁を越えていく力』『「少年Ａ」被害者遺族の慟哭』『体罰はなぜなくならないのか』『路上の熱量』『沖縄アンダーグラウンド――売春街を生きた者たち』など50冊以上の著作を発表。

加害者よ、死者のために真実を語れ
名古屋・漫画喫茶女性従業員はなぜ死んだのか

潮文庫 ふ－5

2021年 7月20日 初版発行

著　　者　藤井誠二
発 行 者　南 晋三
発 行 所　株式会社潮出版社
〒102-8110
東京都千代田区一番町6　一番町SQUARE
電　　話　03-3230-0781（編集）
03-3230-0741（営業）
振替口座　00150-5-61090
印刷・製本　株式会社暁印刷
デザイン　多田和博

ISBN978-4-267-02293-7 C0195